På slaget tretton

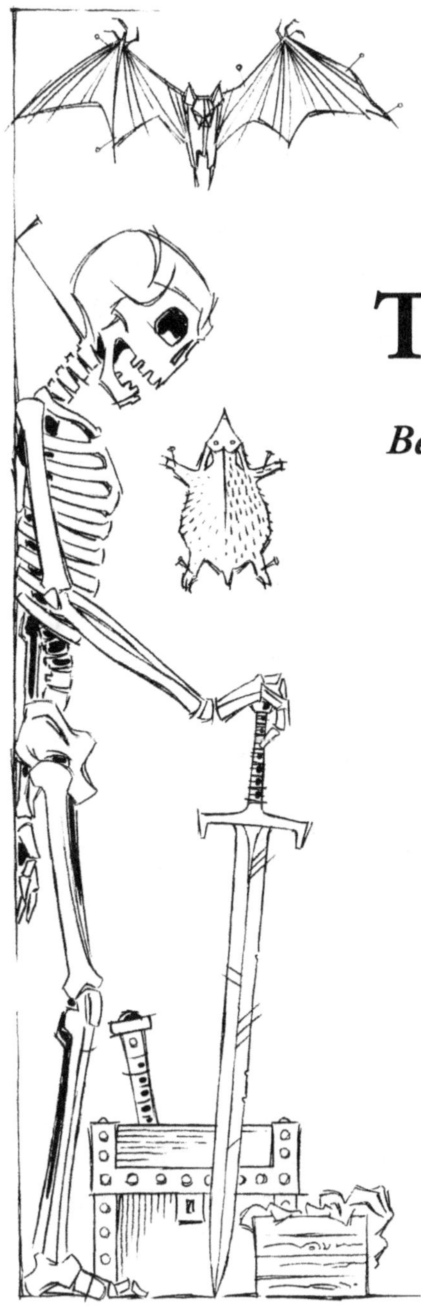

På slaget TRETTON

Berättelser efter midnatt

Valda & presenterade av
Rickard Berghorn

**Illustrationer av
NICOLAS KRIZAN**

ÖVERSÄTTNINGAR
Martin Andersson
Rickard Berghorn
Bertil Falk
Maria Hansson
Annika Johansson
Alvar Zacke

ALEPH
Bokförlag

Alla noveller i denna antologi publicerades tidigare i tidskriften *Minotauren*, enligt löpnumren: Lovecrafts *Under pyramiderna* i nr 23 (2004); Kiplings *De små* i nr 29 (2006); Meyrinks *Vaxkabinettet* i nr 22 (2004); Bierces *Nattliga visioner* i nr 17 (2003); MacDonalds *Kvinnan i spegeln* i nr 29 (2006); Stenbocks *Den andra sidan* i nr 22 (2004); Machens *Den flammande pyramiden* i nr 21 (2004); Hodgsons *Det visslande rummet* i nr 20 (2003); Whites *Lukundoo* i nr 24 (2004 – ursprungligen publ. i antologin *Kalla kårar*, 1944); Hodgsons *Svinvarelsen* i trippelnr 26-28 (2005); Whiteheads *Läpparna* i nr 25 (2005); Lovecrafts *Den förfärlige gamle mannen* i nr 29 (2006); Burns *Balladen om John Maltekorn* i nr 25 (2005). Med några få undantag publiceras dessa översättningar för första gången i bokform här.

NICOLAS KRIZAN (född 1963)

Illustratör, formgivare och serietecknare. Nicolas Krizan (också stavat Križan) – idag Sveriges främsta och mesta fantastiktecknare – illusterade noveller i *Nova Science Fiction* redan i början av 80-talet och har sedan dess tecknat omslag åt och illustrerat hundratals böcker i genrerna science fiction, fantasy och skräck. Han var stadig medarbetare på *Minotauren* och gör numera alla bokomslag åt Aleph Bokförlag. Krizan har tecknat serier åt *Muminmagasinet, Svenska Serier, Bizarro, Ernie* m.fl. Hans första bok efter eget manus blev en barnbok med skräcktema, *Mallan är med – en otäck historia* (Epix Bokförlag, 2016).

Omslaget är tecknat och formgivet av Nicolas Krizan.

© 2017 Aleph Bokförlag och respektive upphovsman. Inlagan formgiven av Rickard Berghorn. Första upplagan, tredje tryckningen. Framställd av Ingram Content Group LLC i La Vergne, TN, USA 2019.

ISBN 978-91-87619-14-4

– Innehåll –

Mörkrets nostalgi

"I am just a chunk of meat, lost in Brain Land."
– Galen skräckfilmsklippare i filmen *Evil Ed* (1995)

Det var en gång en tidskrift, som hade sin blygsamma begynnelse som ett litet fanzine i början av 1990-talet. Vid millennieskiftet, då det också ynglat av sig ett bokförlag, började efterhand *Dagens Nyheter*, *Svenska Dagbladet* och *BLM* uppmärksamma dess besynnerliga innehåll av klassiska och nyskrivna noveller samt artiklar i genrerna skräck och fantasy, ofta med akademisk prägel; *Aftonbladet* och *Expressen* följde snart i spåren liksom andra tidningar och tidskrifter; P3 sände också två teaterpjäser byggda på utgivningen. Redaktören kontaktades till och med av en regissör på SVT, som ville använda kompetensen och novellmaterialet till en skräckserie för tv – ett projekt som förvisso inte gick igenom. Tidskriften och förlaget kom helt rätt i tiden, i en boom för fantasy och skräck. Utgivningen fick helt enkelt ett unikt genomslag. Tidskriften hade kulturstöd, betalade sina medarbetare och började säljas i Pressbyråns specialbutiker. År 2006 slutade tidskriften och förlaget sina dagar medan de fortfarande var på topp. Tidskriftens namn var *Minotauren*, och förlaget var Aleph Bokförlag.

Den som startade tidskriften och förlaget, som tog alla ekonomiska risker och satt i chefredaktörens stol, var jag – och med detta hade jag lyckats förverkliga min största dröm sedan barnsben.

Och det visade sig vara ett helvete. År ut och år in av trälaktigt slit med redigering, översättning och skrivande, av fullständigt onödiga konflikter med överdimensionerade egon, och ingen fritid att tala om. Sålunda valde jag att lägga ner utgivningen och syssla med helt andra saker under knappt ett decennium.

Aleph Bokförlag finns igen, men *Minotauren* förblir död. Denna antologi, som samlar noveller – dock inte alla – ur de sista numrena av tidskriften, kan läsas som en nostalgitripp för dem som inte själva satt i redaktörsstolen. Tidskriften hade många och trogna läsare, och när jag är i Sverige träffar jag fortfarande folk på caféer, partyn och seminarier som visar sig ha varit trogna läsare när det begav sig. Mer än en flickvän har haft vänner som var fans av min utgivning. Det känns bra och visar att åren trots allt inte var bortkastade.

Johan Theorins och Kristoffer Leandoers noveller i de sista numren av *Minotauren* har återutgivits av Bonniers. Men det resterande novellmaterialet kan inte gärna bli liggande och på sin höjd vara tillgängligt antikvariskt. Det har räckt till denna gedigna antologi, men ytterligare noveller kommer att användas som fyllning i kommande antologier.

Därtill blir nästa bok från Aleph i samma anda: en samling tidigare ej bokpublicerade artiklar och essäer från *Minotauren*, jämte helt nyskrivet material.

Eländet bakom kulisserna berodde på tidskriftens ursprung som fanzine. En alltför stor del av det sociala nätverket följde med därifrån; vissa personer som var gröna av förbittrad avundsjuka och missunnsamhet eftersom deras egna litterära fanzines inte ens klarade sig halvvägs så långt som *Minotauren* kommit, andra personer som aldrig kunde förlåta mig för att ha refuserat deras oläsbara manus. Och trodde han, skräcknissen där, *att han var bättre än vi andra!?* Efter några år slutade jag att ens försöka vara trevlig och smidig i sammanhanget, eftersom det helt enkelt inte fungerade – trevlighet och smidighet uppfattades snarare som en svaghet. Detta var priset jag betalade för att ha haft mina rötter i svensk fandom, ett pris som bl.a. också Sam J. Lundwall har behövt betala i ännu högre grad. För lugnets och välbefinnandets skull lade jag ner utgivningen – orkade inte med allt nonsens, evighetstjafs och trollande.

Aleph Bokförlag finns igen, minus alla destruktiva kontakter, men *Minotauren* vilar i frid. Om jag startar en ny tidskrift – och sådana idéer finns – blir det utifrån helt andra förutsättningar och kontaktnät.

– Rickard Berghorn

Howard Phillips Lovecraft

Under pyramiderna

Mystik lockar mystik. Allt sedan mitt artistnamn blev vida känt genom mina uppträdanden med oförklarliga bedrifter, har jag stött på sällsamma skildringar och händelser, vilka folk på grund av mitt yrke har satt i förbindelse med mina intressen och min verksamhet. Vissa av dem har varit vardagliga och ovidkommande, vissa djupt dramatiska och gripande, vissa rikliga på sällsamma och vådliga upplevelser, och vissa åter har invecklat mig i omfattande vetenskaplig och historisk efterforskning. Många av dessa angelägenheter har jag berättat och kommer att berätta öppenhjärtigt om; men där finns en, om vilken jag bara talar med största motvilja och nu ska återberätta enbart efter att utgivaren av denna tidskrift har ansatt mig med enträgen övertalning, då de hade hört obestämda rykten från andra i min släkt.

Den tills nu välbevarade hemligheten utspelade sig under ett icke yrkesmässigt besök i Egypten för fjorton år sedan, och som jag har förtigit av flera anledningar. För det första är jag obenägen att avslöja vissa otvetydiga faktum och omständigheter som uppenbarligen är okända för de oräkneliga turister som skockas omkring pyramiderna, och som myndigheterna i Kairo inte kan vara helt okunniga om och därför måste hemlighålla synnerligen omsorgsfullt. För det andra ogillar jag att skildra en händelse i vilken min egen livliga fantasi måste ha spelat en stor roll. Vad jag såg – eller trodde mig se – hände med visshet inte, utan bör snarare betraktas som en följd av allt läsande i egyptologi som jag nyligen ägnat mig åt, och spekulationerna angående ämnet som min omgivning helt naturligt frammanade. Sådana sporrar på fantasin, som blev desto barnsligare av upphetsningen i en faktisk händelse som var tillräckligt fasaväckande i sig, fick utan tvekan skräcken att kulminera den groteska natten för långliga tider sedan.

I januari 1910 hade jag avslutat ett artistengagemang i England och tecknade kontrakt för en turné runt scener i Australien. Frikostigt mycket tid beviljades till resan, varför jag beslöt mig för att låta resan bli av det slag som framför allt intresserar mig. I sällskap med min fru reste jag sålunda angenämt ner över Europa och tog ombord till Marseilles på P & O:s ångare Malva, med destination

Port Said. Därifrån hade jag för avsikt att besöka de förnämsta historiska platserna i nedre Egypten innan jag slutligen avreste till Australien.

Resan var angenäm och upplivades av åtskilliga underhållande händelser av den sort, som gärna händer en magiker när han inte är på turné. Jag hade haft för avsikt att hemlighålla mitt namn och få en lugn resa, men drevs till att avslöja mig själv av en kollega inom magikerskrået, vars misslyckanden med att förbluffa passagerarna genom sina ordinära trick frestade mig till att upprepa och överträffa dem på ett sätt som fullständigt förödde mitt inkognito. Jag nämner detta på grund av dess avgörande betydelse – en betydelse jag borde ha förutsett innan jag lät masken falla inför en skeppslast med turister som stod i begrepp att skingras över hela Nildalen. Det ledde till att min identitet redan var välkänd var än jag sedan hamnade, och berövade min hustru och mig all den fridfulla tillbakadragenhet vi hade önskat oss. På resa för att beskåda sevärdheter, tvangs jag inte sällan att själv bli beskådad som en sevärdhet!

Vi hade rest till Egypten för att uppsöka och imponeras av det pittoreska och mystikomvärvda som landet erbjöd, men fann föga när skeppet lirkade sig in i Port Said och satte av passagerarna i små båtar. Låga sanddyner, guppande bojar på grunt vatten och en liten stad av förskräcklig europeisk prägel utan något intressant att erbjuda, förutom den ståtliga statyn över kanalbyggaren Ferdinand de Lesseps, gjorde oss angelägna om att komma vidare till något som bättre lönade våra besvär. Efter litet samspråk beslöt vi att omgående fortsätta till Kairo och pyramiderna, och därefter resa till Alexandria och ta båten till Australien, samt bese de grekisk-romerska sevärdheter som den uråldriga metropolen kunde uppbåda.

Tågresan var helt dräglig och tog bara fyra och en halv timme. Vi såg stora delar av Suezkanalen vars sträckning vi följde ända till lsmailiya, och som sedan fick en prägel av forntida Egypten vid åsynen av Mellersta rikets restaurerade sötvattenskanal. Slutligen såg vi Kairo skimra i den tätnande skymningen; en gnistrande stjärnbild som hade förvandlats till ett vidsträckt eldsken när vi nådde Gare Centrale.

Men än en gång väntade besvikelse oss, ty allt vi såg förutom dräkterna och folkvimlen hade europeisk prägel. En alldaglig gångtunnel ledde till ett torg som myllrade av vagnar, taxibilar och spårvagnar, och med prunkande elljus på höga byggnader; alltmedan själva teatern där man fåfängt försökt få mig att uppträda, och vilken jag senare bevistade som åskådare, nyligen hade ändrat namn till *American Cosmograph*. Vi tog rum på Shepheard's Hotel efter en taxifärd i full karriär genom breda, skickligt utbyggda gator; och mitt bland all

fulländad restaurangservice, komfort i form av hissar och den allmänna anglo-
amerikansk lyxen, föreföll Österlandets mystik och forna tider vara mycket av-
lägsna.

Hur som helst, nästa dag hamnade vi brådstörtat och till vår stora förtjus-
ning mitt i stämningen hos *Tusen och en natt*; och i Kairos exotiska silhuett och
vid dess slingrande vägar tycktes Harun al-Rashids Bagdad återuppväckt. Med
guideboken Baedeker som vägvisare, tog vi oss österut förbi Ezbekiye-trädgår-
darna och Mouskiområdet med dess basar i vårt sökande efter infödingskvar-
teren, och råkade i händerna på en högljudd ciceron som förvisso – och oaktat
vad som komma skulle – var en mästare i sin bransch. Inte förrän efteråt lade jag
märke till att jag kunde ha vänt mig till hotellet för att skaffa en godkänd guide.
Denne man – en renrakad och förhållandevis renlig gosse med märkligt ihålig
röst, och som liknade en farao och benämnde sig själv "Abdul Reis el Drogman"
– visade sig ha stort inflytande över sina landsmän, ehuru polisen senare hävdade
att de inte kände till honom och lät förstå att "reis" bara är en benämning på alla
personer i hans ställning, medan "Drogman" tydligen inte var annat än en klum-
pig version av det engelska ordet för en turistguide: "dragoman."

Abdul visade oss runt bland förunderligheter av den sort vi tidigare bara läst
och drömt om. Gamla Kairo är i sig en sagobok och en dröm: irrgångar av
trånga gränder genompyrda av väldoftande hemligheter; balkonger i arabeskstil
och bursprråk som nästan möts över kullerstensgator; malströmmar av orienta-
liskt gatuvimmel med sällsamma skrik, pisksnärtar, skramlande kärror, klirran-
de pengaslantar, skriande åsnor, klädnader i kalejdoskopisk färgrikedom; slöjor,
turbaner och tarbuscher; vattenbehållare och dervischer, katter och hundar, si-
are och barberare. Och över allt detta hörs blinda tiggares jämmer från alkover
där de sitter på huk, och det fulltoniga mässandet från böneutropare i minareter
som avtecknar sig utsökt mot den djupblå, oföränderliga himlen.

De lugnare basarerna under tak var knappast mindre fängslande. Kryddor, par-
fymer, rökelse, pärlor, mattor, sidentyger och mässingspjäser – gamle Mahmoud
Suleiman satt på huk med benen i kors bland sina hartsflaskor och pladdrade
med ynglingar som malde senapsfrön i en urholkad kapitäl av en uråldrig, klas-
sisk pelare av romerskkorintiskt slag, måhända trän Heliopolis i grannskapet där
Augustus posterade ut en av sina tre egyptiska legioner. Forntid började blandas
med exotism. Och dessutom moskéerna och museet – vi upplevde allt, och i vårt
arabiska frossande försökte vi hålla stånd mot den mörkare fascinationen hos
faraonernas Egypten som museets ovärderliga skatter erbjöd. Det skulle bli vår
höjdpunkt, och för närvarande insöp vi extasen hos medeltidens saraceniska ka-

lifer, vars magnifika gravmoskéer skapar en glänsande sagonekropol på gränsen till den arabiska öknen.

Slutligen visade Abdul oss längs gatan Sharia Mohammed Ali till sultanen Hassans uråldriga moské och den av torn flankerade Bab al-Azab-porten, på vars andra sida en trång passage med branta väggar steg upp mot ett ståtligt citadell som Saladin själv lät bygga med stenar från glömda pyramider. Solen höll på att gå ner när vi besteg den stupande passagen, rundade en nutida moské tillhörande Mohammed Ali och blickade ner över mystikens Kairo från en svindlande balustrad – mystikens Kairo som förgylldes av skulpterade kupoltak, skira minareter och skimrande lustgårdar. Högt över staden höjde sig museets stora romerska kupol; och bortom det – över den gyllene Nilen som är eoners och dynastiers gåtfulla moder – vilade libyska öknens hotande sand, skiftande och regnbågsskimrande och ondskefull av uråldrig mystisk. Den röda solen sjönk lägre och skymningen förde med sig den egyptiska nattens obevekliga kyla; och när den balanserade på världens rand likt Heliopolis urtida gud – Re-Harakhte, horisontsolen – såg vi pyramiderna vid Giza teckna svarta silhuetter mot dess gyllene undergång – dessa paleolitiska gravkamrar hade gnagts av tusen år redan när Tutankhamon besteg sin gyllene tron i det avlägsna Thebe. Då förstod vi att det saracenska Kairo inte hade mer att erbjuda, och att vi måste insupa den djupare mystiken hos Egyptens ursprung – där Re och Amen, Isis och Osiris hade skapats liksom allt annat, av den svarta guden Khem.

Morgonen därpå besökte vi pyramiderna, till vilka vi åkte i en Victoria-spårvagn över en väldig bro med bronslejon, över Ghizerehs ö med dess mäktiga siristräd och en mindre engelsk bro till Nilens västra bank. Vidare på en väg längs floden rullade vi mellan ansenliga rader av siristräd och förbi de vidsträckta zoologiska trädgårdarna till Gizas förstäder, där en ny och inte överflödig bro till Kairo sedan dess har byggts. Sedan gick vår väg in mot landet längs "pyramidvägen" Sharia-el-Haram, varvid vi korsade en trakt med spegelblanka kanaler och tarvliga infödingsbyar tills målet för vårt sökande tornade upp sig framför oss, klöv gryningens dimmor och kastade omvända speglingar i pölarna vid vägen. Fyrtio sekel blickade verkligen ner på oss, såsom Napoleon hade sagt till sina förkämpar.

Vägen sluttade nu med ens uppåt, tills vi omsider nådde vårt mål mellan spårvagnsstationen och det fina hotellet Oberoi Mena House. Abdul Reis, som erfaret skaffade oss biljetter till pyramiderna, föreföll äga ett samförstånd med de trängande, skrikande och obehagliga beduinerna som befolkade en snuskig och avsides belägen lerby, och ansatte alla resande som en pesthärd; ty han fick dem att hålla sig på synnerligen anständigt avstånd och skaffade fram ett utsökt par kameler åt oss, emedan han själv satte sig tillrätta på en åsna och anvisade ett sällskap män och en pojke, som var mer kostsamma än användbara, att leda våra djur. Sträckan vi skulle tillryggalägga var så liten att kameler knappast behövdes, men vi beklagade inte att en sådan opraktisk ökenfärd lades till våra upplevelser.

Samlingen av pyramider vilar på en höglänt bergsplatå och sluter upp vid den nordligaste raden av kungliga och adliga begravningsplatser som anlagts i trakten av Memfis. Denna utdöda huvudstad är belägen på samma sida om Nilen och något söder om Giza, och blomstrade mellan år 3400 och 2000 f.Kr. Den största pyramiden, som ligger närmast den moderna vägen, uppfördes av farao Kheops eller Khufu omkring år 2800 f.Kr, och reser sig högre än 450 fot i lodrät höjd. På rad söderut ligger dels en pyramid uppförd en generation senare av farao Khefren, som trots att den är något mindre förefaller vara större eftersom den vilar på högre mark – och farao Mykerinos betydligt mindre pyramid, uppförd omkring 2700 f.Kr. Nära kanten av platån och rakt öster om Khefrens pyramid, står den monstruösa Sfinxen – stum, hånfull och med en visdom större än mänskligheten och dess samlade minnen – med ett ansikte som förmodligen omarbetats för att skapa ett gigantiskt porträtt av Khefren, kungligheten som återställde den i gott skick.

Mindre pyramider och spår efter mindre pyramiders ruiner kan hittas på åtskilliga platser, och hela platån är perforerad med gravkammare för ädlingar av lägre börd än kunglig. De sistnämnda var ursprungligen utmärkta med en mastaba – en stenbänksliknande konstruktion runt det djupa begravningsschaktet – av den sort man finner på andra memfiska begravningsplatser och med Pernebs grav i Metropolitan Museum i New York som exempel. I Giza har däremot alla sådana synbara föremål sopats bort av århundraden och plundringar; och blott de i sten uthuggna schakten, som antingen är fyllda av sand eller utgrävda av arkeologer, kan ännu vittna om deras tidigare förekomst. I anslutning till varje gravkammare fanns ett kapell i vilket präster och anhöriga offrade mat och böner till den kringdrivande *ka* eller livsprincipen hos den bortgångne. De små gravkamrarna har sina kapell inneslutna i var sitt stenmastaba eller överbyggnad, men gravkapellen i pyramiderna – där de kungliga faraonerna vilade – är avskilda tempel, vart och ett beläget öster om pyramiden de tillhör och förbundna medelst en sorts bro till ett massivt portkapell eller propylon vid kanten på stenplatån.

Portkapellet som leder till Khefrens pyramid, och som nästan är begravt i den vandrande sanden, öppnar sitt underjordiska svalg sydöst om Sfinxen. Fortlevande sägner utnämner den till "Sfinxens Tempel"; och måhända kan den rätt och riktigt benämnas så om Sfinxen verkligen representerar den näst största pyramidens skapare Khefren. Det finns obehagliga sägner om Sfinxen innan Khefrens tid – men vilka de äldre anletsdagen än var, lät monarken ersätta dem med sina egna för att folk skulle kunna skåda kolossen utan fruktan. Det var i det stora portiktemplet man upptäckte dioritstatyn i naturlig storlek av Khefren som nu står i Kairos museum; en staty vilken jag stod framför och beskådade i vördnad. Huruvida hela den ståtliga byggnaden är utgrävd numera kan jag inte säga, men år 1910 låg större delen av den begravd med ingången bastant tillbommad om nätterna. Tyskar ledde arbetet, och kriget eller andra omständigheter kan ha satt stopp för det. Med tanke på mina upplevelser och visst tisseltassel från beduinskt håll, som antingen är misstrott eller okänt i Kairo, skulle jag betala mycket för att få veta vad man dragit fram i ljuset angående en viss brunn i ett sidogalleri, där man upptäckt statyer av faraonen som hade placerats i ett märkligt förhållande till babianstatyer.

Vägen krökte sig tvärt förbi polishuset, postkontoret, apoteket och affärer på vänster hand, och fortsatte söder och öster ut i en formlig kurva som besteg bergsplatån och förde oss rakt inför en scen där öknen låg i lä under Kheopspyramiden. Förbi cyklopiska stenbyggnader rullade vi, rundade östra väggen och skådade ner över en dalgång med mindre pyramider, bortom vilka den glittrande och eviga Nilen flöt västerut. Helt nära framträdde de tre ståtligaste pyramiderna, där den största saknade yttre beläggning och blottade sin massa av omfångsrika stenar, men de andra bibehåller fläckvis den prydligt avpassade beläggningen som gjorde dem släta och fulländade på sin tid.

Inom kort reste vi ner mot Sfinxen, och satt i trollbunden tystnad under dess fruktansvärda och oseende ögon. På det breda stenbröstet urskiljde vi svagt symbolen för Re-Harakhte, vars avbild Sfinxen misstogs vara i en senare dynasti; och ehuru sand täckte den lilla plattan mellan de väldiga tassarna mindes vi vad Thutmosis IV ristade in därpå, och drömmen han hade som prins. Det var då som Sfinxens leende så smått började oroa oss, och fick oss att undra över legender som omtalar underjordiska gångar under den monstruösa varelsen, vilka leder ner, ner till avgrunder ingen vågar knysta om – avgrunder som härbärgerar mysterier äldre än dynastiernas Egypten som nu grävs ut, och vilka står i olycksbådande förbindelse med vissa onaturliga, djurhövdade gudar som ännu lever kvar i den uråldriga nilotiska gudavärlden. Det var också då jag ställde mig en stilla undran, vars fasaväckande betydelse inte skulle avslöjas än på många timmar.

Andra turister började nu komma ifatt oss, och vi tog oss vidare till Sfinxens sandtilltäppta tempel nära femtio meter åt sydost, vilken jag tidigare nämnt i dess egenskap som broport till Kheopspyramidens gravkapell på platån. Större delen av den var ännu begravd, och ehuru vi satt av och trädde ner genom en modern ingång till dess alabasterkorridorer och pelarförsedda sal, upplevde jag det som att Abdul och den tyske vaktmästaren inte visade oss allt som fanns att se. Efter detta gjorde vi den sedvanliga rutten på pyramidplatån, besåg Khefrens pyramid och de besynnerliga ruinerna av dess gravkapell i öster, Mykerinos pyramid och dess sydligt belägna miniatyrsyskon och östligt belägna ruinkapell, gravkamrarna i berget och perforeringen från de fjärde och femte dynastierna, och den berömda Campbells gravkammare vars skuggrika schakt brådstörtat stupar ner 53 fot till en olycksbådande sarkofag, vilken en av våra kamelförare frigjorde från sanden som belamrade den, efter en svindlande nedstigning per rep.

Skrik nådde oss nu från Kheopspyramiden, när beduiner belägrade en skara turister med erbjudanden om guidning till toppen, och genom att briljera med hur hastigt de kunde klättra upp och ned på egen hand. Sju minuter sägs vara rekordet för en sådan upp- och nedstigning, men mången frisk och stark shejk och shejkson försäkrade oss att de kunde slå det med två minuter om de bara fick upp den erforderliga ångan genom en frikostig slant. Ångan i fråga fick de inte upp, men vi lät snabbt visa oss till toppen och därmed skaffa oss en makalöst storslagen utsikt, vilken omfattade inte bara det avlägsna och gnistrande Kairo med dess krönta citadell och bakgrund av gyllenvioletta kullar, utan därtill samtliga pyramider i trakten av Memfis: från Abu Roash i norr till Dashur i söder. Sakkaras trappstegsformade pyramid, som representerar ett mellanled i utvecklingen från de låga mastaban till de egentliga pyramiderna, framträdde tydligt och lockande i den sandiga fjärran. Det är nära detta mellanledsmonument som den ryktbare Pernebs gravkammare upptäcktes – mer än 400 miles norr om Konungarnas dal i Thebe där Tutankhamon vilar. Åter försattes jag i tystnad av ren vördnad. Utsikten mot en sådan fornlämning och hemligheterna som alla uråldriga monument tycktes äga och ruva över, fyllde mig med vördnad och en överväldigande känsla som inget någonsin hade givit mig tidigare.

Utmattade av klättringen och äcklade av de pockande beduinerna vars beteende syntes trotsa all god smak, valde vi att inte ge oss i kast med det mödosamma företaget att stiga in i de trånga gångarna i någon av pyramiderna, ehuru vi såg åtskilliga av de tåligaste turisterna förbereda sig för ett klaustrofobiskt kryptåg genom Kheops mäktigaste minnesmonument. När vi hade gjort upp med och betalat vår inhemske livvakt och red tillbaka till Kairo med Abdul Reis under eftermiddagssolen, ångrade vi halvt om halvt valet vi gjort. Synnerligen fascinerande saker som inte återfanns i guideböckerna viskades om de djupare belägna pyramidgångarna; gångar vars mynningar hade blockerats i all hast och hemlighölls av vissa förtegna arkeologer som hade upptäckt och börjat utforska dem. Självklart var sådant tisseltassel i stort sett grundlöst vid första påseendet; men det var märkligt att betänka hur enträget besökarna förbjöds att stiga in i pyramiderna nattetid, eller att besöka de lägsta hålorna och kryptorna under Den stora pyramiden. Måhända fruktade man i det sistnämnda fallet den psykologiska påfrestningen – påfrestningen när besökaren upplevde sig vara nedtyngd av en ofantlig rymd av kompakt stenmassa; blott förbunden med sitt bekanta liv medelst en tunneln genom vilken han endast kan krypa, och vilken kan blockeras av allehanda tänkbara olyckor eller ondskefulla avsikter. Hela saken föreföll så kuslig och fängslande att vi beslöt kosta på oss ännu ett besök på pyramidplatån så snart tillfället gavs. För mig kom tillfället betydligt tidigare än jag hade förväntat mig.

Samma afton, när deltagarna i vårt sällskap kände sig tämligen trötta efter dagens krävande schema, tog jag en promenad genom den pittoreska arabiska stadsdelen med Abdul Reis som enda sällskap. Ehuru jag hade besökt den dagtid, önskade jag se gränderna och basarerna i skymningen, då djupa skuggor och glimtar av fylligt ljus skulle berika deras romantiska skimmer och fantastiska bländverk. Folkmassorna av infödingar tunnades ut men var fortfarande synnerligen högljudda och talrika när vi stötte på en hop rumlande beduiner i Suq al-Nahhasin, eller kopparsmidarnas basar. Den uppenbare ledaren lade märke till oss, en oförskämd yngling med grova anletsdrag och tarbushen fräckt på sned; och tydligen utan större vänskaplighet igenkände han min kompetente men åt vidskepelse och hånflin benägne guide. Måhända, tänkte jag, retade han sig på den underliga imitationen av Sfinxens vaga leende, vilket jag ofta hade anmärkt på själv med road irritation; eller kanske tyckte han inte om den ihåliga och gravlika resonansen i Abduls röst. I alla fall blev det smädliga utbytet av nedärvt språkbruk mycket livligt; och inom kort började Ali Ziz – vilket jag hörde främlingen kallas när han inte benämndes med något värre – slita våldsamt i Abduls dräkt, en handling som snabbt gav utdelning och ledde till ett livligt slagsmål där båda kämparna blev av med sina ömt vårdade huvudbonader, och skulle ha uppnått en ännu hetsigare stämning ifall jag inte hade gått emellan och handgripligen skiljt dem åt.

Mitt ingripande syntes till en början ovälkommet hos båda sidorna, men lyckades slutligen åstadkomma vapenvila. Kämparna i fråga lade vresigt locket på sin vrede och rättade till sina dräkter; och sedan de bemäktigat sig en värdighet som var lika genomgripande som förvånande i sin hastiga omställning, ingick de båda ett märkligt hedersförbund, som jag omsider fick veta är en mycket gammal sedvänja i Kairo – ett förbund som innebar att förlika sina tvister medelst ett nattlig knytnävsslagsmål på Den stora pyramidens krön, långt efter att den sista månskensturisten försvunnit. Varje part skulle samla ett sällskap sekonder och begivenheten ta avstamp vid midnatt och gå tillväga med ronder på ett högst civiliserat sätt. I denna planering fanns mycket som väckte mitt intresse. Slagsmålet i sig gav löfte om att bli både enastående och spektakulärt, samtidigt som tanken på dess skådeplats tilltalade minsta lilla uns av min fantasi: krönet på den uråldriga stenmassan med utsikt över den förhistoriska Gizaplatån under småtimmarnas bleka måne. Abdul visade sig vara ytterst tillmötesgående vid min förfrågan om att låta mig ingå i hans skara av sekonder, varför jag under återstoden av den tidiga aftonen åtföljde honom till diverse tillhåll i stadens mest förslummade områden – huvudsakligen nordost om Ezbekiye – där han en efter en samlade ihop ett lämpligt gäng utvalda och respektingivande lymlar som stridslystna uppbackare.

Strax efter nio makade sig vårt sällskap genom orientaliska såväl som västerländska gatulabyrinter, ridande på åsnor med kungliga namn eller sådana som kunde tilltala turister: "Ramses", "Mark Twain", "J.P. Morgan" och "Skrattande Vattnet", tog oss på bronslejonbron över Nilens gyttjiga vatten med dess skog av master, och galopperade lätt och med upphöjt lugn mellan lebbakhträden mot Giza. Resan tog oss något över två timmar, där vi slutligen passerade de sista turisterna och vinkade åt den sista spårvagnen som återvände in till staden, och lämnades ensamma med natten och förgångna tider och en spöklik måne.

Sedan siktade vi de omfångsrika pyramiderna vid den breda gatans slut, demoniskt besjälade av ett dunkelt, atavistiskt hot som jag inte tyckte mig ha lagt märke till under dagen. Till och med den minsta av dem antydde något gastkramande – ty var det inte i den man hade begravt drottning Nitokris levande under den sjätte dynastin; den sluga drottning Nitokris som bjöd in alla sina fiender till en tempelfest under Nilen och dränkte dem genom att öppna slussportarna? Jag mindes att araberna viskade saker om Nitokris och skydde Mykerinos pyramid under vissa månfaser. Det måste ha varit henne som Thomas Moore grubblade över när han diktade om något som båtkarlarna i Memfis mumlade om:

Den underjordiska nymf som dväljes
Bland solhöljd prakt och ädel sten –
Pyramidens härskarinna!

Ehuru vi var tidiga hade Ali Ziz och hans sällskap hunnit före oss, ty vi såg deras åsnor avteckna sig mot Kafr-ei-Harams ökenplatå, mot vars förslummade arabiska bebyggelse nära Sfinxen vi hade skiljts åt istället för att följa den vanliga vägen till Mena House-hotellet, där vissa av de sömniga, ineffektiva poliserna kunde ha lagt märke till oss och hejdat oss. På denna plats, i vars berg lortiga beduiner stallade kameler och åsnor i gravkammare som tillhört Khefrens hovfolk, leddes vi uppför bergen och över sanden till Den stora pyramiden, där araberna otåligt besteg de av tidsåldrar nötta sidorna, och Abdul Reis gav mig en hjälpande hand som jag inte behövde.

Som de flesta turister vet har den egentliga toppen på byggnadsverket vittrat bort sedan länge, varvid en tämligen flat yta om elva kvadratmeter skapats. På denna kusliga topp skapade man nu en fyrkantig inhägnad, och en kort stund senare blickade den hånfulla ökenmånen ner på en kamp som mycket väl kunde ha utspelat sig på någon mindre atletklubb i Amerika, om det inte vore för beskaffenheten på gaphalsarna vid ringside. När jag betraktade det erfor jag att det inte led brist på våra mindre beundransvärda traditioner; ty varje slag, fint och defensiv vittnade om tjuvknep inför mina inte oerfarna ögon. Allt var snabbt överståndet, och trots mina betänkligheter om förfarandet kände jag någon sorts samhörig stolthet när Abdul Reis utnämndes till vinnare.

Försoningen kom enastående hastigt till stånd, och det kändes svårt att tro att något slagsmål alls hade ägt rum nu när sång, förbrödring och supande tog vid omkring mig. Märkligt nog tycktes jag själv vara mer i blickfånget än de forna fienderna; och utifrån mina ytliga kunskaper i arabiska kunde jag avgöra att de diskuterade mina yrkesmässiga uppträdanden och utbrytningar från alla upptänkliga sorters handklovar och fängsel, på ett sätt som inte bara tydde på en överraskande god kännedom om mig, utan också på uppenbart tvivel och fientlighet mot mina bedrifter som utbrytarkung. Efterhand gick det upp för mig att gamla tiders egyptiska magi inte hade försvunnit spårlöst, utan att brottstycken av en sällsam, hemlighållen legend och vissa prästerliga kulthandlingar hade överlevt i lönndom bland fellahiner i sådan utsträckning att en framgångsrik utländsk "hahwi" eller magiker kan väcka anstöt och ifrågasättanden. Jag tänkte på hur mycket min guide med den ihåliga rösten, Abdul Reis, liknade en gammal egyptisk präst eller farao eller en leende Sfinx till utseendet... och undrade.

Plötsligt hände något som blixtlikt uppenbarade hur väl mina funderingar stämde, och fick mig att förbanna den dårskap som hade inlåtit mig på denna nattliga begivenhet som nu visade sig vara en tom "bluff" med ont uppsåt och inget annat. Utan förvarning och tveklöst på något omärkligt tecken från Abdul, kastade sig hela beduinligan över mig; och när de skaffat fram bastanta rep var jag strax bunden lika stadigt som jag någonsin varit under hela mitt liv, både på och utanför scenen. Till en början kämpade jag, men insåg snart att en ensam karl inte kunde rå på en liga på över tjugo kraftiga barbarer. Mina händer var bundna bakom ryggen, mina knän var böjda till bristningsgränsen, och mina hand- och fotleder var stadigt ihopbundna med hårda rep. En kvävande munkavle tvingades in i min mun och en bindel bands hårt över mina ögon. Medan araberna bar iväg mig på sina axlar och påbörjade en dunsande nedstigning från pyramiden, hördes glåpord från min tidigare guide Abdul, som förlöjligade mig och hånskrattade förnöjt med sin ihåliga stämma, och försäkrade mig att mina "magiska krafter" snart skulle genomgå ett eldprov, som genast skulle slå allt självförtroende ur hågen som jag kunde ha skaffat mig efter att ha övervunnit alla prövningar i Amerika och Europa. Han påminde mig om att Egypten är ytterst gammalt och fullt av dunkla mysterier och forntida krafter som inte ens var fattbara för dagens herrar, vars knep så mangrant hade misslyckats med att hålla mig fången.

Hur långt eller i vilken riktning jag bars iväg, kan jag inte säga; ty omständigheterna omöjliggjorde all rimlig bedömning. Emellertid vet jag att det inte kan ha varit en längre sträcka, då karlarna som bar mig inte vid något tillfälle gick snabbare än i promenadtakt och ändå hade mig på axlarna en förvånansvärt kort stund. Det är denna förbryllande korta stund som får mig att nästan rysa när jag kommer att tänka på Giza och dess platå – ty antydningen om hur nära de dagliga turistrutterna passerar det som existerade en gång och ännu i denna dag måste finnas kvar, gör en betryckt.

Det ondskefullt onormala jag talar om visade sig inte genast. När kidnapparna satte ned mig på något som jag kände var sand och inte sten, band de ett rep runt mitt bröst och släpade bort mig några få fot till en skrovlig öppning i marken, ner i vilken de snart sänkte mig synnerligen hårdhänt. Skenbart i en evighet dunsade jag in i de skrovliga stenväggarna i en trång uthuggen brunn, som jag antog var en av platåns otaliga gravschakt, men det ofantliga, nästan ofattbara djupet det ägde berövade mig efterhand alla möjligheter att gissa.

Upplevelsens skräck fördjupades för varje långsam sekund. Att någon nedfärd genom ren, massiv berggrund kunde vara så oändlig utan att man nådde planetens kärna, eller att något rep skapat av människohänder kunde vara så långt att det lät mig dingla i dessa ohelgade och till synes bottenlösa djup i Jordens innandöme, var så groteskt att betänka, att det var lättare att betvivla mina upprörda sinnen än att godta deras vittnesbörd. Till och med i denna stund är jag osäker, ty jag vet hur bedräglig ens tidsuppfattning blir när en eller flera av våra vanliga sinnen eller livsomständigheter berövas oss eller förändras. Men jag är ganska säker på att min förnuftsmässiga medvetenhet ännu bibehölls; i alla fall denna upplevelse behöver inte tillskrivas något vildvuxet hjärnspöke då den var nog så hemskt verklig, och kan förklaras som en sorts varseblivningsvilla som låg ytterst nära en ren hallucination.

Allt detta ledde inte till min första kortvariga medvetslöshet. Den uppslitande pinan växte, och fasorna som skulle följa begynte med en ytterst märkbar hastighetsökning hos min nedfärd. De halade nu ut det oändliga repet mycket snabbt; och medan jag skrapades blodig mot skrovliga och kompakta schaktväggar störtade jag handlöst ner. Kläderna blev till trasor, och trots den olidliga och växande smärtan kände jag blod sippra fram över hela kroppen. Också mina näsborrar angreps av ett närmast obestämbart hot: en förstulen stank av fukt och instängdhet som var märkligt olik allt jag någonsin känt tidigare, och som ägde en gäckande anstrykning av vaga kryddor och rökelse.

Sedan dränkte en mental syndaflod mig. Det var fruktansvärt – fasaväckande bortom alla uttryckliga beskrivningar, emedan det helt och fullt var själsligt och saknade detaljer att ta fasta på. Det var nattmarornas extas och summan av allt djävulskt. Plötsligheten i det hela drabbade mig undergångslikt och demoniskt – ena ögonblicket föll jag ner genom den trånga brunnen med dess miljontandade tortyr, och i nästa ögonblick störtade jag fram på fladdermusvingar i helvetiska avgrundssvalg; virvlade fritt och störtdök genom oändliga kilometer av gränslös, unken rymd; steg svindlande upp mot omätbara ytterlighetshöjder av kylig eter, för att sedan dyka andlöst ner mot sugande nadirer av glupskt och kväljande, underliggande tomrum... Tacka Gud för den glömskans nåd som utestängde dessa medvetandets klösande furier som halvt om halvt rubbade mina själsförmögenheter och slet i min själ likt en harpya! Hur kortvarig denna frist än var, skänkte den mig styrkan och själsförmögenheterna för att kunna uthärda de än större inkarnationerna av kosmisk fasa som lurade och pladdrade på vägen framför mig.

II.

Efter den översinnliga flygfärden genom stygisk rymd återvann jag ytterst långsamt medvetandet. Förloppet var oändligt smärtsamt och färgades av fantastiska drömmar, i vilka min bundna och med munkavle försedda situation fann säregna uttryck. Drömmarnas fullkomliga verklighet undgick mig inte när jag upplevde dem, men efteråt blev de genast dimmiga i mitt minne och bleknade snart till blotta skisser efter de fantasifulla händelser – verkliga eller inbillade – som skulle följa. Jag drömde att en väldig och skräckinjagande tass hade gripit mig, en gulaktig, hårig tass med fem klor som sträckte sig upp ur jorden för att krossa och uppsluka mig. Och när jag hejdade mig för att fundera över vad tassen innebar, föreföll den mig vara själva Egypten. I drömmen tittade jag tillbaka på den gångna veckans begivenheter och såg mig själv bli lurad och snärjd lite i sänder – omärkligt och försåtligt – av någon infernalisk demonande med ursprung i Nildeltats uråldriga svartkonst; en ande som funnit sig tillrätta i Egypten innan mänsklighetens gryning, och alltjämt kommer att göra det när mänskligheten inte längre finns.

Jag skådade Egyptens skräck och osunda ålderdom, och det ohyggliga förbund det alltid haft med de dödas gravkammare och tempel. Jag såg fantomprocessioner av präster vars huvuden tillhörde tjurar, falkar, katter och ibisfåglar – fantomprocessioner som tågade i all oändlighet genom underjordiska labyrinter och breda vägar kantade av jättelika portiktempel, bredvid vilka en människa ser ut som en fluga, och offrade onämnbara gåvor till obeskrivliga gudar. stenkolosser marscherade i ändlös natt och drev fram hjordar av hånfulla sfinxer mot stränder vid gränslösa floder av osund beck. Och bakom allt detta förnam jag den outsägliga ondskan som är ursprunglig nekromantis natur, vilken svart och formlös famlade glupskt efter mig i mörkret för att krama livet ur en själ som hade dristat sig till hån genom att söka efterlikna den. I min sovande hjärna gestaltade sig ett skådespel av lömskt hat och förföljande, och jag såg Egyptens svarta själ välja ut och tillkalla mig i en ohörbar viskning – kalla och locka mig och leda mig fram med glansen och ståten hos en saracensk jordyta, men ständigt förleda mig ner mot katakomber av vansinnig ålderdom och till skräcken i sitt döda och avgrundsdjupa faraoniska hjärta.

Därpå antog drömmens ansikten mänsklig likhet, och jag såg min guide Abdul Reis i kunglig klädedräkt och med Sfinxens hånleende över sitt ansikte. Och jag visste att ansiktet var Khefren den stores ansikte, han som reste den Stora pyramiden, lät omarbeta Sfinxens anlete till sin egen avbild och uppförde det jättelika portiktemplet, som antas vara helt utgrävt av arkeologer ur den gåtfulla sanden och den tigande klippan med alla sina otaliga korridorer. Och jag beskådade Khefrens långa, smala, fasta hand såsom jag hade sett den på dioritstatyn i Kairos museum – statyn man hade upptäckt i det fasansfulla portiktemplet – och undrade varför jag inte hade skrikit när jag såg samma hand på Abdul Reis... Handen! Den var ohyggligt kall, och den krossade mig; det var kölden och trångheten i en sarkofag... kölden och den kvävande omfamningen av ett Egypten ingen kan minnas... Det var den nattslagna nekropolen Egypten själv... den gula tassen... och man viskar så fruktansvärda saker om Khefren...

Men i detta kritiska ögonblick började jag vakna – eller åtminstone uppnå ett tillstånd som inte var lika djup sömn som tidigare. Jag mindes slagsmålet på pyramiden, de opålitliga beduinerna och deras överfall, min skräckfyllda nedfärd i rep genom bottenlösa klippdjup, och mitt vansinniga svepande och störtdykande genom ett tomrum av köld och aromatisk förgängelse. Jag varseblev att jag nu låg på ett fuktigt stengolv, och att mina rep fortfarande skar in i mig med osviklig styrka. Det var mycket kallt, och jag tyckte mig förmärka en svag luftström som ljudligt drog fram över mig. Såren och blåmärkena som schaktets ojämna klippväggar hade tilldelat mig plågade mig eländigt, och ömheten växte till en intensiv sveda eller brännande smärta av någon frän beskaffenhet hos det svaga luftdraget; och att bara röra sig var tillräckligt för att hela kroppen skulle bulta av outsäglig smärta. När jag vände på mig kände jag ett ryck ovanifrån och drog slutsatsen att repet som hade sänkt ned mig fortfarande nådde upp till markytan. Huruvida araberna ännu höll i det, hade jag ingen aning om; och lika lite visste jag hur djupt ner i underjorden jag befann mig. Emedan ingen glimt av månsken trängde igenom min ögonbindel kunde jag avgöra att mörkret som omslöt mig var kompakt eller närapå det; men jag litade inte tillräckligt mycket på min upplevelse av den ofantliga varaktigheten hos nedfärden, tör att godta det som bevis på att jag befann mig extremt djupt ner.

Då det i alla fall stod klart att jag befann mig i ett utrymme av ansenligt format och som jag nått från markytan genom en öppning i klippan rakt ovanifrån, gjorde jag ett osäkert antagande om att mitt fängelse kunde vara den gamle Khefrens begravda portkapell – Sfinxens tempel; kanske någon inre korridor som guiderna inte hade visat mig under morgonens besök, och från vilken jag enkelt kunde fly om jag lyckades leta mig fram till den tillbommade ingången. Det skulle bli en labyrintisk vandring, men inte värre än andra som jag tidigare klarat mig igenom. Först och främst måste jag frigöra mig från repen, munkavlen och ögonbindeln, vilket otvivelaktigt skulle vara lätt avklarat då mer skarpsinniga experter än araberna i fråga hade fängslat mig på alla upptänkliga sätt under min långa och omväxlande karriär som utbrytarkung, utan att mina metoder någonsin hade svikit mig.

Sedan slog det mig att araberna kunde göra sig beredda att möta och överfalla mig vid ingången efter minsta tecken på att jag frigjort mig från repen, vilket skulle avslöjas genom varje tydlig rörelse i repet som de förmodligen höll i händerna. Det förutsatte naturligtvis att platsen för min fångenskap verkligen var

Khefrens Sfinxtempel. Öppningen i taket ovanför mig, var den nu dolde sig, kunde inte vara mer avlägsen än att man lätt kunde nå den vanliga, moderna ingången nära Sfinxen därifrån, om avståndet på markytan alls var särskilt långt, emedan hela området som turister känner till knappast är enormt stort. Jag hade inte lagt märke till någon sådan öppning under min vallfärd den gångna dagen, men visste att sådant lätt kan försvinna i den vandrande sanden. Medan jag tänkte igenom dessa frågor där jag låg böjd och bunden på bergsgolvet glömde jag nästan skräcken under den avgrundsdjupa nedfärden med dess svepflykt genom hålrum som bara en kort stund tidigare hade försänkt mig i koma. Min enda tanke just nu var att överlista araberna; och sålunda beslöt jag att frigöra mig så fort som möjligt och undvika alla ryck i det nedhängande repet, vilket skulle förhindra ett effektivt eller ens problematiskt försök att nå friheten.

Detta var hur som helst lättare tänkt än gjort. Några prövande försök avslöjade att jag inte kunde göra mycket utan avsevärda rörelser; och jag blev inte förvånad när jag kände slingor av fallande rep börja hopa sig runt och över mig efter en särskilt kraftfull ansträngning. Tydligen hade beduinerna känt rörelserna och släppt ifrån sig sin ände av repet, tänkte jag, och skyndade sig genast över till templets egentliga ingång för att invänta mig i mordisk avsikt. Utsikten var inte angenäm – men jag hade sett värre i vitögat utan att rygga tillbaka i mina dar, och jag skulle inte göra det nu heller. För närvarande måste jag först och främst frigöra mig från repen, och sedan lita på min uppfinningsrikedom för att fly oskadd från templet. Det är märkligt hur blint jag började lita på mig själv i tron att befinna sig i Khefrens gamla tempel bredvid Sfinxen, bara ett litet stycke under markytan.

Min förtröstan krossades dock, och alla ursprungliga farhågor om onaturliga djup och demoniska mysterier väcktes åter av en omständighet vars skräck och betydelse hade börjat stå klar medan jag gjorde upp mina teoretiska planerna på tillvägagångssättet. Jag nämnde att det fallande repet hopade sig runt och över mig. Nu märkte jag att det fortsatte att hopa sig, på ett sätt som inget normallångt rep skulle kunna göra. Det föll allt hastigare och blev till en lavin av hampa, växte till ett berg på golvet och begravde mig halvt under slingor som hastigt mångdubblades. Snart var jag fullständigt begravd och kippade etter andan när den växande härvan dränkte och kvävde mig. Mitt medvetande vacklade igen, och jag försökte fåfängt kämpa emot den fruktansvärda och obönhörliga faran. Det var inte bara mer plågsamt än en människa kan uthärda – inte bara så att livet och livsluften sakta syntes kramas ur mig – det var vetskapen om vad repets onaturliga längd antydde, och att bli medveten om vilka okända och oändliga avgrunder som underjorden i detta ögonblick måste omsluta mig med. Min ändlösa nedstigning och svepande flykt genom förhäxade rymder måste därför ha varit verklig; och här och nu låg jag således hjälplös i någon onämnbar grotta vid planetens kärna. En sådan plötslig bekräftelse på yttersta fasa var outhärdlig, och en andra gång föll jag i barmhärtig medvetslöshet.

När jag säger medvetslöshet, menar jag inte att jag undslapp drömmar. Tvärtom utmärktes min frånvaro från medvetandets värld av ytterlighetsvisioner av onämnbar ohygglighet. Herregud! ... Om jag bara inte hade läst så mycket egyptologi innan jag besökte detta land, allt mörker och all fasas källsprång! Denna medvetslöshetens andra förtrollning fyllde min sovande ande med skälvande insikter om landet och dess uråldriga hemligheter, och genom någon fördömelsens nyck hängav sig mina drömmar åt forntida föreställningar om de döda och deras vistelse i kropp och själ bortom de mystiska gravkammare som var mer boningar än dödens vilorum. I drömmens gestaltning som jag är glad att inte minnas, erinrade jag mig den besynnerliga och omsorgsfulla konstruktionen hos egyptiska gravar; och de ytterst säregna och skräckinjagande trossatser som föranledde denna konstruktion.

Dessa människor hade inget annat än döden och de döda i tankarna. De föreställde sig att kroppen skulle återuppstå i fysisk form, varför man mumifierade dem med desperat omsorg och bevarade alla livsnödvändiga organ i kanoper – inälvskrukor – nära kroppen. Utöver kroppens helgd trodde de på två andra element: själen, som efter Osiris vägning och godkännande dvaldes på de saligas öar, och det dunkla och olycksbådande *ka* eller livsprincipen, som vandrade mellan övre och undre världen på skrämmande sätt, som då och då tillskansade sig den bevarade kroppen och förtärde offerföden som präster och gudfruktiga släktingar hade placerats i gravkapellet – och människor viskade att de ibland tog sin kropp eller kopian i trä som alltid begravdes bredvid den, och utan nåd för ett vittnes förstånd skred iväg i ytterst motbjudande avsikter.

I tusentals år vilade kropparna praktfullt inneslutna och stirrade stelt upp i luften med ögon av glas när de inte besöktes av *ka*, inväntande dagen då Osiris skulle återställa både *ka* och själ och visa upp de stela härskarorna av döda från Dödens nedsänkta boning. Det skulle bli en underbar återfödelse – men alla själar var inte godkända, och ej heller var alla gravar okränkta, varför vissa groteska misstag och djävulska missbildningar skulle finnas att beskåda. Ännu i denna dag mumlar araberna om oheliga möten och osund dyrkan i underjordens glömda avgrunder, vilka blott bevingade och osynliga *kan* och själlösa mumier kan besöka och återvända ifrån oskadda.

De kanske lömskaste legenderna bland de som får blodet att isas, härstammar från landets kulturskymning och talar om vissa fördärvliga alster från prästerliga konster i förfall – sammansatta mumier skapade genom konstgjorda sammanfogningar av mänskliga bål och lemmar med djurhuvuden för att efterlikna de gamla gudarna. Under hela historien mumifierades de heliga djuren, varför helgade tjurar, katter, ibisfåglar, krokodiler och andra kroppar skulle kunna återvända till ståtligare prakt en dag. Men blott under rikets förfall blandade man mänskligt och djuriskt i samma mumie – blott under förfallets tid, när man inte längre förstod *kas* och själens rättigheter och privilegier. Vad som hände med dessa sammansatta mumier omtalas inte – i varje fall inte öppet – och det står klart att ingen egyptolog har funnit någon. Arabernas förstulna prat är ytterst befängt och kan inte tilltros. De antyder till och med att gamle Khefren – han med Sfinxen, den näst största pyramiden och det gapande portiktemplet – lever djupt ner i underjorden med likätarnas drottning Nitokris som hustru och härskar över mumierna som varken är mänskliga eller djuriska.

Det var om dem – om Khefren och hans maka och hans vidunderliga arméer av döda bastarder – som jag drömde, och därför skattar jag mig lycklig för att de gestalterna i drömmen har bleknat i mitt minne. Min mest skräckinjagande vision hade sin upprinnelse i en fåfäng undran jag ställt mig föregående dag, när jag beskådade den väldiga skulpterade ökengåtan och undrade vilka okända djup som det så närbelägna templet kunde stå i hemlig förbindelse med. Den så oskyldiga och förflugna tågan fick i min dröm en ursinnig innebörd av hysteriskt vansinne... Vilken vidunderlig och vämjelig abnormitet var Sfinxen ursprungligen skulpterad för att föreställa?

Mitt andra uppvaknande – ifall det nu var ett uppvaknande – är ett minne av naken ohygglighet utan motstycke i mitt liv – förutom något som inträffade strax därpå; och detta mitt liv har varit rikare och mer fyllt av äventyr än de flesta människors. Kom nu ihåg att jag förlorade medvetandet då jag begravdes under en störtsjö av fallande rep vars oerhörda massa avslöjade vilket förödande djup jag befann mig på. Nu när min uppfattningsförmåga återvände kände jag att hela tyngden hade försvunnit, och när jag fortfarande bunden och iförd munkavle och ögonbindel vände mig på sidan, insåg jag att någon makt hade avlägsnat hela det kvävande jordskredet av hampa som begravt mig. Innebörden i denna omständighet gick naturligtvis upp för mig efterhand, ehuru jag antar att den åter skulle inneburit medvetslöshet om jag inte varit så känslomässigt bortdomnad i detta läge, att en ny fasa skulle kunna förändra något. Jag var ensam... med vad?

Innan jag kunde rådbråka min hjärna med nya funderingar eller på nytt försöka kämpa mig ur repen, blev ytterligare en omständighet uppenbar. Smärta som tidigare inte hade gett sig tillkänna pinade mina armar och ben, och min kropp tycktes vara täckt av torkat blod i en rikligare mängd än något som mina tidigare jack och skavsår skulle ha föranlett. Också mitt bröst kändes översållat av hundratals sår som om någon illvillig, jättelik ibisfågel hade hackat på det. En fientlig makt hade säkerligen avlägsnat repen och börjat tillfoga mig fruktansvärda skador när något fick den att upphöra. Ändå var min känslomässiga upplevelse i detta läge raka motsatsen till vad man kan förvänta sig. Istället för att sjunka ner i en bottenlös avgrund av förtvivlan, sporrades jag till nytt mod och handlingskraft; ty nu insåg jag att de onda krafterna hade fysisk form och kunde bekämpas på lika villkor av en orädd man.

Styrkt av insikten slet jag åter i repen som band mig och nyttjade mitt livs samlade erfarenhet för att befria mig som så ofta tidigare i bländande ljus och inför stora folkmassors applåder. Jag gick helt upp i de välbekanta detaljerna hos utbrytningen, och när det långa repet nu var försvunnet återvann jag halvt om halvt övertygelsen att de oerhörda fasorna trots allt varit hallucinationer och att det aldrig hade funnits något skräckinjagande schakt, en omätlig avgrund eller ett oändligt rep. Befann jag mig trots allt i Khefrens portiktempel bredvid Sfinxen, och hade de lömska araberna smugit in för att tortera mig när jag låg hjälplös? I vart fall måste jag befria mig. Om jag bara förmådde resa mig obunden och med öppna ögon för att fånga minsta skymt av ljus som kunde strila från vilken källa som helst, skulle det vara ett nöje att inlåta mig i kamp mot ondska och opålitliga fiender!

Hur lång tid det tog att skaka av mig mina fängsel kan jag inte säga. Det måste ha varit mer segdraget än under mina uppträdanden emedan jag var skadad, utmattad och försvagad av alla upplevelser. När jag slutligen befriat mig och insöp djupa andetag av kylig, fuktig och otäckt aromatisk luft som blev desto mer fasansfull att uppleva utan skyddet som munkavlen och ögonbindelns kanter erbjudit, fann jag mig vara så förlamad och utmattad att jag inte genast kunde röra mig. Där låg jag och försökte sträcka på min hopkrökta och tilltygade kropp under en obestämd tidsrymd, och ansträngde mina ögon för att försöka fånga en skymt av någon ljusstråle som kunde antyda vart jag befann mig.

Så småningom återvann jag styrkan och rörligheten, men mina ögon fann ingenting. Medan jag reste mig på ostadiga ben tittade jag stint åt alla håll, men möttes fortfarande av ett lika kompakt ebenholtsmörker som bakom ögonbindeln. Jag sträckte försiktigt på benen, som var täckta av torkat blod under söndertrasade byxor, och fann att jag kunde gå, ehuru jag inte visste vilket håll jag skulle välja. Självklart borde jag inte vandra på måfå och kanske gå i rakt motsatt riktning från den uppgång jag sökte; så jag stannade för att avgöra varifrån den kalla, förruttnelseaktiga, salpeterstinkande luftströmmen kom och som jag fortfarande kunde känna. Då jag antog att dess källa kunde vara densamma som mynningen ner till avgrunden, vinnlade jag mig om att inte förlora denna hållpunkt och gå mot den utan att vika av åt något håll.

Jag hade haft en tändsticksask med mig och dessutom en liten elektrisk ficklampa; men naturligtvis var fickorna på mina strimlade och trasiga kläder sedan länge tömda på alla tunga föremål. Medan jag försiktigt vandrade fram i mörkret, blev luftdraget starkare och mer obehaglig tills det slutligen kändes som en avskyvärd ström av tjock ånga som vällde ut ur någon öppning, likt anden i fiskarens flaska i den österländska sagan. Österlandet... Egypten... Sannerligen, denna civilisationens mörka vagga var källan till all onämnbar skräck och alla underverk! Ju mer jag funderade över beskaffenheten hos grottans vindström, desto starkare växte min oro; ty trots dess stank hade jag sökt efter dess källa i tanken att den var en indirekt ledtråd till yttervärlden, och insåg nu klart att den förorenade utströmningen inte på något sätt kunde ha blandats med eller stå i förbindelse med den klara luften i libyska öknen, utan i allt väsentligt måste vara utspydd från ondskefulla avgrunder på ännu större djup. Jag hade alltså vandrat i helt fel riktning!

Efter en liten fundering beslöt jag att inte gå samma väg tillbaka. Luftdraget var mitt enda riktmärke, ty det nästan jämna stengolvet saknade tydliga egenskaper att ta fasta på. Om jag således fortsatte mot det märkliga luftdraget, skulle jag tveklöst nå fram till en mynning av något slag, där jag möjligen kunde ta mig runt väggarna till motsatta sidan hos den cyklopiska och i alla andra avseenden förvillande salen. Att det kunde misslyckas förstod jag till fullo. Jag kunde avgöra att detta inte var en del av Khefrens portiktempel som turister är bekanta med, och det slog mig att denna sal kanske var okänd till och med för arkeologer, och att de vetgiriga och ondskefulla araberna som tagit mig tillfånga hade råkat stöta på den och inget annat. Om så var, fanns det då någon utgång i närheten varigenom man kunde fly tillbaka till kända delar eller ut i fria luften?

Vilka bevis hade jag egentligen på att detta över huvud taget var portiktemplet? Under ett ögonblick drabbades jag åter av alla vettlösa spekulationer, och jag tänkte på den livliga, osorterad blandningen av intryck – nedfärd, fritt hängande i tomrum, repet, mina sår och drömmarna som var drömmar och inget annat. Skulle jag stupa nu? Eller skulle det snarare vara barmhärtigt ifall jag stupade i denna stund? Jag hade inget svar på någon av mina frågor, utan fortsatte bara tills Ödet en tredje gång försänkte mig i medvetslöshet. Nu uppträdde inga drömmar, ty händelsen överrumplade och chockade mig till en sådan grad att inga tankar drabbade mig vare sig medvetet eller undermedvetet. Då jag snubblade på ett trappsteg som utan förvarning ledde neråt, vid en punkt där det motbjudande luftdraget växt sig starkt nog för att erbjuda ett verkligt och påtagligt motstånd, störtade jag handlöst ner över en svart mångtalighet av väldiga stentrappor, ner i ett svalg av oavlåtlig fasa.

Att jag alls kunde dra ett andetag igen hedrar den inneboende vitaliteten som en sund människokropp kan skaffa sig. Ofta tänker jag tillbaka på denna natt och ser en viss, genuin humor i hur jag upprepade gånger tappade medvetandet på ett sätt som starkt påminner om grovhuggna melodramer på dåtidens biodukar. Det är naturligtvis möjligt att mina upprepade svimningsanfall aldrig hände, och att alla underjordiska mardrömsupplevelser blott var drömmar i en enda lång koma och inget annat; som började med chocken då jag sänktes ned i djupet och upphörde i yttervärldens lindrande och helande luft under den uppgående solen i vars sken jag låg utsträckt på Gizas sand, framför det hånfulla och gryningsrodnande ansiktet hos den stora Sfinxen.

Jag försöker verkligen sätta tilltro till den förklaringen, och gladde mig följaktligen när polisen berättade för mig att man lämnat avspärrningen uppbruten till Khefrens portiktempel, och att en stor rämna upp till markytan verkligen fanns i ett hörn av den del som ännu låg begravd. Det gladde mig också när doktorerna förklarade att alla mina sår var av den art man kan förvänta sig efter att ha blivit tillfångatagen, försedd med ögonbindel, nedsänkt, ha kämpat mot repen, fallit någon sträcka – kanske ner i en försänkning i templets inre galleri – släpat mig till avspärrningen vid utgången och lyckats ta mig ut, och liknande upplevelser... En synnerligen lugnande diagnos. Och ändå vet jag att det måste finnas mer än det som skymtar på markytan. Mitt minne av att sänkas ned så ytterligt djupt är allt för levande för att kunna misstros – och det är besynnerligt att ingen någonsin har varit i stånd att finna en man som motsvarar beskrivningen av min guide Abdul Reis el Drogman – guiden med den gravlika stämman som såg ut och log likt farao Khefren.

Jag har gjort en utvikning från berättelsen – kanske i det fåfänga hoppet att kunna undvika skildringen av den slutliga händelsen; den av alla händelser som helt säkert var en hallucination. Men jag har lovat att återge den och är inte en man som bryter löften. När jag återfått – eller tyckte mig återfå – själsförmögenheterna efter fallet ner över den svarta stentrappan, var jag lika ensam och omgiven av mörker som tidigare. Stanken som blåste fram och hade varit nog så oangenäm tidigare, var nu rent djävulsk; ändå hade jag blivit tillräckligt van för att kunna uthärda den stoiskt. Omtöcknad började jag krypa iväg från stället varifrån kadaverluften blåste, och med blödande händer kände jag de kolossala blocken på en väldig golvbeläggning. Vid ett tillfälle slog jag huvudet i ett hårt föremål, och när jag kände på det förstod jag att det var fundamentet till en pelare – en pelare av oerhört omfång – vars yta täcktes av jättelika uthuggna hieroglyfer som avtecknade sig mycket tydligt under mina händer. När jag kröp vidare stötte jag på andra gigantiska pelare på obegripliga avstånd från varandra, varefter jag plötsligt slogs av insikten om något som mina öron undermedvetet måste ha fångat långt innan det medvetna förståndet uppmärksammade det.

Från något ännu djupare svalg i Jordens innanmäte uppsteg vissa taktfasta och bestämda ljud, som inte liknade något som jag tidigare hade hört. Att de var ytterst uråldriga och uppenbart ceremoniella, det insåg jag nästan intuitivt; och allt läsande i egyptologi fick mig att associera dem med en pipa, en sambukeharpa, en sistrumskallra och en puka. Deras rytmiska visslande, skälvande, skallrande och slag uppfattade jag som blandade med en fasa större än alla kända jordiska fasor – en fasa som var besynnerligt skild från personlig rädsla och tog gestalt av ett slags objektivt medlidande med vår planet, som i sina djup kunde rymma sådan skräck som tycktes dväljas under dessa aigipanska kakofonier. Ljuden växte i styrka, och jag uppfattade det som att de närmade sig. Sedan – och må alla gudar i alla gudavärldar sluta sig samman för att skydda mina öron från dess like igen! – började jag svagt och fjärran utifrån höra ett makabert och tusenfaldigt trampande av marscherande väsen.

Det var ohyggligt att så olikartade steg kunde röra sig i en sådan fulländad rytm. Ohelgade millennier av övning måste ligga bakom denna marsch av Jordens innersta vidunder... tassanden, klappranden, vandranden och smyganden, mullranden, klampanden, krälanden... och allt detta till de gäckande musikinstrumentens motbjudande missljud. Och sedan... Gode Gud, skona mitt huvud från minnet av de arabiska legenderna! Mumierna utan själ... mötesplatsen för de vandrande *kan*... horderna av djävulsförbannade döda faraoner från fyrtio sekel... de sammansatta mumierna som farao Khefren och hans drottning Nitokris – likätarnas härskarinna – ledde genom yttersta tomrum av onyx...

Trampandena kom närmare – den Allsmäktige rädda mig från ljudet av fötterna och labbarna och hovarna och tassarna och fågelklorna som börjar framträda vart och en över gränslösa vidder av solförgätet stengolv fladdrade en ljusglimt i det förpestade vinddraget, och jag makade mig bakom den enorma omkretsen hos en cyklopisk pelare som förr att bara en stund kunna undfly skräcken som skred fram mot mig på miljontals fötter genom jättelika pelargångar av omänsklig fasa och skräckinjagande uråldrighet. Fladdrandet växte, och trampandet och den disharmoniska rytmen blev vämjeligt ljudligt. I det skälvande brandgula ljuset kunde jag vagt urskilja en paralyserande och vördnadsbjudande scen, som fick mig att flämta av sådan överväldigad upplevelse, att den till och med fick fasan och avskyn att blekna. Pelare vars övre halva reste sig högre än ett mänskligt öga kunde se... där blotta fundamenten skulle fått Eiffeltornet att verka helt obetydligt... hieroglyfer som mejslats ur av otänkbara händer i grottor där dagsljuset blott kunde vara en fjärran legend...

Jag skulle inte beskåda de marscherande väsendena. Det var mitt förtvivlade beslut när jag hörde deras knarrande leder och salpeterkvävda väsningar över den döda musiken och det döda trampandet. Barmhärtigt nog talade de inte... men Herregud! Deras vansinniga facklor började kasta skuggor över ytorna på de förbluffande pelarna. Gud i himlen, ta bort det! Flodhästar borde inte ha mänskliga händer och bära facklor... människor borde inte ha krokodilhuvuden...

Jag försökte vända mig bort, men skuggorna och ljuden och stanken fanns överallt. Då mindes jag något som jag brukade göra i halvvakna mardrömmar som pojke, och började upprepa för mig själv: "Det är bara en dröm! Det är bara en dröm!" Men det var meningslöst, och det enda jag kunde göra var att sluta ögonen och be... Det är i alla fall vad jag tror att jag gjorde, ty man kan aldrig veta säkert i ens drömmar – och jag vet att detta inte kan ha varit något annat. Jag undrade om jag någonsin skulle kunna träda ut i världen igen, och öppnade emellanåt förstulet ögonen för att se om jag kunde urskilja något annat särdrag hos stället än blåsten av kryddmättad förruttnelse, pelarna utan slut och de groteska skuggorna av onormal fasa som dröjde kvar i ögonen. Det fräsande och starka skenet från mångdubbla facklor lyste nu, och såvida denna helvetiska plats inte helt saknade väggar, skulle jag snart kunna sikta något slut eller fast gräns. Men jag måste åter blunda när jag insåg hur många väsen det var som samlade sig – och när jag såg skymten av ett visst föremål som högtidligt skred fram utan någon kropp ovanför midjan.

Ett djävulskt och jämrande likgurglande eller dödsrossling ljöd nu genom själva atmosfären – den av nafta och bitumen förgiftade gravatmosfären – i en samstämmig kör från härskarorna av demoniska bastardblasfemier. Mina ögon öppnade sig i förvrängd bävan och stirrade för ett ögonblick på en syn som

ingen mänsklig varelse skulle kunna föreställa sig utan att gripas av panisk fasa och känna kroppen domna bort. Väsendena hade radat upp sig i en riktning, samma riktning som den högljudda blåsten kom ifrån, och ljuset från facklorna avslöjade deras nedböjda huvuden... eller de nedböjda huvudena på de som hade huvuden... De stod i högtidlig dyrkan framför en enorm svart öppning som utspydde stank och var högre än jag kunde urskilja, och vilken flankerades av två jättelika trappuppgångar vars slut låg fjärran i skuggornas djup. En av dessa var tveklöst trappan som jag hade fallit ner över.

Storleken på hålet överensstämde till fullo med pelarnas omfång – ett hus av ordinära mått skulle ha uppslukats av det, och alla genomsnittliga, offentliga byggnader skulle enkelt ha kunnat tas in och ut där. Ytan var så vidsträckt att man endast genom att förflytta blicken kunde finna dess kanter... Så vidsträckt, så ohyggligt svart, och så stinkande av väldoft... Rakt framför denna gapande Polyfemus-port kastade väsendena föremål – tydligen offer eller heliga gåvor att döma av ceremonin. Khefren var deras överhuvud, den hånfullt leende farao Khefren eller guiden Abdul Reis, som kröntes av en gyllene pshentkrona och mässade en ändlös besvärjelse med dödslikt ihålig stämma. Vid hans sida knäföll den vackra drottning Nitokris, som jag ett ögonblick såg i protll och märkte att högra halvan av hennes ansikte hade blivit bortgnagt av råttor eller andra likätare. Och jag slöt åter mina ögon när jag såg vilka föremål det var man kastade som offergåvor till den stinkande öppningen eller gudomen som möjligen dvaldes därinne.

Utifrån hur utarbetad ceremonin var, slog det mig att den dolda gudomen måste äga ansenligt betydelse. Var det Osiris eller Isis, Horus eller Anubis, eller någon oerhörd, okänd Dödsgud, än mer betydelsefull och allenarådande? Det finns en legend om fasaväckande altare och kolosser som restes till ära för en gudomlig Okänd innan ens de kända gudarna började tillbedjas...

Och nu när jag smög fram för att betrakta de onämnbara varelsernas hänryckta och gravsättningslika dyrkan, slogs jag av en blixtlik möjlighet till flykt. Salen var dunkel och pelarna inbäddade i skuggor. Emedan alla varelser i mardrömsmyllret var uppslukade av anstötlig extas, skulle det med knapp nöd vara möjligt att krypa förbi till en av trappuppgångarnas avlägsna ände och osedd ta mig upp, och låta Ödet och mina färdigheter bistå mig genom de övre regionerna. Vart jag befann mig varken visste eller funderade jag allvarligt över – och för en sekund slogs jag av det lustiga i att planera en flykt från något som man vet är en dröm. Befann jag mig i något dolt och aldrig anat konungarike i portiktemplets underjord – Khefrens tempel som generationer har framhärdat i att kalla Sfinxens tempel. Jag hade ingen aning, men beslöt mig för att uppstiga till livet och medvetandet ifall förståndet och musklerna förmådde hjälpa mig.

Ålande på magen påbörjade jag den angelägna förflyttningen mot foten av trappuppgången till vänster, vilken föreföll vara lättast att nå av dem båda. Jag förmår inte att skildra händelserna och upplevelserna under mitt krypande, men de kan anas när man betänker vad jag för att undvika upptäckt tvingade mig att ständigt betrakta i det fördärvliga fackelskenet som fladdrade i blåsten. Som jag nämnt var trappans krön beläget djupt in i skuggorna, emedan uppgången utan krökar skulle kunna nå upp till den svindlande balustradföresedda avsatsen ovanför den titaniska öppningen. Detta innebar att de sista momenten i mitt krypande utfördes på visst avstånd från den högljudda massan, ehuru skådespelet fick mig att rysa också när det syntes ganska avlägset på min högra sida.

Slutligen lyckades jag nå fram till trappan och började stiga upp, alltmedan jag höll mig tätt intill väggen på vilken jag lade märke till dekorationer av ett ytterst avskyvärt slag, och förlitade mig på att monstrositeterna inte skulle uppmärksamma mig medan de i uppslukat och extatiskt intresse betraktade den stankblåsande öppningen och den ogudaktiga födan de hade kastat på golvet framför den. Emedan trappuppgången var mycket stor och brant, skapad av omfångsrika porfyrblock som avsedda för en jättes fötter, föreföll uppstigningen vara så gott som oändlig. Rädslan för att upptäckas och smärtan som åstadkoms i mina skador av ytterligare ansträngningar, förenade sig och förvandlade mitt kravlade uppåt till ett plågsamt minne. När jag väl skulle nå avsatsen hade jag för avsikt att genast fortsätta genom den uppgång som nu skulle leda vidare därifrån, utan att stanna för att kasta en sista blick på de avskyvärda kadavervarelserna som krafsade med tassar och knäböjde sjuttio eller åttio fot under mig – men då den dånande kören av likgurglingar eller dödsrosslingar oväntat upprepades när jag nästan nått trappans krön och vars högtidliga rytm visade att det inte var en varning om att jag blivit upptäckt, förmåddes jag ändå att hejda mig och försiktigt kika över balustraden.

Monstrositeterna välkomnade något som hade knuffat sig ut ur den kväljande öppningen för att gripa sin helvetiska föda. Det var något ytterst trögt och tungt också sett från min höga punkt; något gulaktigt och hårigt, och rörde sig på ett överspänt sätt. Det var möjligen lika stort som en välväxt flodhäst, men hade ytterst märklig form. Det tycktes inte ha någon hals, men fem enskilda, raggiga huvuden stack ut i en rad ur en mer eller mindre tunnformad bål; det första mycket litet, det andra var tämligen stort, det tredje och fjärde var lika stora och större än det andra, och det femte tämligen litet ehuru något större än den första. Från huvudena sköt märkliga, stela tentakler ut, vilka glupskt grep de omåttligt stora kvantiteterna av onämnbar föda som kastats framför öppningen. Då och då spratt varelsen till, och emellanåt drog den sig tillbaka in i sin kula på ett synnerligen underligt sätt. Dess rörelser var så oförklarliga att jag stirrade fascinerat, och önskade att den skulle krypa ännu längre ut ur den grottlika hålan under mig.

Då kröp den ut... Den kröp verkligen ut, och vid åsynen vände jag tvärt och flydde in i mörkret upp över den högre belägna trappuppgången som reste sig framför mig; flydde utan en tanke upp över ofattbara trappsteg och stegar och sluttande ytor utan att vägledas av mänskliga ögon eller mänskligt förnuft, en flykt som jag alltid måste hänvisa till drömmarnas värld i brist på andra bevis. Det måste ha varit en dröm, ty annars skulle den uppgående solens sken aldrig ha funnit mig flämtande på Gizas sand framför det hånfulla och gryningsrodnande ansiktet hos den stora Sfinxen.

Den stora Sfinxen! Herregud! – den stilla undran jag ställt mig en solvälsignad morgon tidigare... Vilken ofantlig och motbjudande abnormitet hade Sfinxen ursprungligen huggits ut att avbilda? Förbannad vare den åsyn – om i dröm eller ej – som avslöjade den allenarådande fasan för mig – den okända Dödsguden, vilken slickar sina jättelika käftar i en aldrig anad avgrund, matad med ohyggliga läckerheter av själlösa absurditeter som inte borde finnas. Det femhövdade monstret som kröp ut... det femhövdade monstret stort som en flodhäst... det femhövdade monstret – och det andra, som inte blott är en tass...

Men jag överlevde, och jag vet att det endast var en dröm.

Under the Pyramids (1924)
Övers. Rickard Berghorn

Rudyard Kipling

De små

Den ena vyn lockade mig till en annan, det ena backkrönet till sin kamrat och förde mig halvvägs över grevskapet; och eftersom mitt enda bekymmer var att skjuta en spak framåt, lät jag grevskapet ila förbi under mina hjul. De orkidéspäckade flatmarkerna i öst vek undan för timjan, järnek och grått gräs i Downs; dessa i sin tur för de bördiga sädesfälten och fikonträden vid den mer låglänta kusten, där man har tidvattnets rytm på vänster hand i två och en halv platta mil; och när jag till sist svängde inåt landet genom ett gytter av rundade kullar och skogar befann jag mig helt utan kända landmärken. På andra sidan samhället som är gudmor till Förenta staternas huvudstad, fann jag undangömda byar där endast bina var vakna och surrade i lindar som tornade upp sig åttio fot och överskuggade grå normandiska kyrkor; mirakulösa bäckar som slank under stenbroar byggda för tyngre trafik än de någonsin kommer att plågas av igen; tiondelador större än kyrkorna de tillhörde, och en gammal smedja som tydligt förkunnade att den en gång hade varit tempelriddares ordenssal. På en allmänning där ärttörne, ormbunkar och blåbär slogs med varandra över en och en halv kilometer romersk väg siktade jag zigenare; och litet längre fram skrämde jag en röd räv som på hundars vis rullade runt i det öppna solskenet.

När de skogiga kullarna omslöt mig ställde jag mig upp i bilen för att spana efter en stor höjd vars ringprydda krön utgör landmärket i en radie av åtta mil över den låglänta miljön. Jag bedömde att topografin skulle leda mig till någon väg västerut fram till kullens fot, men jag räknade inte med skogens förvirrande slöjor. En tvär sväng förpassade mig först in i en grön glänta fylld till brädden med klart solsken och därefter in i en dunkel tunnel där fjolårets döda löv viskade och prasslade runt mina däck. De täta hasselgrenarna som möttes över mitt huvud hade inte beskurits på minst ett par generationer, och inte heller hade någon yxa hjälpt de mossangripna ekarna och bokarna att höja sig över dem. Här förvandlades vägen öppet till en lövmattetäckt ridväg i vars bruna sammet gullvivestånd prunkade och glimmade likt jade, och ett fåtal sjukliga blåklockor med vita stjälkar nickade tillsammans. När sluttningen började bli brantare stängde jag av motorn och gled fram över de hopvirvlade löven medan jag hela tiden förväntade mig att möta en skogvaktare; men jag hörde bara en nötskrika långt borta som argumenterade mot tystnaden under trädens skymning.

Fortfarande ledde vägen neråt. Jag var på vippen att backa och ta mig tillbaka på tvåans växel för att inte hamna i något träsk, när jag såg solsken genom trasslet framför mig och lättade på bromsen.

Det bar genast neråt igen. När ljuset träffade mig i ansiktet fick framhjulen grepp om torven i en stor lugn gräsmatta, från vilken höjde sig tio fot höga ryttare med sänkta lansar, kolossala påfåglar och slanka rundhövdade hovfröknar – blå, svarta och glänsande – samtliga av friserad idegran. På andra sidan gräsmattan – skogen anhopade sig och belägrade den på tre sidor – låg ett urgammalt hus av lavsmyckad och väderbiten sten, med lodrätt avdelade fönster och tak av rosenrött tegel. Det flankerades av halvcirkelformade murar, också rosenröda, vilka omslöt gräsmattan på den fjärde sidan, och vid deras fot växte en manshög buxbomshäck. Det satt duvor på taket runt de smäckra tegelskorstenarna, och jag fick en skymt av ett åttkantigt duvslag bakom den avskärmande muren.

Här stannade jag alltså, med en ryttares gröna spjut riktat mot mitt bröst, fängslad av den utsökta skönheten hos en sådan juvel i en sådan infattning.

”Om jag inte blir ivägkörd som inkräktare, eller om riddaren där inte rider ner mig”, tänkte jag, ”måste allra minst Shakespeare och drottning Elisabeth komma ut genom den halvöppna trädgårdsdörren och bjuda in mig på te.”

Ett barn visade sig i ett fönster på övervåningen, och jag tyckte att det lilla livet vinkade vänligt åt mig. Men det var för att kalla på en kamrat, ty strax dök ännu ett ljushårigt huvud upp. Därefter hörde jag ett skratt bland idegranspåfåglarna, och då jag vände mig om för att se efter (till dess hade jag tittat endast på huset) såg jag bakom en häck hur silverglittret från en fontän sprutade upp mot solen. Fåglarna på taket kvillrade i takt med det kvillrande vattnet, men mellan de båda rösterna uppfattade jag fnittret av ett fullkomligt lyckligt barn som är uppslukat av något harmlöst ofog.

Trädgårdsdörren – kraftig ek infälld i murens djupa omfång – öppnades ytterligare. En kvinna i en stor trädgårdshatt satte långsamt sin fot på en tröskelsten som tiden urgröpt och gick lika långsamt över gräsmattan. Jag höll på att formulera någon ursäkt då hon lyfte på huvudet och jag såg att hon var blind.

– Jag hörde er, sade hon. Är inte det där en automobil?

– Jag är rädd för att jag kört fel. Jag skulle ha tagit av ovanför – jag kunde aldrig tänka mig – började jag.

– Men det gläder mig mycket. Tänka sig att en automobil har kommit in i trädgården! Det skall bli så roligt – Hon vände sig om och låtsades se sig omkring. Ni – ni har väl inte sett någon – möjligen?

– Ingen att tala med, men på håll verkade barnen vara intresserade.

– Vilka då?

– Jag såg ett par uppe i fönstret alldeles nyss, och jag tyckte jag hörde en liten grabb ute i trädgården.

– Ah, vilken tur ni har! utropade hon, och hennes ansikte ljusnade. Jag hör dem förstås, men det är också allt. Så ni har sett dem och hört dem?

– Ja då, svarade jag. Och om jag alls förstår mig på barn så lät ett av dem ha fantastiskt roligt vid fontänen där borta. Kommit undan, antar jag.

– Tycker ni om barn?

Jag gav henne ett par skäl till varför jag inte avskyr dem helt och hållet.

– Självfallet, självfallet, sade hon. Då förstår ni. Då tycker ni inte jag är dum om jag ber er köra bilen genom trädgården en två gånger – långsamt. Jag är säker på att de vill se den. De ser så litet, de stackarna. Man försöker göra deras tillvaro behaglig, men – Hon slog ut med händerna mot skogen. Vi är så långt från världen här.

– Det går alldeles utmärkt, sade jag. Men jag vill inte riva upp ert gräs.

Hon vände sig åt höger. – Vänta litet, sade hon. Vi står vid Söderporten, eller hur? Bakom påfåglarna där är det en stenlagd gång. Vi kallar den Påfågelstigen. Man kan inte se den härifrån, har jag hört, men om ni tränger er fram vid skogsbrynet går det att svänga vid den första påfågeln och komma upp på stenarna.

Det var ett rent helgerån att störa den drömmande husfasaden med maskinskrammel, men jag svängde bilen för att komma bort från gräset, strök längs skogsbrynet och rattade in på den breda stengången där fontänens bassäng vilade som en ensam stjärnsafir.

– Får jag följa med? ropade hon. Nej tack, ni behöver inte hjälpa mig. De tycker bättre om det om de kan se mig.

Hon trevade sig fram till bilens front, och med ena foten på fotsteget ropade hon: – Hallå, barn! Titta vad det är som händer!

Den längtan som låg under röstens ljuvhet kunde ha lockat upp förtappade själar från avgrunden, och jag blev inte förvånad när jag hörde ett svarsrop bakom idegranarna. Det måste ha varit barnet vid fontänen, men han sprang när vi kom närmare och lämnade efter sig en liten leksaksbåt i vattnet. Jag såg en glimt av hans blå skjorta bland de orörliga ryttarna.

Mycket stilfullt paraderade vi längs hela gången och backade tillbaka på hennes begäran. Nu hade barnet fått sin panik under kontroll, men stod tvivlande långt borta.

– Den lille pojken står och tittar på oss, sade jag. Jag undrar om han vill ta en åktur.

– De är fortfarande väldigt blyga. Väldigt blyga. Men oj, vilken tur ni har som kan se dem! Nu lyssnar vi.

Jag stängde genast av motorn, och den fuktiga stillheten, tung av doften av buxbom, höljde oss som ett tjockt täcke. En trädgårdssax hördes där någon trädgårdsmästare höll på att ansa buskar, och ett mummel av bin och otydliga röster som kunde ha varit duvorna.

– Åh, vad elakt! sade hon trött.

– De är kanske bara rädda för bilen. Den lilla flickan i fönstret ser oerhört intresserad ut.

– Jaså? Hon lyfte på huvudet. jag borde inte ha sagt så. De tycker faktiskt om mig. Det är det enda som gör livet värt att leva – när de tycker om en, eller hur? Jag vågar inte tänka på hur stället skulle vara utan dem. Förresten, är det vackert?

– Jag tycker det är den vackraste plats jag någonsin sett.

– Det säger alla. Jag kan känna det, så klart, men det är inte riktigt samma sak.

– Då har ni aldrig...? började jag, men hejdade mig förläget.

– Inte så länge jag kan minnas. Det hände när jag var bara några månader gammal, har jag fått höra. Och ändå måste jag minnas något, för hur kan jag annars drömma om färger? Jag ser ljus i mina drömmar, och färger, men jag ser aldrig *dem*. Jag hör dem bara precis som jag gör när jag är vaken.

– Det är svårt att se ansikten i drömmar. En del kan, men de flesta av oss har inte gåvan, fortsatte jag, medan jag tittade upp mot fönstret där barnet stod nästan helt dolt.

– Det har jag också hört, sade hon. Och det sägs att man aldrig får se en död persons ansikte i en dröm. Är det sant?

– Jag tror det – nu när jag kommer att tänka på det.

– Men hur är det med er själv – er själv?

De blinda ögonen vändes mot mig.

– Jag har aldrig sett mina dödas ansikten i någon dröm, svarade jag.

– Då måste det vara lika illa som att vara blind.

Solen hade sjunkit bakom skogen och de långa skuggorna höll på att ta de oförskämda ryttarna i besittning en efter en. Jag såg hur ljuset dog bort från spetsen av en glansigt lövklädd lans och hur all tapperhet av hårt grönt förvandlades till mjukt svart. Huset tycktes erkänna att ännu en dag nått sitt slut, som det hade erkänt hundra tusen före den, och tycktes sjunka djupare i sin vila bland skuggorna.

– Har ni någonsin velat kunna det? sade hon efter pausen.

– Väldigt mycket ibland, svarade jag. Barnet hade gått från fönstret när skuggorna började sluta sig runt det.

– Ah! Det har jag också, men det är väl inte tillåtet... Var bor ni?

– På andra sidan grevskapet – nio och en halv mil och mer därtill, och jag måste köra tillbaka. Jag åkte utan min framlykta.

– Men det är inte mörkt ännu. Det känner jag.

– Jag är rädd att det kommer att vara det när jag kommer hem. Skulle ni kunna skicka med någon som kan visa mig vägen första biten? Jag har kört fullständigt vilse.

– Jag skickar med er Madden till korsningen. Vi bor så långt ifrån världen att det inte förvånar mig att ni körde vilse! Jag skall visa er runt till framsidan av huset, men ni kan väl köra långsamt tills ni kommit ut ur trädgården? Ni tycker väl inte det är dumt?

– Jag lovar att jag skall köra så här, sade jag, och lät bilen rulla nerför den stenlagda gången.

Vi körde runt husets vänstra flygel, vars utsirade stuprör av gjutet bly i sig var värda en dagsutflykt, passerade under ett stort rosenbevuxet valv i den röda muren och därefter runt till husets resliga framsida, som i skönhet och ståtlighet överträffade baksidan lika mycket som denna överträffade alla andra jag hade sett.

– Är det verkligen så vackert? sade hon längtansfullt när hon hörde min hänförelse. Och ni tycker om blyfigurerna också? Där bakom ligger den gamla azaleaträdgården. Folk säger att det här stället måste ha byggts för barn. Kan ni vara snäll och hjälpa mig ut? Jag skulle vilja följa med er till korsningen, men jag kan inte lämna dem. Är det ni, Madden? Jag vill att ni visar herrn här till korsningen. Han har kört vilse men – han har sett dem.

En butler visade sig ljudlöst vid det som måste kallas framdörren, ett underverk av åldrad ek, och slank åt sidan för att ta på sig hatten. Hon stod och betraktade mig med öppna blå ögon i vilka ingen syn fanns, och för första gången såg jag att hon var vacker.

– Kom ihåg, sade hon lågt, att om ni tycker om dem måste ni komma tillbaka, och försvann in i huset.

Butlern sade ingenting i bilen förrän vi var nästan vid grindstugan, där en skymt av en blå skjorta i ett buskage fick mig att väja grundligt, på det att den lilla djävul som lockar pojkar till upptåg inte skulle göra mig till barnamördare.

– Ursäkta mig, frågade han plötsligt, men varför gjorde ni så, sir?

– Barnet där borta.

– Vår unge herre i blått?

– Naturligtvis.

– Han springer omkring en hel del. Såg ni honom vid fontänen, sir?

– Ja visst, flera gånger. Skall vi svänga här?

– Ja, sir. Och råkade ni se dem där uppe också?

– I fönstret på övervåningen? Ja då.

– Var det innan frun kom ut för att tala med er, sir?

– Litet innan dess. Varför undrar ni?

Han gjorde en liten paus. – Bara för att höra efter att – att de hade sett bilen, sir, för med barn springande omkring kan det hända en olycka, fast ni kör säkert synnerligen försiktigt. Det var allt, sir. Här är korsningen. Ni kan inte köra fel härifrån. Tack så mycket, sir, men det är inte *vår* sed, inte med –

– Jag ber om ursäkt, sade jag och stoppade undan det brittiska silvermyntet.

– Åh, det brukar som regel gå bra med resten av dem. Adjö, sir.

Han drog sig åter upp i det bepansrade torn där hans kast håller till och gick sin väg. Tydligen en butler som bekymrade sig om hushållets heder och hade intresse i barnkammarens väl, antagligen medelst en jungfru.

När jag väl kommit förbi vägskyltarna vid korsningen såg jag mig över axeln, men de hopknycklade kullarna hade slutit sig samman så svartsjukt att jag inte kunde se var huset hade legat. När jag frågade vad det hette i en stuga vid vägen, blev jag införstådd av den tjocka kvinnan som sålde sötsaker där, att folk med automobiler hade ringa rätt att leva – och ännu mindre rätt att "gå omkring och prata som herrskapsfolk". Det var knappast ett trevligt samhälle.

När jag följde min resväg på kartan den kvällen blev jag inte mycket klokare. Hawkin's Old Farm tycktes vara lantmätarens namn på stället, och den gamla County Gazetteer, normalt så utförlig, gjorde inga hänvisningar till det. Traktens främsta hus var istället Hodnington Hall, vars georgianska stil med tidigviktorianska utsmyckningar intygades av en gräslig stålgravyr. Jag uppsökte en granne – djupt rotad i traktens mylla – med mitt problem, och han gav mig namnet på en familj som jag inte kände igen.

Ungefär en månad senare – då reste jag dit igen, eller kanske var det min bil som tog vägen av egen vilja. Hon rullade över det ofruktbara Downs, slingrade sig fram genom krökarna i labyrinten av småvägar vid kullarna, drog genom de högvuxna skogarna som vilade ogenomträngliga i sin täta lövskrud, kom ut i korsningen där butlern hade lämnat mig; och efter ännu ett stycke drog hon på sig någon invärtes åkomma vilken föranledde mig att köra in henne på en gräsbevuxen ödeväg, som försvann in i en sommartyst hasselskog. Såvitt jag kunde räkna ut från solen och en sextums officiell karta, borde detta vara vägsidan av den skog som jag först hade granskat från höjderna ovanför. Jag tog itu med reparationerna med stort allvar och gjorde en glänsande verkstad av verktygslåda, skruvnycklar, pump och liknande, vilka jag prydligt lade ut på en pläd. Det var en fälla som borde fånga barnens värld, ty en dag som denna skulle barnen inte vara långt borta, resonerade jag. När jag tog paus i arbetet lyssnade jag, men skogen var så full av sommarens ljud (fast fåglarna hade parat sig) att jag först inte kunde skilja dessa från trampet av små försiktiga fötter som kom smygande över de döda löven. Jag signalerade med bilklockan på ett lockande sätt, men fötterna flydde och jag ångrade mig, ty för ett barn är ett plötsligt ljud en högst påtaglig skräck. Jag måste ha arbetat i en halvtimme när jag hörde hur den blinda kvinnans röst ropade i skogen: – Hallå, barn, var är ni? – och stillheten dröjde med att sluta sig över fulländningen som ropet åstadkom. Hon kom emot mig, kände sig till hälften fram mellan trädstammarna, och fastän ett barn tycktes klänga sig fast vid hennes kjol, vek det av in i lövverket likt en kal(lin när hon kom närmare.

– Är det ni? Från andra sidan grevskapet? sade hon.

– Ja, det är jag från andra sidan grevskapet.

– Varför kom ni då inte genom den övre skogen? De var där alldeles nyss.

– De var här för några minuter sedan. Jag antar att de förstod att min bil hade gått sönder, och kom för att titta på det roliga.

– Inget allvarligt, hoppas jag? Hur går bilar sönder?

– På femtio olika sätt. Det är bara så att min har valt det femtioförsta.

Hon skrattade muntert åt det lilla skämtet, kuttrade av härligt skratt, och sköt tillbaka hatten.

– Berätta nu, sade hon.

– Vänta ett ögonblick, ropade jag, så skall jag hämta en kudde.

Hon satte foten på pläden som var helt täckt med reservdelar, och böjde sig ivrigt ner över den. – Vilka underbara saker! Händerna hon såg med gjorde en översikt i det rutmönstrade solskenet. – En ask här – en ask till! Ni har ju ställt upp dem som om ni lekte affär!

– Jag måste erkänna att jag lade ut det för att dra hit dem. Jag behöver inte hälften av sakerna egentligen.

– Så snällt av er! Jag hörde er klocka i den övre skogen. Sade ni att de var här innan dess?

– Det är jag säker på. Varför är de så blyga? Den lille gossen i blått som var med er alldeles nyss borde ha kommit över sin rädsla. Han har spejat på mig som en indian.

– Det måste ha varit klockan, sade hon. Jag hörde ett av dem springa nervöst förbi mig när jag var på väg ner. De är blyga – så blyga även mot mig. Hon vände ansiktet över axeln och ropade igen: Barn! Hallå, barn! Titta här!

– De måste ha givit sig iväg i samlad tropp för att göra något annat, framkastade jag, ty bakom oss hördes ett mummel av sänkta röster genombrutet av det plötsliga pipande fnitter som hör barndomen till. Jag återgick till mitt knåpande och hon lutade sig fram med handen under hakan och lyssnade med intresse.

– Hur många är det? sade jag till slut. Arbetet var färdigt, men jag såg ingen anledning att ge mig av.

Hon rynkade fundersamt pannan en smula. – Jag vet inte riktigt, sade hon bara. Ibland fler – ibland färre. De kommer och bor hos mig för att de älskar mig, förstår ni.

– Det måste vara väldigt roligt, sade jag och ställde tillbaka en låda, och medan jag talade insåg jag hur innehållslöst mitt svar var.

– Ni – ni skrattar inte åt mig. Jag – jag har inga egna. Jag har aldrig gift mig. Folk skrattar åt mig ibland på grund av dem för att – för att –

– För att de är barbarer, svarade jag. Det är inget att reta sig på. Den sorten skrattar åt allting som fattas i deras egna feta liv.

– Jag vet inte. Hur skulle jag kunna det? Jag tycker bara inte om att bli utskrattad på grund av *dem*. Det gör ont, och när man inte kan se... Jag vill inte verka dum. Hennes haka darrade som på ett barn när hon talade. Men vi blinda är inte tjockhudade, tror jag. Allt utifrån träffar oss rakt i själen. Det är annorlunda för er. Era ögon är ett så bra försvar – ser saker – innan någon verkligen kan såra er i själen. Folk glömmer det med oss.

Jag var tyst medan jag begrundade detta outtömliga ämne – brutaliteten hos de kristna folken som är mer än nedärvd (eftersom den dessutom noggrant lärs ut), bredvid vilken västkustnegerns hedendom endast är ren och återhållsam. Det förde mig djupt in i mig själv.

– Gör inte så där! sade hon plötsligt och slog händerna för ögonen.

– Vad då?

Hon gjorde en gest med handen.

– Det där! Det – det är alldeles lila och svart. Låt bli! Den färgen gör ont.

– Men hur i all världen känner ni till färgerna? utropade jag, för detta var sannerligen ett avslöjande.

– Färger som färger? frågade hon,

– Nej. Just *Färgerna* som ni såg alldeles nyss.

– Det vet ni lika väl som jag, skrattade hon, annars hade ni inte ställt den frågan. De finns inte i världen över huvud taget. De fanns inuti *er* – när ni blev så arg.

– Menar ni en matt lilaaktig fläck, som portvin blandat med bläck? sade jag.

– Jag har aldrig sett bläck eller portvin, men färgerna är inte blandade. De är åtskilda – helt åtskilda.

– Menar ni svarta strimmor och taggar tvärs över det lila?

Hon nickade. – Ja – om de är så här, och sicksackade med fingret igen, men det är mer rött än lila – den elaka färgen.

– Och vilka är färgerna längst upp på – vad det nu är ni ser?

Långsamt lutade hon sig fram och ritade på pläden upp konturen av självaste Ägget.[1]

– Jag ser dem så här, sade hon och pekade med ett grässtrå, vitt, grönt, gult, rött, lila, och när folk är arga eller elaka, svart över det röda – som ni var alldeles nyss.

– Vem berättade det för er – från första början? krävde jag att få veta.

– Om färgerna? Ingen. Jag brukade fråga vad färger var för något när jag var liten – i borddukar och gardiner och mattor, förstår ni – för en del färger gjorde mig illa och en del gjorde mig lycklig. Folk berättade för mig, och när jag blev äldre var det så jag såg folk. Återigen ritade hon upp konturen av Ägget som det är ytterst få förunnat att se.

– Helt på egen hand? upprepade jag.

– Helt på egen hand. Det fanns ingen annan. Jag upptäckte först efteråt att andra inte kunde se Färgerna.

Hon lutade sig mot trädstammen medan hon flätade och flätade upp slump-

---

1 En urgammal symbol som representerar universums ursprung. I spiritisten Madame Blavatskys teosofi – som novellen säkerligen anspelar på – representerar Ägget dessutom själva medvetandets ursprung. Blavatsky hade också spiritistiska idéer kring synestesi, förmågan som vissa människor har att koppla samman helt skilda sinnesintryck, t.ex. se en speciell färg inom sig när de uppfattar att någon är glad eller upprörd. – *Red. anm.*

mässigt plockade grässtrån. Barnen i skogen hade kommit närmare. Jag kunde se dem i ögonvrån, skuttande som ekorrar.

– Nu är jag säker på att ni aldrig kommer att skratta åt mig, fortsatte hon efter en lång paus. Eller åt *dem*.

– Milde tid! Nej! ropade jag, uppväckt med ett ryck ur mina tankar. En man som skrattar åt ett barn – om inte barnet också skrattar – är en hedning!

– Jag menade inte så, förstås. Ni skulle aldrig skratta *åt* barn, men jag trodde – jag brukade tro – att ni kanske skulle skratta i *närheten* av dem. Så nu ber jag om ursäkt... Vad är det ni tänker skratta åt?

Jag hade inte sagt ett ljud, men hon visste.

– Åt tanken på att ni ber mig om ursäkt. Om ni hade gjort er plikt som en samhällets stöttepelare och godsägarinna borde ni ha stämt mig inför rätta för olaga intrång när jag drumlade genom er skog häromdagen. Det var skamligt av mig – oförlåtligt.

Hon såg på mig med huvudet mot trädstammen – länge och orubbligt – denna kvinna som kunde se den nakna själen.

– Så egendomligt, sade hon halvt om halvt viskande. Så ytterst egendomligt.

– Hur så, vad har jag gjort?

– Ni förstår inte... och ändå förstod ni Färgerna. Förstår ni inte?

Hon talade med en lidelse som var helt igenom oberättigad, och jag såg förbryllat på henne när hon reste sig. Barnen hade samlats i en krets bakom en björnbärsbuske. Ett välkammat huvud böjde sig över ett mindre, och de små axlarnas hållning sade mig att fingrar vilade mot läppar. De hade också någon onämnbar barndomshemlighet. Jag ensam var hopplöst villrådig där, mitt på ljusa dagen.

– Nej, sade jag och skakade på huvudet som om de oseende ögonen kunde uppfatta det. Vad det än är, förstår jag det inte ännu. Kanske kommer jag att göra det senare – om ni låter mig komma hit igen.

– Ni kommer hit igen, svarade hon. Ni kommer absolut hit igen och vandrar i skogen.

– Kanske kommer barnen att känna mig tillräckligt väl vid det laget för att låta mig leka med dem – som en ynnest. Ni vet hurdana barn är.

– Det är inte fråga om en ynnest utan om en rättighet, svarade hon; och medan jag funderade på vad hon menade kom en uppriven kvinna störtande runt vägkröken med håruppsättningen på ända och purpurröd i ansiktet, nästan råmande i själskval medan hon sprang. Det var min ohövliga, tjocka väninna från sötsaksaffären. Den blinda kvinnan hörde och tog ett steg framåt.

– Hur är det fatt, mrs Madehurst? frågade hon.

Kvinnan slängde förklädet över huvudet och bokstavligt talat krälade i stoftet medan hon skrek att hennes barnbarn var dödssjukt, att traktens läkare var ute på fisketur, att barnets mor Jenny varken visste ut eller in, och så vidare, med upprepningar och bölanden.

– Var finns näst närmaste läkare? frågade jag mellan paroxysmerna.

– Det kan Madden berätta. Kör runt huset och ta honom med er. Jag tar hand om det här. Skynda er! Hon hjälpte den tjocka kvinnan in i skuggan. Inom två minuter tutade jag i alla Jerikos lurar vid Det vackra husets framsida; och Madden, som befunnit sig i skafferiet, tog itu med krisen som den butler och karl han var.

Efter en kvart i olaglig hastighet fångade vi oss en doktor åtta kilometer bort. Inom en halvtimme hade vi dekanterat mannen som var mycket intresserad av automobiler – vid dörren till sötsaksaffären, och körde på uppåt vägen för att invänta domen.

– Användbara saker, bilar, sade Madden, nu helt och hållet karl och inte butler alls. Om jag hade haft en när min lilla blev sjuk hade hon inte dött.

– Hur gick det till? frågade jag.

– Krupp. Mrs Madden var borta. Ingen visste vad man skulle göra. Jag körde en mil med vagn för att hämta doktorn. När vi väl kommit tillbaka var hon kvävd. Den här bilen skulle ha räddat henne. Hon hade varit närmare tio år nu.

– Jag beklagar, sade jag. Jag antog att ni var ganska förtjust i barn, efter det ni sade på väg till korsningen häromdagen.

– Har ni sett dem igen, sir – nu i förmiddags?

– Ja, men de är väldigt ovana vid bilar. Jag kunde inte få någon av dem att komma närmare den än tjugo meter.

Han synade mig på samma sätt som en spejare betraktar en främling – inte som en tjänare som lyfter blicken mot sin gudomligt utnämnda överordnade.

– Jag undrar varför, sade han, nätt och jämnt hörbart över andetaget han drog.

Vi fortsatte vänta. En lätt vind från havet vandrade upp och ner längs skogarnas långa led, och gräset vid vägkanten, redan vitnat av sommardamm, reste och böjde sig i gulbleka vågor.

En kvinna kom ut ur stugan bredvid sötsaksaffären och torkade såplödder från armarna.

– Ja' har lyssnat på bakgår'n, sade hon muntert. Han säjer att Arthur är oförklarligt illa däran. Hörde ni hur han skrek alldeles nyss? Oförklarligt illa däran. Ja antar att det blir Jennys tur att gå i skogen nästa vecka, mr Madden.

– Ursäkta mig, sir, men er resfilt håller på att glida ner, sade Madden hänsynsfullt. Kvinnan ryckte till, neg och skyndade iväg.

– Vad menade hon med "att gå i skogen"? frågade jag.

– Det måste vara något talesätt de använder här i trakten. Jag är själv från Norfolk, sade Madden. De är en egensinnig hop i det här grevskapet. Hon trodde ni var min chaufför, sir.

Jag såg doktorn komma ut ur stugan åtföljd av en slokörad jänta som klamrade sig fast vid hans arm som om han kunde sluta ett fördrag med Döden åt henne. – Dom där, tjöt hon, dom betyder precis lika mycke' för oss som fått dom som om dom skulle va' laglien födda. Precis lika mycke' – precis lika mycke'! Å Gud skulle bli lika gla' om ni rädda' en, doktorn. Ta de' inte ifrån mej. Miss Florence kommer å säja samma sak. Lämna honom inte, doktorn!

– Jag vet, jag vet, sade mannen, men han kommer att vara lugn ett tag nu. Vi skall hämta sjuksköterskan och medicinen så fort vi kan. Han gjorde tecken åt mig att köra fram bilen, och jag ansträngde mig för att inte bli delaktig i det som följde; men jag såg flickans ansikte, fläckat och stelnat av sorg, och jag kände hur den ringlösa handen grep efter mitt knä när vi rullade iväg.

Doktorn var en man med visst sinne för humor, ty jag minns att han gjorde anspråk på min bil under Aesculapius' ed och därför utnyttjade den och mig utan nåd. Först eskorterade vi mrs Madehurst och den blinda kvinnan till sjuksängen för att vänta på sjuksköterskan. Därefter invaderade vi en prydlig landsbygdsstad på jakt efter mediciner (doktorn sade att problemet var cerebrospinal hjärnhinneinflammation), och när det av skrämd marknadsboskap omgärdade grevskapsinstitutet meddelade att de hade slut på sjuksköterskor, gick vi för ett ögonblick bokstavligt talat lös på grevskapet. Vi rådslog med ägarna till stora hus – magnater på andra sidan trädvalvsinneslutna avenyer där det kraftiga kvinnfolket marscherade bort från teborden för att lyssna på den myndige doktorn. En vithårig dam som satt under en libanonceder omgiven av ett hov av praktfulla borzoihundar – samtliga fientligt inställda till automobiler – gav till sist skrivna order till doktorn, som tog emot dem som. från en prinsessa. Dessa order bar vi i högsta fart flera kilometer, genom en park och till ett franskt nunnekloster, där vi utbytte dem mot en blek och darrande syster. Hon knäböjde där bak och läste oupphörligen böner tills vi hade fört henne till sötsaksbutiken medelst genvägar som doktorn kom på. Det hade varit en lång eftermiddag fullpackad med galna episoder som revs upp och skingrades likt dammet under våra hjul; ett tvärsnitt av ett avlägset och obegripligt liv som vi jäktat oss igenom; och helt utmattad körde jag hem i skymningen för att drömma om

boskapens stångande horn; storögda nunnor som vandrade genom en trädgård
full av gravar; trevliga tebjudningar under skuggande träd, de karboldoftande,
gråmålade korridorerna på grevskapsinstitutet; stegen av skygga barn i skogen,
och händerna som klamrade sig fast vid mina knän när bilen började rulla.

*   *   *

Jag hade tänkt komma tillbaka inom ett par dagar, men Ödet behagade hålla
mig borta från den änden av grevskapet under allehanda förevändningar, tills
flädern och törnrosen hade burit frukt. Där kom till sist en strålande klar dag
rensopad av vinden från sydväst, som förde kullarna inom armlängds avstånd –
en dag med ostadiga luftströmmar och högt flygande, tunna moln. Utan egen
förtjänst var jag ledig och styrde bilen för tredje gången på den välkända vägen.
När jag kom upp på krönet av Downs kände jag hur den milda luften föränd-
rades, såg hur den stelnade under solen, och i ögonblicket när jag tittade ner på
havet såg jag hur Kanalens blå farg förvandlades till grådaskigt tenn via polerat
silver och matt stål. Ett fullastat kolfartyg som höll sig nära kusten styrde ut
mot djupare vatten, och tvärs genom kopparfärgat dis såg jag seglen åka upp
ett efter ett i den förankrade fiskeflottan. I en djup sandig dal bakom mig rörde
en plötslig vind upp en virvel som trummade mot skyddande ekar och kastade
upp det första torra smakprovet på höstlöv mot skyn. När jag kom fram till
kustvägen ångade havsdimman in över tegelfälten, och tidvattnet vittnade för
alla strandmurar om stormen bortom Ushant. På mindre än en timme försvann
Sommarengland i fruset grått. Vi var åter den slutna ön i norr, med alla världens
fartyg bölande utanför våra livsfarliga portar; och mellan deras utrop hördes
skriandet av förbryllade måsar. Min mössa dröp av fukt som filtvecken samlade i
pölar eller ledde bort i rännilar, och saltstänken fastnade vid mina läppar.

Inåt landet fylldes den tätnade dimman bland träden av höstdoft, och drop-
pandet blev till en ihållande skur. Ändå lyste de sena blommorna muntert i
dimman – malva i vägkanten, praktvädd på fälten och dahlior i trädgårdarna
– och bortom havets andedräkt visade lövverken inte många spår av förfall.
Ändå stod alla ytterdörrar i byarna öppna, och barbenta, barhuvade barn satt
bekvämt på de fuktiga trösklarna för att ropa "hejhej" åt främlingen.

Jag tog mig friheten att besöka sötsaksbutiken, där mrs Madehurst tog emot
mig med en tjock kvinnas gästvänliga tårar. Jennys barn, sade hon, hade dött
två dagar efter det att nunnan hade kommit. Det var bäst så, kände hon på sig,
även om försäkringsbolag ogärna försäkrade sådana vilsekomna liv, av skäl som
hon inte låtsades förstå. – Men inte så att Jenny inte tog hand om Arthur som

om han hade kommit till på de' rätta sättet mot slutet av de' första året – som Jenny själv. Tack vare miss Florence hade barnet begravts med en prakt som, enligt mrs Madehursts åsikt, mer än väl gottgjorde för den lilla oegentligheten med dess födelse. Hon beskrev kistan, utan och innan, den glasade likvagnen och det vintergröna fodret i graven.

– Men hur mår modern? frågade jag.

– Jenny? Åh, hon kommer över de'. Ja' har känt samma sak med ett par av mina egna. Hon kommer över de'. Hon e ute å går i skogen nu.

– I det här vädret?

Mrs Madehurst såg på mig med utmanande ögon över disken.

– Ja' förstår de' inte men de' öppnar liksom hjärtat. Jo, de' öppnar hjärtat. De' e där förlust å födsel blir så lika i långa loppe', som vi säjer.

De gamla gummornas visdom är ju större än alla de gamla gubbarnas, och detta sista orakelsvar fick mig att tänka så hårt när jag rullade vägen fram att jag nästan körde på en kvinna och ett barn i den skogiga kröken vid Det vackra husets huvudgrind.

– Förfärligt väder! ropade jag medan jag saktade in för att ta svängen.

– Inte så illa, svarade hon lugnt ur dimman. Min e van vid de'. Ni hittar eran inomhus, antar jag.

Inomhus tog Madden emot mig med professionell hövlighet och vänliga frågor om hur automobilen mådde; han skulle se till att den hamnade under skydd.

Jag väntade i en stilla, nötbrun sal, behagligt smyckad med sena blommor och värmd av en ljuvlig vedbrasa – en plats med gott inflytande och stor frid. (Män och kvinnor kan ibland åstadkomma en trovärdig lögn efter stor ansträngning; men det hus som är deras tempel kan inte säga något förutom sanningen om dem som har bott där.) En leksakskärra och en docka låg på det svartvita golvet, där en matta hade sparkats undan. jag kände att barnen alldeles nyss hade skyndat iväg – för att gömma sig, antagligen – i de många vindlarna av den stora skarvyxade trappan som majestätiskt reste sig upp ur salen, eller för att huka sig ned och kika fram bakom lejonen och rosorna i det snidade räcket där uppe. Då hörde jag hennes röst ovanför mig, sjungande som de blinda sjunger – inifrån själen:

In the pleasant orchard-closes
And all my early summer came back at the call
In the pleasant orchard-closes
God bless all our gains say we –

*But may God bless all our losses
Better suits with our degree*[1]

Hon utelämnade den störande femte raden, och upprepade:

Better suits with our degree!

Jag såg hur hon lutade sig över räcket med de knäppta händerna vita som pärlemor mot ekträet.

– Är det ni – från andra sidan grevskapet? ropade hon.

– Ja, jag från andra sidan grevskapet, svarade jag skrattande.

– Det har dröjt så länge innan ni såg er tvungen att komma hit igen. Hon sprang nedför trappan, med ena handen lätt vilande på det breda räcket. Två månader och fyra dagar. Sommaren är förbi!

– Jag tänkte komma tidigare, men Ödet hindrade mig.

– Jag visste det. Var snäll och gör något åt den där brasan. Man låter mig inte leka med den, men jag känner att den uppför sig illa. Läxa upp den!

Jag tittade på båda sidor om den djupa eldstaden och hittade bara en halvbränd häckstolpe med vilken jag sköt in ett svart vedträ i lågorna.

– Den slocknar aldrig, vare sig dag eller natt, sade hon som för att förklara. I fall någon kommer in med kalla tår, förstår ni.

– Huset är ännu mera underbart här inne än på utsidan, mumlade jag. Det röda skenet flödade längs de mörka panelerna som polerats av ålder, tills Tudorrosorna och lejonen i galleriet fick färg och rörelse. En gammal buktande spegel krönt av en örn tog bilden till sitt gåtfulla hjärta, förvrängde på nytt de förvrängda skuggorna, och krökte galleriets linjer till kurvorna hos ett fartyg. Dagen började övergå i halv storm medan dimman förvandlades till strilande regnbyar. Genom gardinlösa rutor i det breda fönstret såg jag hur gräsmattans tappra ryttare stegrade sig och kämpade tillbaka mot vinden som hånade dem med legioner avdöda löv.

– Ja, det måste vara vackert, sade hon. Skulle ni vilja gå husesyn? Det är fortfarande tillräckligt ljust där uppe.

Jag följde henne uppför den ståndaktiga, vagnsbreda trappan till galleriet, från vilket tunna utsirade elisabetanska dörrar öppnade sig.

– Känn här hur de satte klinkan lågt för barnens skull. Hon lät en lätt dörr svänga inåt.

– Förresten, var är de någonstans? frågade jag. Jag har inte ens hört dem idag.

1 Dikt av Elizabeth Barrett Browning (1806-61). – *Red.anm.*

Hon svarade inte genast. Sedan: – Jag kan bara höra dem, svarade hon mjukt. Det här är ett av deras rum – allt står klart, ser ni.

Hon pekade in i ett rum med kraftiga bjälkar. Där fanns små låga slagbord och barnstolar. Ett dockskåp med fasaden halvöppen på sina krokar stod vänt mot en stor spräcklig gunghäst, från vars stoppade sadel det var en barnlek att kravla sig upp i den breda fönstersoffan med utsikt över gräsmattan. En leksakspistol låg i ett hörn bredvid en förgylld träkanon.

– De har väl alldeles nyss gått, viskade jag. I det falnande ljuset knarrade en dörr försiktigt. Jag hörde prasslet av en klänning och tassandet av fötter – kvicka fötter genom ett rum på andra sidan.

– Det där hörde jag, ropade hon triumferande. Hörde ni? Barn, hallå barn, var är ni?

Väggarna fångade rösten och höll den kärleksfullt till sista fulländade ton, men utan något rop till svar likt det jag hade hört i trädgården. Vi skyndade vidare från rum till ekgolvsförsett rum; upp ett trappsteg här, ner tre trappsteg där; genom en labyrint av gångar; hela tiden gäckade av vårt byte. Man kunde lika gärna ha försökt jaga kaniner i ett öppet gryt med en enda iller. Det fanns oräkneliga gömställen – alkover i väggar, fönstersmygar i djupa smala fönster som nu låg mörka och varifrån de kunde hoppa fram bakom oss, och övergivna eldstäder infällda sex fot i murverket, samt virrvarret av mellandörrar. Framför allt hade de skymningen som medhjälpare i vår kurragömmalek. Jag uppfattade ett par lyckliga små skratt när de drog sig undan oss, och såg ett par gånger silhuetten av en barnklänning mot något mörknande fönster i slutet av en gång, men vi återkom tomhänta till galleriet just som en medelålders kvinna höll på att sätta en lampa i nischen.

– Nej, jag har inte sett henne heller, miss Florence, hörde jag henne säga, men den där Turpin han säger att han vill träffa er angående sin ladugård.

– Oj då, mr Turpin måste vara väldigt angelägen om att träffa mig. Säg till honom att komma till salen, mrs Madden.

Jag tittade ner i salen vars enda belysning var den dämpade elden, och djupt inne i skuggan såg jag dem äntligen. De måste ha smitit ner medan vi var i gångarna, och trodde att de nu gömt sig helt bakom en gammal skärm av förgyllt läder. Enligt barnens lag var min fruktlösa jakt lika god som en presentation, men efter allt besvär jag haft bestämde jag mig för att nyttja det enkla knepet att truga fram dem genom att låtsas inte se dem, vilket barn avskyr. De låg tätt tillsammans i en liten hög, inte mer än skuggor förutom då en kvick eldslåga avslöjade någon kontur.

– Och nu skall vi ha litet te, sade hon. Jag tror jag borde ha bjudit er från första början, men när man bor ensam och betraktas som – hm – egendomlig, lär man sig liksom inte gott uppförande. Sedan, med mycket näpet förakt: – Vill ni ha en lampa så att ni ser att äta?

– Eldskenet är mycket trevligare, tycker jag. Vi gick ner i det härliga dunklet och Madden kom med te.

Jag bar min stol i riktning mot skärmen, redo att överraska eller bli överraskad beroende på hur leken artade sig, och böjde mig framåt för att leka med brasan; med hennes tillåtelse eftersom härden alltid är helig.

– Var har ni fått tag i alla de här fina korta pinnarna? frågade jag i förbigående. Nej men se, det är ju räkenskapsstavar!

– Självklart, sade hon. Eftersom jag inte kan vare sig läsa eller skriva måste jag använda det gamla engelska räkenskapssystemet för min ekonomi. Ge mig en så skall jag berätta vad den betyder.

Jag gav henne en obränd hasselstav, ungefär en fot lång, och hon drog tummen över skårorna.

– Det här är mjölksiffrorna för hemgården för april månad i fjol, räknat i gallons, sade hon. Jag vet inte vad jag skulle ha tagit mig till utan räkenskapsstavar. En gammal skogvaktare jag hade lärde mig systemet. Det är föråldrat nu för alla andra, men mina arrendatorer respekterar det. En av dem har kommit för att träffa mig nu. Åh, det gör inget. Han har inte här att göra efter kontorstid. Det är en girig, okunnig karl – väldigt girig – annars skulle han inte ha kommit hit när det är mörkt.

– Då har ni mycket land?

– Bara ett par hundra tunnland för eget bruk, tack och lov. De andra sex hundra är nästan allihop utarrenderade till folk som kände mina föräldrar före mig, men den här Turpin är en ny karl – och rena stråtrövaren.

– Men är ni säker på att jag inte –?

– Absolut inte. Ni har rätt till det. Han har inga barn.

– Åh, barnen! sade jag och sköt tillbaka min låga stol tills den nästan rörde vid skärmen som dolde dem. Jag undrar om de kommer fram för mig.

Det hördes ett mummel av röster – Maddens och ett djupare tonfall – i den låga, mörka sidodörren, och en rödhårig jätte av den omisskännliga arrendatortypen, iförd Segelduksdamasker, snubblade in eller blev knuffad.

– Kom fram till brasan, mr Turpin, sade hon.

– Om – om ni tillåter, fröken, så – så står jag lika bra här vid dörren. Han klängde sig fast vid dörrklinkan medan han talade, som ett skrämt barn. Plötsligt insåg jag att han var i klorna på någon nästan övermäktig rädsla.

– Nå?

– Angående den nya ladugården för ungdjuren – de' var allt. Dom här första höststormarna börjar komma... men ja' kan komma tillbaka, fröken. Hans tänder skallrade nog lika mycket som dörrklinkan.

– Jag tror inte det, svarade hon med jämn röst. Den nya ladugården – mm. Vad var det min förvaltare skrev till er den 15:e?

– Ja' – tänkte att om ja' kanske kom å träffa' er – ma-man mot man liksom, fröken – men –

Hans ögon rullade och glodde mot varje hörn av rummet, uppspärrade av skräck. Han öppnade till hälften dörren han kommit in genom, men jag såg att den stängdes igen – bestämt och från utsidan.

– Han skrev vad jag sade till honom, fortsatte hon. Ni har för många redan. Dunnett's Farm har aldrig haft mer än femtio oxar – inte ens på mr Wrights tid. Och *han* använde gödsel. Ni har sextiosju och ni använder inte gödsel. Ni har brutit mot kontraktet i det avseendet. Ni suger märgen ur gården.

– Ja' – ja' ska skaffa lite mineraler – superfosfater – nästa vecka. Ja' har så gott som beställt en lastbilslast redan. Ja' ska gå ner till stationen i morron å ta hand om de'. Sen kan ja' komma å träffa er man mot man, fröken, i dagsljus... Herrn där ska väl inte gå? Han skrek nästan.

Jag hade bara skjutit stolen en liten bit tillbaka och sträckt mig bakåt för att knacka på skärmens läder, men han hoppade till som en råtta.

– Nej. Var snäll och hör på nu, mr Turpin. Hon vände sig i stolen så att hon satt ansikte mot ansikte med honom där han stod med ryggen mot dörren. Det var en gammal och tarvlig liten intrig som hon tvingade ur honom – hans vädjan om den nya ladugården på sin godsägarinnas bekostnad, så att han med den brända gödseln kunde betala nästa års hyra utifrån dess värde, sedan han (som hon hade klargjort) nu sugit märgen ur de berikade betesmarkerna. Jag kunde inte annat än beundra styrkan hos hans girighet, när jag såg att den fick honom att trotsa fasan – vilken den nu var – som dröp från hans panna.

Jag slutade knacka på lädret – höll faktiskt på att beräkna kostnaden för ladugården – när jag kände hur min avslappnade hand fångades och varsamt vändes mellan ett barns mjuka händer. Så jag hade äntligen triumferat. Om ett ögonblick skulle jag vända mig om och bekanta mig med de kvickfotade vandringsmännen.

Den lilla kyssen snuddade min handflata – likt en gåva med förväntningen att fingrarna så småningom skulle sluta sig om den; likt det trofasta, halvt förebrående tecknet från ett väntande barn som inte är vant vid att bli försummat ens när de vuxna är som mest upptagna – ett fragment av en stum kod som utformats för mycket länge sedan.

Då förstod jag. Och det var som om jag hade vetat det från första dagen, då jag tittade över gräsmattan mot det höga fönstret.

Jag hörde hur dörren stängdes. Kvinnan vände sig tyst mot mig, och jag kände att hon visste.

Hur lång tid som gick efter detta kan jag inte säga. Jag väcktes av ett fallande vedträ, och reste mig mekaniskt för att lägga tillbaka det. Sedan gick jag tillbaka till min plats i stolen mycket nära skärmen.

– Nu förstår ni, viskade hon genom de hopträngda skuggorna.

– Ja, jag förstår – nu. Tack.

– Jag – jag hör dem bara. Hon sänkte huvudet i händerna. Jag har ingen rätt, förstår ni – ingen annan rätt. Jag har varken fått eller förlorat – varken fått eller förlorat!

– Var då glad för det, sade jag, ty inom mig var min själ uppriven.

– Förlåt mig!

Hon var orörlig, och jag återvände till min sorg och min lycka.

– Det var för att jag älskade dem så, sade hon till sist med bruten röst. Det var *därför* det hände, ända från första början: – innan jag visste att de – de var allt jag någonsin skulle få. Och jag älskade dem så!

Hon sträckte ut armarna mot skuggorna och skuggorna inuti dem.

– De kom för att jag älskade dem – för att jag behövde dem. Jag – jag måste ha fått dem att komma. Var det fel, tycker ni?

– Nej – nej.

– Jag – jag medger att leksakerna och – och allt det där var trams, men – men jag brukade avsky tomma rum så mycket själv när jag var liten. Hon pekade på galleriet. Och gångarna var alldeles tomma... Och hur skulle jag någonsin stå ut med att trädgårdsdörren var stängd? Anta –

– Låt bli! För Guds skull, låt bli! ropade jag. Skymningen hade fört med sig ett kallt regn med stormiga kastbyar som ryckte i de blyinfattade fönstren.

– Och samma sak med att hålla brasan levande hela natten. Jag tycker inte det är så dumt – gör ni?

Jag tittade på den breda tegelhärden och såg – genom tårar tror jag – att det inte fanns något järn på eller i närheten av den som kunde passeras, och böjde mitt huvud.

– Jag gjorde allt det och massor av andra saker – bara för att låtsas. Sedan kom de. jag hörde dem, men jag visste inte att de inte tillhörde mig förrän mrs Madden berättade –

– Butlerns hustru? Vad då?

– Ett av dem – jag hörde – hon såg – och kände igen det. Hennes! *Inte* mitt. Jag visste det inte i början. Kanske var jag avundsjuk. Efteråt började jag förstå att det bara var för att jag älskade dem så, inte för att – ... Åh, man *måste* föda eller förlora, sade hon ömkligt. Det finns inget annat sätt – och ändå älskar de mig. Det måste de! Det gör de väl?

Det fanns inga ljud i rummet utom brasans kluckande röster, men vi två lyssnade uppmärksamt, och i alla fall hon fann tröst i det hon hörde. Hon återhämtade sig och reste sig halvt upp. Jag satt kvar i min stol intill skärmen.

– Tyck inte jag är en eländig stackare som gnäller om mig själv på det här viset, men – men jag går i mörker, förstår ni, och *ni* kan se.

Jag kunde sannerligen se, och det jag såg befäste mig i min beslutsamhet, fast denna var som att skilja kött från ande. Men jag skulle stanna litet till eftersom det var sista gången.

– Då tycker ni det är fel? utropade hon tvärt, fastän jag inte hade sagt någonting.

– Inte för er. Tusen gånger nej. För er är det rätt... jag saknar ord för hur tacksam jag är mot er. För mig skulle det vara fel. Bara för mig...

– Varför då? sade hon, men förde handen framför ansiktet som hon hade gjort vid vårt andra möte i skogen. Åh, jag förstår, fortsatte hon enkelt som ett barn. För er skulle det vara fel. Sedan med ett litet skratt samtidigt som hon drog efter andan: – Och minns ni, en gång – i början – sade jag att ni hade tur. Ni som aldrig får komma hit igen!

Hon lämnade mig att sitta en liten stund till vid skärmen, och jag hörde ljudet av hennes fötter dö bort i galleriet ovanför.

They (1904)
Övers. Martin Andersson

Gustav Meyrink

Vaxkabinettet

– Det var en riktigt bra idé att sända telegram till Melchior Kreuzer; tror du han vill göra det vi frågar, Sinclair? Om han tog första bästa tåg – Sebaldus kastade ett öga på sin klocka – då är han här vilken minut som helst.

Sinclair hade rest sig upp, och som svar pekade han ur genom fönstret.

De såg en lång, mager herre som skyndade sig fram igenom gatan.

– Ibland finns det stunder i livet när helt vanliga vardagshändelser förefaller skrämmande ovanliga, eller hur, Sinclair? Det är som att plötsligt vakna upp och sedan falla i sömn igen, och då tiden slår ett mellanliggande hjärtslag, ser man en skymt av allehanda olycksbådande och mystiska företeelser.

Sinclair tittade uppmärksamt på sin vän: – Vart vill du komma?

– Jag antar att det måste vara vaxkabinettet som har fått mig ur gängorna, fortsatte Sebaldus. Jag är outsägligt nervös idag. När jag just nu såg Melchior på avstånd och märkte hur hans gestalt blev större och större när han närmade sig, då upplevde jag något slags förvirring – jag vet inte hur jag ska förklara det – men det var kusligt, som om avståndet kunde sluka allting, vad som helst: kroppar, ljud, tankar, fantasier, händelser... Eller tvärtom, som om vi kunde se det – allting – ytterligt litet till en början och sedan sakta bli större, även icke-materiella företeelser, som inte behöver röra sig genom tid och rum på samma sätt. – Jag tror inte jag lyckas hitta rätt ord här, men du förstår kanske vad jag menar? Allting tycks lyda samma lag!

Hans vän nickade tankfullt.

– Ja, och det finns vissa tankar och tilldragelser som kommer smygande som från en "annan sida", en kulle eller något annat de gömmer sig bakom – och sedan hoppar de upp framför näsan på en när de har växt till jättelik storlek.

Dörren öppnade med ett klick, och dr Kreuzer gjorde sällskap med dem vid bardisken.

– Melchior Kreuzer: Christian Sebaldus Obereit, kemist, presenterade Sinclair dem för varandra.

– Jag kan föreställa mig varför ni sände mig telegrammet, sade nykomlingen.

Det gamla bekymret med Lucretia!? Jag kunde bara rysa när jag läste Mohammed Daryashkohs namn i tidningen. Har ni upptäckt något? Är det samme karl?

Tältet som hyste vaxkabinettet hade rests på marknadsplatsens obelagda mark, och skymningens sista ljus reflekterades rosa i hundratals små kantiga speglar, som tecknade de ornamenterade orden över tältdukens ingång:

Mohammed Daryashkohs orientaliska panoptikon
Presenterad av mr. Kongo-Brown

Tältets dukväggar var glättigt prydda med grällt målade motiv, och de svajade milt och pöste ut likt stinna kinder när folket där inne gick omkring eller lutade sig mot duken för ett ögonblick.

Två trästeg ledde upp till ingången, över vilken en vaxfigur i mänsklig storlek stod, en kvinna i paljetterade trikåbyxor.

Hennes bleka ansikte med ögon av glas vred sig sakta med huvudet och överblickade människomassan som trängde sig runt tältet under henne, tittade från den ena till den andra och kastade sedan en blick åt sidan som för att avvakta ett förstulet tecken från den mörkhyade egyptiern som härskade över kassan. Med tre knyckiga rörelser vreds huvudet sedan helt tillbaka till sin utgångspunkt och stirrade tomt framför sig. Gång på gång ryckte det plötsligt till i dockans armar och ben som om den drabbats av någon våldsam spasm, kastade tillbaka skallen och böjde sig bakåt, tills huvudet nuddade hälarna.

– Det är maskinen där borta som driver urverket som manövrerar de groteska rörelserna, mumlade Sinclair och pekade på den polerade maskinen innanför dörren, vilken slamrade i takt.

– Elektricitet, levande si, helt levande, pladdrade egyptiern ovanför dem, och räckte ned ett förtryckt papper.

– Om halvtimma börjar, si.

– Tror du att gossen möjligen vet var vi kan hitta Mohammed Daryashkoh? undrade Obereit.

Men Melchior Kreuzer lyssnade inte. Han var försjunken i broschyren och läste högt de fraser som han fann mest anslående.

– ”De magnetiska tvillingarna Vayu och Dhananjaya (med vokalt ackompanjemang)” – vad är det? Såg du det igår? frågade han plötsligt.

Sinclair svarade nekande. – De levande artisterna väntas inte komma förrän idag, och...

Men Sebaldus Obereit avbröt honom. – Var ni verkligen personligt bekant med Lucretias make Thomas Charnoque, dr Kreuzer?

– Naturligtvis, vi var vänner i åratal.

– Och ni upplevde aldrig att han kanske inte emotsåg barnet med blida ögon?

Dr Kreuzer skakade på huvudet. – Jag märkte att någon sorts psykisk åkomma så sakteliga började utvecklas, men ingen kunde förutse att den skulle bryta ut på det sättet. Han kunde plåga stackars Lucretia med riktigt svartsjuka scener, och när vi i egenskap av hans vänner försökte visa honom hur grundlösa hans misstankar var, då lyssnade han knappt. Han var förryckt! Sedan när barnet föddes, trodde vi att allting skulle lugna ner sig för honom. Och ett tag tycktes det göra det. Men hans misstankar hade bara grott djupare, och så en dag fick vi höra den hemska nyheten att han plötsligt blivit galen, hade blivit ursinnig och börjat skrika, och sedan slitit spädbarnet ur vaggan och försvunnit.

Alla efterforskningar visade sig fåfänga. Någon tyckte sig ha sett honom med Mohammed Daryashkoh vid en järnvägsstation. Och några år senare kom nyheter – från Italien, tror jag – om att en utlänning vid namn Thomas Charnoque hade hittats hängd – han hade ofta setts i sällskap med ett litet barn och en orientalisk herre. Men efter Daryashkoh och gossen fanns inte ett spår. Allt letande har inte givit någonting sedan dess, så jag kan knappast tro att skylten som hänger här utanför tältet har någonting alls att göra med den där asiaten. Och sedan, vad är det där tör konstigt namn, Kongo-Brown? Jag är nästan säker på att Thomas Charnoqne nämnde det vid ett eller annat tillfälle. Mohammed Daryashkoh kom från Persien och hade också hög börd, och han var lärd på enastående många områden – varför skulle han vara ägare av ett vaxkabinett?

– Kanske var Kongo-Brown hans tjänare, som nu har tillskansat sig namnet? föreslog Sinclair. – Kantänkas. Vi får se till att följa upp det spåret. Men jag är fortfarande övertygad om att asiaten uppmuntrade Charnoque att röva bort barnet – eller snarare, att han fick honom att göra det.

Han hatade Lucretia utan och innan. Att döma av något hon sade vid ett tillfälle, så var det tydligen så att han ständigt ansatte henne med frierier, trots att hon fann honom motbjudande.

Men det måste finnas något annat och djupare liggande mysterium, som kan förklara Daryashkohs hämndgirighet.

Det finns inget mer man kan få veta av Lucretia, och hon svimmar nästan av sinnesrörelse bara man råkar nämna saken i förbigående.

På det hela taget var Daryashkoh familjens ondskefulla husgud. Thomas Charnoque var helt i hans våld; han nämnde ofta för oss att han trodde att persern var den enda levande människan, som trängt in i mysterierna hos någon hemlig konst från tiden innan mänsklighetens gryning; och att detta faktiskt gjorde honom i stånd att kunna plocka isär en mänsklig varelse och sortera ut enskilda levande organ, vilka han kunde använda till sina egna fullkomligt oförklarliga ändamål.

Vi trodde givetvis att Thomas fantiserade ihop allting, och att Daryashkoh bara var en illvillig lurendrejare, ändå fanns det aldrig några bevis eller stöd... Men föreställningen ska börja. Är det inte egyptiern som tänder lamporna runt tältet?

"Fatima, Orientens Pärla" hade spelat sin stump, och åskådarna gick av och an eller kisade genom kikhålen som skurits upp i de röda dukväggarna framför ett grällt målat panorama över Delhis belägring.

Andra stod i tyst begrundan vid en glaskista, i vilken kroppen av en döende turk låg och andades mödosamt, och vars nakna bröst blottade ett svett sår med blygrå hudflikar som åstadkommits av en kanonkula. När vaxdockan öppnade sina matta ögon hördes ett lågt surrande från maskineriet från kistan, och de kringstående kunde lägga örat mot glaset för att höra ljudet bättre.

Motorn vid ingången pustade vidare och drev något slags musikinstrument. Det spelade en melodi med en stakande och ivrig takt, på samma gång högljutt och dovt – tonerna lät främmande och blöta, som om melodin spelades under vattnet.

Luften i tältet var tjock av doften från vax och rökiga oljelampor.

"N:o 311: Voodoo-skallar", läste Sinclair från sin broschyr när de två betraktade tre bistra huvuden som hade arrangerats i ett skåp vid väggen i ett hörn – de såg ofattbart levande ut med gapande munnar och ögon som stirrade med skräckinjagande uttryck.

– Vet du, de är inte alls av vax – de är äkta! sade Obereit förundrat sedan han plockat upp ett förstoringsglas ur fickan. Men jag kan verkligen inte förstå hur de har tillverkats. Det är enastående, hela den genomskurna ytan på halsarna har täckts med silke – eller måhända har det vuxit över. Och jag kan inte urskilja några sömmar! Det ser precis ut som om de har växt fram som pumpor, och aldrig ens suttit på människoaxlar. Om vi bara kunde lyfta upp glaslocket ett stycke!

– Allt vax, si, levande vax, si – riktiga döda huvuden också, bevars, och luktar – puh, sade egyptiern som plötsligt dök upp bakom dem. Han hade smugit sig

fram till dem utan att de märkt något: det ryckte i hans ansikte, som om han försökte hålla tillbaka ett förryckt skratt.

De båda besökarna tittade förskräckt på varandra. – Låt oss hoppas att den gamle zigenaren inte hörde något – vi talade ju precis om Daryashkoh, sade Sinclair efter en stund.

– Tror du att dr Kreuzer kommer att lyckas ta fram något hos Fatima? I värsta fall måste vi bjuda hem henne någon kväll för att dela en flaska vin. Han står fortfarande där ute och talar med henne.

Musiken slutade med ens, någon slog i en gonggong och en genomträngande kvinnoröst hördes genom ridån: – Vayu och Dhananjaya, magnetiska tvillingar, åtta år gamla. Världens största underverk. Hör dem sssjunggga!

Folksamlingen trängdes mot scenen längst in i tältet.

Dr Kreuzer hade återvänt in i tältet; han grep Sinclair i armen. – Jag har fått en adress, viskade han. Persern bor i Paris under antaget namn. Här är den.

Och han visade förstulet en papperslapp för sina båda vänner. – Vi måste ta nästa tåg till Paris!

– Vayu och Dhananjaya. Hör dem sssjunggga! tjöt rösten ännu en gång.

Ridån öppnade sig, och på scenen stod en vacklande, grotesk och ohygglig gestalt klädd som en page, och höll ett bylte under armen.

En återuppväckt kropp av en drunknad människa, med långt blont hår och klädd i mångfärgade sidenstycken.

Ett sorl av vämjelse spred sig i folksamlingen.

Varelsen var stor som en vuxen, men hade ett barns utseende. Dess ansikte, armar och ben, faktiskt hela dess kropp ut till fingrarna – allt var obegripligt uppsvullet och plufsigt.

Den var uppblåst likt en tunn gummiballong. Huden på läpparna och händerna hade tappats på all färg, nästan halvt genomskinlig, som om kroppsdelarna fyllts med luft eller vatten, och ögonen verkade döda, de varken blinkade eller uppfattade något.

Den blickade hjälplöst ut.

– Vayu, se stora brodern, förklarade den gömda kvinnans röst med sin märkliga brytning; och ut ifrån ridån kom en kvinna med en fiol i handen, förklädd som en djurtämjare med höga polska stövlar, röda och fodrade med päls.

– Vayu, sade hon igen och pekade på det uppblåsta barnet med fiolstråken. Sedan öppnade hon en liten bok hon hade med sig och läste högt:

– Två vuxenbarnen här är nu åtta år gamla, och se stort underverk. De är bara sammanväxta med navelsträng, som tre tum är lång och helt hållet genomskinlig. Om en skärs bort, den andra måste dö. Alla vetenskapsmän förundras. Vayu, han är mycket stor för sin ålder. Utvecklad. Men efter i förstånd, medan Dhananjaya, han är så väldigt klok, men så väldigt liten. Som ett spädbarn. Ty han är född utan skinn och växer icke. Han måste förvaras i livsbubbla, i varmt vatten. Föräldrarna vet ingen vilka är. Det är naturens största nyck.

Hon tecknade åt Vayu, som efter stor tvekan öppnade byltet på sin arm.

Ett huvud med samma storlek som en knytnäve visade sig, med stora genomträngande ögon.

Ett ansikte, ett blåådrat spädbarnsansikte – men vars uppsyn ändå var så åldrad och vars utttyck var så hotfullt förvridet av hat och ondska, och fullt av sådan obeskrivlig tarvlighet, att åskådarna ofrivilligt ryggade tillbaka.

– M – min bror D – D – Dhananjaya, stammade den uppblåsta varelsen, och glodde åter på publiken med döda ögon.

– Led ut mig – jag tror jag kommer att svimma. Du min skapare! viskade Melchior Kreuzer. De stödde honom sakta stapplande och halvt medvetslös mot utgången, och förbi egyptierns sluga och vaksamma blick.

Kvinnan hade tagit upp sin fiol, och de hörde henne stämma upp en sång för att ackompanjera det uppblåsta barnets kvävda röst:

Ack, jag hade en trogen vän
Någon bättre står ej att finna

Och barnet, som inte förmådde artikulera orden ordentligt, gnällde med och svarade med en gäll stämma som knappt bestod av mer än vokalljuden:

Aa aa aeee en oeen änn
Ååon å-ee åå ej a-inna

Dr Kreuzer lutade sig tungt mot Sinclairs arm, och drog djupa andetag av de friska luften.

Ljudet av applåder strömmade ut ur tältet.

– Det är Charnoques ansikte! Vilken fasansfull likhet, stönade Melchior Kreuzer. Men hm – jag förstår inte. Allt virvlade omkring framför mina ögon, jag var säker på att jag skulle svimma. Sebaldus, var snäll och hejda en droska, jag måste berätta för myndigheterna. Något måste göras. Ni, båda två, ge er iväg till Paris – Mohammed Daryashkoh – ni måste ha honom arresterad omgående.

De båda vännerna satt än en gång på det avskilda utskänkningsstället och tittade ut genom fönstret efter Melchior Kreuzer när han skyndade sig fram genom gatan.

– Exakt som förra gången, sade Sinclair. Ödet är så snålt med sina scenarion!

De hörde dörren slå igen med ett klick. Dr Kreuzer hade kommit in, och de skakade händer.

– Ni är verkligen skyldig oss en rejäl redogörelse, sade Sebaldus Obereit omsider, sedan Sinclair hade redogjort i detalj hur de hade tillbringat två resultatlösa månader i Paris i jakt på persern. – Ni skickade oss så få underrättelser.

– Jag tappade nästan förmågan att skriva; tala också, nästan, ursäktade sig Kreuzer. – Det känns som om jag åldrats en hel del sedan dess. När man ständigt ställs inför nya gåtor, då nöts man ner fortare än man tror. De flesta människor kan knappast föreställa sig hur det är att ständigt behöva bära en evigt olösbar gåta i sin själ. Och dessutom, att behöva se stackars Lucretias vånda dagligen!

Det var inte så länge sedan hon dog av sorg och förtvivlan – det skrev jag till er om.

Kongo-Brown rymde från fängelset där han väntade på att förhöras, och där försvann den sista källan från vilken vi kunde fått veta sanningen.

Jag berättar allting i detalj någon annan gång, när de påträngande omständigheterna har trätt tillbaka i tiden. Allting än fortfarande så nära inpå.

– Men finns det inga ledtrådar alls? frågade Sinclair.

– Det var en dyster målning jag avtäckte. Omständigheter som våra medicinska fackmän inte kunde eller ville sätta tilltro till. Svart vidskepelse, en härva av lögner, hysteriskt självbedrägeri framhärdade man att kalla det, och ändå fanns det så mycket som var så skrämmande påvisbart. Jag fick alla att häktas omgående. Kongo-Brown medgav att tvillingarna – ja, för den delen hela hans panoptikon, faktiskt – hade skänkts honom av Daryashkoh som tack för tidigare tjänster, och att Vayu och Dhananjaya var en konstgjort skapad dubbelgestalt, som persern hade sammanställt av element från ett ensamt barn (Thomas Charnoques egna son), utan att avbryta levnadsfunktionerna. Han hade kort sagt stimulerat ett antal magnetiska strömmar av en sort som återfinns i oss alla, och vilka kan skiljas från varandra medels vissa hemliga processer; och med hjälp av några organiska tillsatser hade han skapa två skilda medvetanden som ägde helt olika karaktärer.

Så på det hela taget var Daryashkoh en mästare i de dunklaste av konster. Till och med de tre voodoo-skallarna var det som återstod av andra experiment, och de hade tidigare hållits vid liv en viss tid. Allt bekräftades av Fatima, Kongo-Browns *inamorata*, och alla andra, vilka själva var fullkomligt oskyldiga.

Vidare vittnade Fatima under ed att Kongo-Brown led av epilepsi och kunde drabbas av en märklig förändring i medvetandetillståndet vid vissa månfaser, då han trodde sig vara Mohammed Daryaskoh. I detta tillstånd sjönk hans puls, hans andning hejdades och hans ansiktsdrag förändrades, så att man kunde tro att Daryashkoh själv (som tidigare hade setts runtom i Paris) stod framför en.

Till yttermera visso kunde han under dessa omständigheter utstråla en sådan obestridlig magnetisk kraft, att han utan att behöva yttra någon sorts befallning, kunde förmå vem som helst att imitera varje rörelse eller tvångsmässig åtbörd han själv utförde. Det var som om folk drabbats av sankt Vitus dans – oemotståndligt. Han ägde en enastående vighet, och kunde exempelvis åstadkomma alla rörelser som dervischmunkarna utför, och kunde exempelvis framkalla ytterst gåtfulla fenomen och förändringar i medvetandet (persern hade personligen lärt honom detta) – rörelser så komplicerade att ingen ormmänniska i världen kunde göra likadana.

Medan de reste från ställe till ställe med vaxkabinettet, försökte Kongo-Brown emellanåt nyttja sin magnetiska kraft för att tvinga barn att härma dessa vrångbilder. De flesta hade brutit sönder sina ryggrader. De övriga hade blivit så hjärnskadade att de försjunkit i efterblivenhet. Våra doktorer skakade givetvis på sina huvuden inför Fatimas bedyranden, men en följande händelse måste ha givit dem en tankeställare. Faktum är att Kongo-Brown rymde från fängelset där han förhördes från ett sidorum, och fredsdomaren rapporterade att karln plötsligt hade stirrat på honom och svängt sin arm på ett besynnerligt sätt, precis när han skulle börja utfråga honom. Fredsdomaren hade känt en plötslig osäkerhet och försökt kalla på hjälp med klockan, men drabbats av förlamning – hans tunga hade liksom vridit sig runt på ett sätt han inte kan minnas längre (hela anfallet måste ha börjat med denna känsla i munnen), och sedan hade han svimmat.

– Kunde de inte komma underfund med något om hur Mohammed Daryashkoh hade skapat dubbelvarelsen utan att faktiskt döda barnet? avbröt Sebaldus. Dr Kreuzer skakade på huvudet. – Nej. Fast jag har tänkt en hel del på vad Thomas Charnoque berättade för mig en gång. En människas livskraft är något helt annat än vi föreställer oss, brukade han säga; den består av ett antal magnetiska strömmar som cirkulerar delvis inuti och delvis utanför kroppen; och våra vetenskapsmän hävdar felaktigt att den som fått sin hud avlägsnad är dömd att dö i brist på syre. Det element som huden absorberar från atmosfären är något helt annat än syre. Och dessutom absorberar huden egentligen inte ämnet – den är bara en sorts ledare som möjliggör för de magnetiska strömmarna att täcka kroppsytan – ungefär som ett metalltrådsnät, där bubblor fäster på hela ytan när det doppats i såpavatten. Till och med människors andliga karaktär, sade han, formas av den ena eller andra dominerande strömmen, varur ett övermått av en viss sådan kan skapa en karaktär av sådan utomordentlig lastbarhet, att det överskrider vår föreställningsförmåga.

Melchior föll i tystnad ett ögonblick, förlorad i sina egna tankar.

– Och när jag tänker på vilken skrämmande ägodel dvärgen Dhananjaya hade, och som ständigt förnyade hans liv, kan jag bara se en ohygglig bekräftelse på teorin.

– Du talar som om tvillingarna är döda. Har de dött? frågade Sinclair överraskat.

– För några få dagar sedan. Och det är lika gott att det hände. Vätskan som den ene tillbringade större delen av dagarna i, torkade ut, och ingen visste hur den var sammansatt.

Melchior Kreuzer tittade ut i tomma luften och darrade. – Där fanns varelser så ohyggliga – så obeskrivligt ohyggliga – att det är en välsignelse att Lucretia aldrig fick veta något; åtminstone det besparades henne! Bara att se den avskyvärda dubbelvarelsen skulle varit tillräckligt för att göra henne förryckt! Det var exakt som om hennes moderskänslor hade klyvts itu.

Låt mig bara glömma allting idag. Tanken på Vayu och Dhananjaya – det får fortfarande mitt huvud att snurra. Han satt en stund i tankar, sedan hoppade han plötsligt upp och utropade: – Servera mig lite vin – jag vill inte tänka på det mer. Låt oss göra något annat – musik, vad som helst, bara för att mana fram andra sorters tankar! Musik!

Och han snubblade över till en glänsande myntspelare vid väggen, och petade in ett mynt i springan.

Klirr. Pengen föll ljudligt inuti och apparaten vevade igång.

Tre besynnerliga toner ljöd, och ett ögonblick senare skrällde melodin över rummet:

Ack, jag hade en trogen vän
Någon bättre står ej att finna

Das Wachsfigurenkabinett (1913)
Övers. Rickard Berghorn

Ambrose Bierce

Nattliga visioner

Jag håller det troligt att Drömmens Gåva är en värdefull tillgång för litteraturen – att vi skulle få en litteratur som "överskred det möjliga" om vi på något ännu okänt sätt kunde fånga och kvarhålla de gäckande fantasier som den tillhandahåller och därigenom få drömmarna att tjäna oss. Genom att fånga och tämja gåvan skulle den utan tvivel bli ypperligt förädlad, liksom djur uppfödda till att tjäna människan förvärvar nya egenskaper och förmågor. Genom att tämja våra drömmar skulle vi halvera vår arbetstid och vårt mest givande arbete skulle utföras i sömnen. Även i sitt nuvarande tillstånd är Drömlandet en underlydande provins, något som *Kubla Khan* vittnar om.

Vad är en dröm? En hop oordnade minnen – en förbryllande följd av saker och ting som en gång existerade i vaket tillstånd. Den är de dödas förvirrade uppståndelse – forntida och nutida, de rättfärdiga och de orättfärdiga – som stiger upp ur rämnade gravar, var och en "i sin jordiska klädedräkt", som oregerligt tränger sig fram för att få audiens hos Uppenbarelsernas Herre och som griper efter varandras plagg i språnget. En herre? Nej, han har avsagt sig makten och hans vilja tillhör dem; hans egen är död och väcks inte samtidigt med vilan. Även hans omdöme är frånvarande och med det förmågan att bli överraskad. Plågad eller tillfreds kan han bli, förfärad eller hänryckt, men förundran kan han inte känna. Det oerhörda, det orimliga, det onaturliga – allt detta är enkelt, rätt och rimligt. Det skrattretande roar inte, inte heller förvånar det omöjliga. Drömmaren är din enda sanna poet; han är "av inbillning blott och bart".

Fantasi är rätt och slätt minne. Föreställ dig något som du aldrig har varseblivit, upplevt, hört eller läst om. Försök att till exempel föreställa dig ett djur utan kropp, huvud, lemmar eller svans – ett hus utan väggar eller tak. När vi är vakna har vi förvisso delvis kontroll och makt med hjälp av viljan och omdömet; vi kan plocka och välja ur minnets förråd, ta det som passar och utestänga – om än emellanåt med svårighet – det som inte tjänar något ändamål; i sömnen tar våra fantasier oss "i besittning". De är så hopsamlade, sammansmälta och förenade med varandra, så formade av varandras beståndsdelar att helheten verkar ny, men de gamla välkända tankefragmenten finns där och inget av dem faller ur ramen. Vare sig vi är vakna eller sover så ger oss fantasin enbart nya variationer; "det stoff som drömmar väves av" har de fysiska sinnena samlat in och lagrat i minnet liksom ekorrar lagrar nötter. Men det finns åtminstone ett sinne som aldrig lämnar bidrag till drömmarnas väv: ingen har väl drömt om en doft. Syn, hörsel, känsel och möjligen smak, de arbetar alla på att lägga upp ett förråd för vårt nattliga nöje; men Drömmen saknar näsa. Det är förvånansvärt att de skarpa iakttagarna, de forntida poeterna, inte beskrev den sömnige guden på detta sätt och att deras lydiga tjänare, de gamla skulptörerna, inte framställde honom så. Kanske dessa sistnämnda hedersmän, då de arbetade för eftervärlden, drog slutsatsen att tiden och missöden ofrånkomligen skulle revidera deras arbete i detta hänseende och anpassa det till naturens realiteter. Vem kan skildra en dröm så att den framstår som just en dröm? Ingen poet har ett sådant lätt handlag. Lika väl kan man försöka att skriva ner musiken från en eolsharpa. Det finns en välkänd art av släktet Träbock (*Penetrator intolerabilis*) som då den har läst en berättelse – kanske av en språkets mästare – gör sig stort besvär med att förklara dess handling till din uppbyggelse och höga nöjes skull; och som den hyggliga människa han är tänker att du därefter inte ska behöva läsa den. "Vid påtagligt liknande omständigheter och betingelser" (som det står i den mellanstatliga handelslagen) skulle jag inte göra mig skyldig till liknande försyndelser, men jag ämnar här lägga fram innehållet i vissa av mina egna drömmar, eftersom "omständigheterna och betingelserna", som jag förstår det, är annorlunda i det att drömmarna själva inte är åtkomliga för läsaren. I försök att återge deras torftigare del hyser jag inte något hopp om större framgång. Det finns inga redskap att fånga drömmens gäckande fågel med.

Jag vandrade i skymningen genom en stor skog med främmande träd. Vadan och varthän visste jag inte. Jag upplevde skogens oändlighet och tyckte mig vara den enda levande varelsen i den. I väntan på soluppgången fick jag en vag föraning om att jag hemsöktes av en ohygglig förtrollning som för att sona ett brott jag begått och sedan glömt. Mekaniskt och utan hopp förflyttade jag mig under de enorma trädens stora grenar längs en smal stig medan jag trängde mig fram igenom skogens hemsökta ödslighet. Sent omsider kom jag till en mörk bäck som sakta rann tvärsöver stigen och såg då att den bestod av blod. Jag vände åt höger och följde den en avsevärd sträcka, och snart kom jag till en liten cirkelrund glänta i skogen, som fylldes av ett dunkelt, overkligt ljus genom vilket jag i mitten av öppningen såg en djup damm av marmor. Den var fylld av blod och bäcken som jag hade följt var dess utlopp. Överallt runt dammen innanför den omgivande skogen – på ett kanske tio fot brett område belagt med ofantligt stora marmorplattor – låg döda människor. Detta var en ledtråd; även om jag inte räknade dem så visste jag att antalet stod i betydelsefull och olycksbådande proportion till mitt brott. Möjligen angav de tiden, i århundraden, sedan jag hade begått brottet. Jag bara iakttog det ungefärliga antalet och visste detta utan att räkna. Kropparna låg nakna och symmetriskt arrangerade, utspridda runtom dammen som ekrarna i ett hjul. Fötterna pekade utåt, huvudena hängde över dammens kant. Alla låg på rygg, halsarna hade skurits upp och blod droppade sakta från såren. Allt detta såg jag utan att beröras. Det var ett naturligt och nödvändigt resultat av mitt brott och påverkade mig inte; men där fanns något som fyllde mig med oro och skräck – ohyggliga pulsslag som upprepades långsamt och obevekligt. Jag vet inte vilket sinne som uppfattade pulsslagen eller om de nådde medvetandet på ett sätt som ännu var okänt för vetenskapen och erfarenheten. Regelbundenheten i den genomträngtande rytmen var skoningslös och outhärdlig. Jag var medveten om att den genljöd i hela skogen och att den tydde på en gigantisk och obarmhärtig ondska.

Av denna dröm har jag inga fler minnen. Troligen skrek jag rakt ut, överväldigad av en skräck som tveklöst följde på obehaget av trög blodcirkulation, och väcktes av min egen röst.

Den dröm vars utkast jag nu ska visa upp inträffade i min tidiga ungdom. Jag kan inte ha varit mer än sexton. Jag är betydligt äldre nu, men trots det minns jag händelserna lika levande som när synen "inte hade åldrats en timme" och jag låg hopkrupen under överkastet och skakade av skräck inför minnet.

Jag var ensam i natten på en gränslös yta – i mina mardrömmar är jag alltid ensam och det är vanligen natt. Inga träd fanns inom synhåll, ingen mänsklig bebyggelse, inga floder eller berg. Marken tycktes vara täckt av en kort, grov, svart och stubbig växtlighet som om slätten hade eldhärjats. Medan jag planlöst vandrade vidare hejdades min väg här och var av grunda små vattenpölar, som om elden hade följts av regn. På alla sidor fanns dessa pölar som oupphörligen försvann och åter framträdde allteftersom tunga mörka moln drev över de delar av himlen som de speglade och därefter åter uppenbarade stjärnornas stålblanka glitter, i vars kalla ljus vattenmassorna glänste med en svart lyster. Min väg gick västerut där det brann ett blodrött ljus långt nere vid horisonten mellan långa molnstrimmor och gav det intryck av omätbart avstånd som jag sedan dess lärt mig att leta efter i Dorés bilder, där varje beröring av hans hand har skapat ett omen och en förbannelse. Medan jag gick vidare såg jag mot denna spöklika bakgrund en silhuett av murar med tinnar och torn som växte för varje kilometer av min resa, och som slutligen reste sig till en ofattbar höjd och bredd tills byggnaden uppfyllde en vidsträckt del av synfältet, men ändå inte föreföll närmare än tidigare. Modfälld och utan hopp kämpade jag mig fram över den ödelagda och ogästvänliga slätten, och likväl växte det väldiga byggnadsverket tills jag inte längre kunde omfatta det med en blick och tornen skymde stjärnorna rakt ovanför. Sedan gick jag in genom en portal mellan jättelika pelare murade av stenar som var större än min fars hus.

Allt var tomhet därinne, allt täcktes av ödslighetens damm. Ett dunkelt ljus – drömmarnas otyglade ljus, tillräckligt i sig själv – tillät mig att vandra från korridor till korridor och från rum till rum, där varje dörr gav vika för min hand. I rummen var avståndet långt mellan väggarna, inte i någon korridor nådde jag någonsin ett slut. Mina steg gav ifrån sig ett sådant där märkligt, ihåligt ljud som aldrig hörs annat än i övergivna boningar och bebodda gravar. I flera timmar vandrade jag omkring i den fruktansvärda ödsligheten, medveten om att jag sökte efter något men utan att veta vad. I det som verkade vara ett yttersta hörn av byggnaden steg jag slutligen in i ett rum med normala dimensioner och med ett enda fönster. Genom detta såg jag samma karmosinröda ljus som fortfarande låg längs horisonten utmed de oändliga vidderna västerut, liksom synen av ett olycksaligt öde, och jag förstod att det var evighetens tärande eld. Medan jag betraktade det röda hotet i dess matta och olycksbådande sken uppenbarades en fruktansvärd sanning för mig som jag åratal senare i ett ohejdat infall försökte uttrycka i poesins form:

Man is long ages dead in every zone
The angels all are gone to graves unknown;
The devils, too, are cold enough at last,
And God lies dead before the great white throne!

Skenet utifrån kunde inte förjaga rummets dunkel och det tog en stund innan jag i den bortersta hörnan upptäckte konturerna av en bädd, och jag närmade mig den med en ond föraning. Jag kände att här skulle på något sätt upplevelsens ondskefulla historia få en ohygglig kulmen, men ändå kunde jag inte motstå trollkraften som tvingade mig till dess fullbordande. På sängen låg en delvis klädd, död människokropp. Den låg på rygg med armarna utsträckta längs med sidorna. När jag böjde mig över den, vilket jag gjorde med vämjelse men utan rädsla, såg jag med avsky att den var oerhört förruttnad. Revbenen stack fram ur det läderartade köttet; genom huden på den insjunkna magen kunde man se ryggradens knöligheter. Ansiktet var svart och hoptorkat och läpparna som blottade de gula tänderna skändade det med ett ohyggligt grin. Att de slutna ögonlocken buktade ut antydde att ögonen hade undgått den allmänna ödeläggelsen. Och så var det också, ty när jag böjde mig fram över dem öppnades de sakta och tittade intensivt in i mina med lugn, stadig blick. Föreställ er min skräck om ni kan – den kan inte med ord beskrivas; ögonen var mina egna! Denna rudimentära spillra av ett utdött släkte – denna obeskrivliga tingest som varken tid eller evighet helt och hållet hade utplånat – dessa förgänglighetens förhatliga och motbjudande rester som ännu efter Guds och änglars död hade förmåga att förnimma – det var jag!

Det finns drömmar som ständigt återkommer. En av mina egna är av denna sort[1] och dess säregenhet är ett nog så gott skäl för att rättfärdiga mitt återgivande, även om jag uppriktigt sagt befarar att läsaren kommer att tro att sömnens värld är allt annat än sälla jaktmarker för min nattvandrande själ. Så är det verkligen inte. De flesta av mina strövtåg i drömmarnas land är förenade med de mest lyckade resultat, vilket jag antar även är fallet hos de allra flesta. Min fantasi återvänder till kroppen likt ett bi till sin kupa, lastad med byte, som med förnuftets hjälp förvandlas till honung och lagras långt in i minnescellerna för att därefter vara till evig förnöjelse. Men den dröm som jag ska återberätta är dubbel till sin karaktär; som upplevelse är den sällsamt skräckinjagande, men fasan den väcker är så löjeväckande oproportionerlig i förhållande till den händelse som skapade den, att drömmen så här i efterhand snarare roar.

Jag går genom en öppen glänta i en glest skogbevuxen trakt. Genom de utspridda träden som omger gläntans ojämna terräng skymtar uppodlade fält och sällsamma väsens boningar. Gryningen borde vara nära, ty den nästan helt runda månskivan ligger lågt i väst och uppenbarar sig blodröd genom dimslöjorna som sällsamt böljar över landskapet. Gräset runt mina fötter är mättat av dagg och hela skådeplatsen är en försommarmorgon som skimrar i en nedgående fullmånes overkliga ljus. Bredvid min stig står en häst som synbart och hörbart betar av gräset. Den lyfter huvudet när jag ska gå förbi, iakttar mig en stund utan en rörelse och går sedan mot mig. Den är mjölkvit, har en mild uppsyn och fridsam blick. Jag säger för mig själv: "Denna häst är en vänlig själ" och stannar till för att klappa den. Den håller blicken stadigt fästad vid min, den närmar sig och talar till mig med mänsklig röst på människors språk. Detta förvånar mig inte, men det skrämmer mig och jag återvänder omedelbart till denna vår värld.

Hästen talar alltid mitt eget modersmål, men jag vet aldrig vad den säger.

---

1 På mitt förslag nedskrev den framlidna Flora Macdonald Shearer detta drama i sonettform i sin diktbok *Legend of Aulus*.

Jag antar att jag försvinner från drömmarnas rike innan den hinner berätta vad den har i sinnet och att den står kvar, säkert lika förskräckt av mitt plötsliga försvinnande som jag av dess förmåga att tala. Jag skulle ge en hel del för att få veta vad den vill säga.

Kanske jag en morgon kommer att förstå – och därefter aldrig mer återvända till denna vår värld.

Visions of the Night
Övers. Maria Hansson

George MacDonald

Kvinnan i spegeln

Cosmo von Wehrstahl var student vid universitetet i Prag. Fast han var av ädel börd var han fattig, och stolt över det oberoende som fattigdomen ger, ty finner man inte stolthet i det man inte kan bli av med? Han var omtyckt av sina medstudenter men hade inga kamrater, och ingen av dem hade någonsin gått över tröskeln till hans logi överst i ett av de högsta husen i gamla staden. Hemligheten bakom en stor del av den förbindlighet som gjorde honom så populär bland hans likar var faktiskt tanken på hans okända tillflyktsort, dit han kunde bege sig på aftonen och hänge sig ostört åt sina egna studier och dagdrömmar. Dessa studier omfattade, förutom dem som var nödvändiga för hans utbildning vid universitetet, några ämnen som var mindre kända och erkända; ty i en hemlig byrålåda låg Albertus Magnus' och Cornelius Agrippas verk, tillsammans med andra mindre lästa och mer svårfattliga. Hittills hade han emellertid följt denna forskning endast av ren nyfikenhet, och inte utnyttjat den för något praktiskt ändamål.

Hans logi bestod av ett stort rum med lågt tak, sällsynt tomt på möbler, ty förutom ett par trästolar, en soffa som dög att drömma på såväl dag som natt, samt ett stort klädskåp av svart ek, fanns det mycket litet i rummet som kunde kallas möbler.

Men underliga instrument stod staplade i hörnen; och i ett hörn stod ett skelett, till hälften lutat mot väggen, till hälften upphållet av ett snöre runt halsen. En av dess händer, idel fingrar, vilade på den tunga svärdsknappen på ett stort svärd som stod bredvid det.

Diverse vapen låg kringspridda över golvet. Väggarna var helt tomma på utsmyckning, ty de få märkliga föremålen som fanns där – såsom en stor torkad fladdermus med utbredda vingar, ett piggsvinsskinn och en uppstoppad guldmus – kunde knappast räknas som sådan. Men fastän hans smak fann nöje i dylika nycker, skämde han bort sin fantasi med en vida annorlunda kost. Hans sinne hade ännu aldrig fyllts av någon allt uppslukande passion, utan låg öppet likt en stilla skymning för vilken rörelse som helst, vare sig det var den milda vindpusten som endast bär med sig dofter, eller stormen som böjer de stora träden tills de knarrar och knakar. Han såg allting som genom ett rosenfärgat glas.

När han tittade från sitt fönster på gatan nedanför, passerade inte en enda flicka utan att röra sig som i en saga medan hon drog hans tankar efter sig tills hon försvann ur panoramat. När han vandrade på gatorna upplevde han det alltid som om han läste en saga, i vilken han sökte väva in varje intresseväckande ansikte som passerade, och varje ljuv röst smekte hans själ som vingslag från en passerande ängel. Han var i själva verket en poet utan ord – desto mer uppslukad och utsatt för fara, i det att poesins springvatten var uppdämd i hans själ där det växte och svallade och undergrävde, emedan det inte fann något utlopp. Han brukade ligga på sin hårda soffa och läsa en berättelse eller en dikt tills boken föll från hans hand, men han drömde vidare – vaken eller i sömn, det visste han inte – tills taket ovanför växte i hans medvetande och förgylldes i soluppgången. Då gick han också upp, och den energiska ungdomens ingivelser höll honom hela tiden aktiv, om det så var i studier eller i nöjen, tills dagens slut åter gjorde honom fri och nattens värld, som legat dränkt i dagens katarakt, vällde upp i hans själ med alla sina stjärnor och dunkelt sedda fantomgestalter. Men detta kunde knappast bestå. Någon skepnad måste förr eller senare träda in i trollkretsen, stiga in i livets hus, och tvinga den förbryllade magikern att falla på knä i dyrkan.

En afton, nästan i skymningen, vandrade han drömmande på en av huvudgatorna då en studiekamrat väckte honom med en klapp på axeln och bad honom följa med in på en liten bakgränd för att titta på någon gammal rustning som kamraten hade fått lust att äga. Cosmo ansågs som en auktoritet i allt som rörde vapen, antika som moderna. I vapenbruk kom ingen av studenterna ens i närheten av honom, och hans praktiska kännedom om vissa hade bidragit till att etablera hans auktoritet beträffande alla. Han följde gärna med.

De kom in i en trång gränd, och därifrån in på en smutsig liten gård, där en låg välvd dörr släppte in dem i en brokig samling av allt unket och dammigt och gammalt som man kunde föreställa sig. Hans omdöme om rustningen var till belåtenhet, och kamraten avslutade genast köpet. När de var på väg därifrån drogs Cosmos blick till en gammal spegel, elliptisk till formen, som stod lutad mot väggen, täckt av damm. Runt dess kant fanns en del märkliga sniderier, som han kunde urskilja endast mycket otydligt i det svaga ljuset från lampan som ägaren till butiken bar i sin hand. Det var dessa sniderier som drog hans uppmärksamhet till sig; åtminstone föreföll det honom så. Han lämnade emellertid stället med sin vän utan att lägga ytterligare märke till den. De gick tillsammans till huvudgatan, där de skildes åt och gick åt motsatt håll.

Knappt hade Cosmo blivit lämnad ensam förrän tanken på den underliga gamla spegeln kom tillbaka. En stark längtan att se den tydligare växte inom honom, och han styrde ännu en gång stegen mot butiken. Ägaren öppnade dörren när han knackade, som om han hade väntat honom. Det var en liten, gammal, skrumpen man med krökt näsa och brinnande ögon som ständigt rörde sig långsamt och rastlöst och tittade hit och dit som efter något undflyende. Efter att ha låtsats undersöka flera andra varor gick Cosmo till sist fram till spegeln och bad att den skulle tas ner.

– Ta ner den själv, herrn; jag når den inte, sade den gamle.

Cosmo tog ner den försiktigt när han såg att sniderierna verkligen var utsökta och kostbara, och beundransvärt ritade och utförda. De bar en mängd mönster som tycktes förkroppsliga någon mening han inte ens kunde ana sig till. Hos någon med hans smak och temperament ökade detta naturligtvis intresset för den gamla spegeln; faktiskt så mycket att han nu längtade efter att få äga den och kunna studera ramen i lugn och ro. Han låtsades dock vilja ha den endast för praktiskt bruk, och samtidigt som han sade att han var rädd att plätern inte kunde vara till mycket nytta eftersom den var ganska gammal, borstade han bort litet av dammet från ytan och väntade sig att få se en matt spegling därunder. Hans förvåning var stor då han fann att reflektionen var kristallklar och avslöjade ett glas som inte bara undgått tidens tand utan skulle varit förunderligt klart och felfritt även om det hade kommit direkt från tillverkarens hand (ifall helheten nu motsvarade denna del). Han frågade vårdslöst vad ägaren ville ha för pjäsen. Den gamle svarade med en summa som låg långt utom räckhåll för stackars Cosmo, som började ställa tillbaka spegeln där den hade stått tidigare.

– Tycker ni att priset är för högt? frågade den gamle mannen.

– Jag vet inte om det är för högt för er att begära, svarade Cosmo, men det är alldeles för mycket för mig att ge.

Den gamle höll upp sin lampa mot Cosmos ansikte. – Jag tycker om ditt utseende, sade han.

Cosmo kunde inte återgälda komplimangen. I själva verket kände han nu när han för första gången såg mannen tydligt, ett slags avsky gentemot honom, blandad med en underlig tvekan om huruvida det var en man eller kvinna som stod framför honom.

– Vad heter ni? fortsatte mannen.

– Cosmo von Wehrstahl.

– Aha! Jag trodde väl det. Jag ser er far i er. Jag kände er fat mycket väl, unge herrn. Jag vågar påstå att ni i en eller annan vrå av mitt hus skulle kunna finna en del gamla saker som fortfarande bär hans vapensköld och namnchiffer. Nå, jag tycker om er – ni får spegeln till en fjärdedel av det pris jag begärde, men på ett villkor.

– Vad då? sade Cosmo, ty även om priset fortfarande var en stor summa för honom hade han nätt och jämnt råd med det, och längtan efter att få äga spegeln hade vuxit sig oförklarligt stark sedan den hade förefallit utom räckhåll för honom.

– Om ni någonsin vill bli av med den igen, skall ni först erbjuda mig att köpa tillbaka den.

– Ja visst, svarade Cosmo med ett leende och tillade, sannerligen ett blygsamt villkor.

– På er ära? insisterade säljaren.

– På min ära, svarade köparen, och så var köpet avgjort.

– Jag skall bära den hem åt er, sade den gamle mannen då Cosmo tog den i sina händer.

– Nej, nej, jag bär den själv, sade han, ty han hyste en underlig motvilja mot att avslöja sin bostad för någon, i synnerhet för denna person som för varje ögonblick som gick fick honom att känna en allt starkare avsky.

– Som ni behagar, sade den gamla figuren, och mumlade för sig själv medan han höll upp sin lampa i dörröppningen för att lysa hans väg ut från gården: – Såld för sjätte gången! Jag undrar vad som blir följden den här gången. Man kunde tro att hennes nåd borde ha fått nog av det vid det här laget!

Cosmo bar försiktigt hem sitt byte. Men hela vägen hade han en obehaglig känsla av att vara iakttagen och förföljd. Upprepade gånger såg han sig om, men fann ingenting som kunde styrka hans misstankar. Gatorna var faktiskt alltför fulla av folk och för dåligt upplysta för att en skygg förföljare skulle upptäckas så lätt, om nu en sådan var honom i hälarna. Han kom tryggt till sin bostad, och lutade sitt inköp mot väggen, trots sin styrka ganska lättad över att slippa dess tyngd. Sedan tände han sin pipa, slängde sig på soffan och var snart omsvept av sina oförglömliga drömmar.

Han gick hem tidigare än vanligt nästa dag och hängde upp spegeln på väggen över den öppna spisen, i ena änden av sitt långa rum.

Därefter torkade han noggrant bort dammet från dess yta; och spegeln strålade klar som vatten i en solbelyst källa ut under det missunnsamma höljet. Men hans intresse upptogs mest av de egendomliga sniderierna på ramen. Denna rengjorde han så gott han kunde med en borste, och sedan fortsatte han med en minutiös undersökning av dess olika delar i hopp om att finna ett indicium på snidarens avsikter. I detta hade han dock ingen framgång, och med viss trötthet och besvikelse tog han till sist en paus, då han frånvarande blickade in i spegelrummets djup en kort stund. Men snart sade han halvhögt: – Vilken sällsamhet en spegel är! Och vilket förunderligt frändskap som existerat mellan den och en människas fantasi! Ty detta rum, såsom jag betraktar det i spegeln, är samma rum, och ändå inte samma. Det är inte blott en framställning av rummet jag bor i, utan det uppenbarar sig som ett rum jag läser om i en god berättelse. All dess tarvlighet har försvunnit. Spegeln har lyft det ur verklighetens domän in i konstens rike, och själva avbildningen har beklätt det som annars är hårt och naket i en intressant skrud; precis som man förtjust betraktar en karaktär på scenen, när man i verkliga livet skulle sky den såsom varande outhärdligt tråkig. Men är det inte snarare så att konsten räddar naturen från våra sinnens trötta och mättade förnimmelser och den förnedrande orättvisan i våra ängsliga vardagsliv, och genom att vädja till den avskilda fantasin avslöjar Naturen som hon verkligen i viss mån är och som hon framstår inför ögat hos ett barn; ett barn som i sitt vardagsliv, utan rädsla och ambitioner, möter den sanna betydelsen av världen omkring sig, och gläder sig åt dess myllrande under utan ifrågasättande? Det där skelettet, till exempel – det skrämmer mig nästan där det står så stilla, med ögon som blott ser det osedda och likt ett vakttorn spejar ut över hela den ödemark som är vår rastlösa värld, och in i den tysta vilans domäner där bortom. Och ändå känner jag varje ben och varje led i det lika väl som min egen knytnäve. Och den där gamla stridsyxan ser ut som om den när som helst skulle kunna lyftas med en stark arm och i en pansarklädd hand braka rakt genom hjälm och skalle och hjärna, och förpassa ännu ett förvirrat spöke in i Det okända. Jag skulle vilja bo i *det* rummet om jag bara kunde komma in i det.

Knappt hade de halvt formulerade tankarna lyft från hans läppar där han stod och blickade in i spegeln, förrän plötsligt den behagfulla skepnaden av en kvinna, helt klädd i vitt, ljudlöst och oanmäld gled genom dörren in i det reflekterade rummet. Hon rörde sig vackert om än med motvilliga och osäkra steg, och anblicken fick honom att stelna till i en blixtliknande häpnad. Endast hennes rygg var synlig där hon långsamt gick fram till soffan i bortre änden av rummet, på vilken hon trött lade sig ner medan hon vände ett outsägligt ljuvligt ansikte mot honom, i vilket lidande, ogillande och en känsla av tvång på ett märkligt sätt blandade sig med skönheten. Han stod oförmögen att röra sig ett par ögonblick, med blicken ohjälpligt fixerad vid henne, och till och med sedan han blivit medveten om att han var i stånd att röra sig, kunde han inte uppbåda mod nog att vända sig om och titta på henne, ansikte mot ansikte, i den verkliga kammaren där han stod. Till slut, med en sådan ren viljeansträngning att den verkade ofrivillig, vände han plötsligt blicken mot soffan. Den var tom. I skräckblandad förvirring vände han sig åter mot spegeln – där, på spegelsoffan, låg den utsökta kvinnogestalten. Hon vilade med slutna ögon, varifrån två stora tårar just höll på att välla fram under ögonlockens slöja; stilla som döden, bortsett från kramperna som genomfor barmen.

Cosmo själv skulle inte ha kunnat beskriva vad han kände. Hans känslor var sådana att de tillintetgjorde medvetandet, och kunde aldrig tydligt återkallas i minnet. Han kunde inte låta bli att stå kvar vid spegeln och hålla blicken fästad vid den unga damen, fast han var plågsamt medveten om sin fräckhet och varje ögonblick fruktade att hon skulle slå upp ögonen och möta hans oavvända granskning. Men han blev snart litet lättad, ty efter en stund höjde hon långsamt ögonlocken, och ögonen förblev avtäckta men sysslolösa ett tag, och när blicken till sist började vandra runt rummet, som om den likgiltigt sökte bekanta sig en smula med omgivningen, riktades den aldrig mot honom – det verkade som om ingenting utom det som fanns i spegeln kunde nå hennes ögon. Om hon såg honom över huvud taget, kunde hon därför endast se hans rygg, vilken oundvikligen vändes mot henne i spegeln. De båda figurerna i spegeln kunde inte mötas ansikte mot ansikte såvida han inte vände sig om och såg på henne i rummet; och eftersom hon inte skulle vara där om han vände sig mot den del av rummet som motsvarade den i vilken hon låg, drog han slutsatsen att hans spegelbild antingen skulle vara helt osynlig för henne, eller åtminstone förefalla henne blicka tomt mot henne, och inget möte av blickar skulle skapa intrycket av andlig närhet. Så småningom föll hennes blick på skelettet, och han såg hur hon ryste till och blundade. Hon höll ögonen slutna, men tecken på avsky var fortfarande tydliga i hennes ansikte. Cosmo skulle ha tagit bort den vedervärdiga tingesten omedelbart, men han var rädd för att oroa henne ännu mer genom att avslöja sin närvaro på grund av en sådan handling. Så han stod och iakttog henne. Ögonlocken höljde fortfarande ögonen, som ett dyrbart skrin döljer sina juveler; den bekymrade minen tonade gradvis från ansiktet och lämnade kvar endast en vag sorg; anletsdragen lade sig i ett oföränderligt uttryck av vila; och av detta och den långsamma regelbundna andningen, förstod Cosmo att hon sov. Han kunde nu titta på henne utan förlägenhet. Han såg att hennes figur, klädd i den enklaste vita klädnad, var hennes ansikte värdig, och så harmonisk att den utsökt formade foten eller vilket finger som helst på den lika utsökta handen kunde vittna om helheten. Där hon låg uppenbarade hela hennes gestalt en fulländad vilas avslappning. Han betraktade den tills han blev trött, och satte sig till slut i närheten av den nyfunna helgedomen och tog mekaniskt upp en bok, likt någon som vakar vid en sjuksäng. Men hans ögon samlade inte in några tankar från sidan framför honom. Hans intellekt hade berövats den djärva motsägelsen i allt den erfarit och

låg nu passivt, utan någon bestämd uppfattning eller spekulation eller ens medveten förvåning, medan hans fantasi lät den ena vilda drömmen om salighet efter den andra rusa genom hans själ. Hur länge han satt så visste han inte, men till sist tog han sig samman, reste sig och tittade i spegeln igen, darrande i hela kroppen. Hon var borta. Spegeln reflekterade troget vad rummet visade upp och ingenting mer. Den stod där likt en guldinfattning från vars mitt en ädelsten har stulits – likt en natthimmel utan stjärnors prakt. Hon hade tagit med sig all sällsamhet i spegelrummet. Det hade sjunkit till samma nivå som det andra rummet.

Men när besvikelsens första styng hade gått över började Cosmo trösta sig med hoppet om att hon kanske skulle komma tillbaka, kanske kvällen därpå vid samma tid. Fast besluten att hon åtminstone inte skulle bli skrämd av det avskyvärda skelettet om hon gjorde det, flyttade han det och flera andra föremål av tvivelaktigt utseende till en alkov intill eldstaden, varifrån de omöjligt kunde avteckna sig i spegeln, och efter att ha städat sitt fattiga rum så gott han kunde sökte han lindring i den öppna himlen och i en nattlig vind som hade blåst upp, ty han kunde inte vila där han var. När han något mer sansad kom tillbaka, kunde han inte förmå sig att lägga sig på bädden, ty han kunde inte undgå att uppleva det som om hon hade legat där, och att det skulle vara något av ett helgerån att själv ligga där. Emellertid tog tröttheten överhanden, och han lade sig på soffan, klädd som han var, och sov tills det blev dag.

Med bultande hjärta, bultande tills han knappt kunde andas, ställde han sig i stum förhoppning framför spegeln följande kväll. Återigen lyste det reflekterade rummet som genom ett purpurfärgat dis i den tätnande skymningen. Allting tycktes liksom han själv vänta på någon annalkande prakt som kunde försköna dess arma jordiskhet med en himmelsk glädje. Och just som rummet vibrerade till slagen av kyrkklockan i närheten, vilken tillkännagav att klockan var sex, gled den bleka skönheten in och lade sig åter på soffan. Stackars Cosmo förlorade nästan förståndet av förtjusning. Hon var där igen! Hennes blick sökte hörnet där skelettet hade stått, och en svag glimt av belåtenhet korsade hennes ansikte, tydligen över att se det tomt. Hon såg fortfarande lidande ut, men det vilade mindre obehag i hennes drag än det hade gjort kvällen innan. Hon tog större notis om sakerna omkring sig, och tycktes med viss nyfikenhet betrakta de egendomliga apparaterna som stod här och där i rummet. Till sist tycktes hon emellertid bli överväldigad av dåsighet, och återigen somnade hon. Besluten att inte tappa bort henne den här gången iakttog Cosmo den sovande gestalten. Hennes slummer var så djup och fängslande att en fascinerande ro tycktes överföras från henne till honom på ett smittsamt sätt medan han betraktade henne; och han vaknade tvärt som ur en dröm när kvinnan rörde på sig, och med ännu slutna ögon reste hon sig och gick ut ur rummet med en sömngångares rörelser.

Cosmo var nu i ett tillstånd av omåttlig förtjusning. De flesta människor har en hemlig skatt någonstans. Girigbuken har sin guldskatt; virtuosen sin älsklingsring; studenten sin sällsynta bok; poeten sitt favorittillhåll; älskaren sin hemliga låda; men Cosmo hade en spegel med en älsklig ung dam i. Och nu när han på grund av skelettet visste att hon blev påverkad av sakerna omkring sig hade han ett nytt mål i livet: han skulle förvandla den kala kammaren i spegeln till ett rum som ingen ung kvinna skulle behöva ringakta att kalla sitt eget. Detta kunde han uppnå endast genom att möblera och smycka sitt eget. Och Cosmo var fattig. Likväl besatt han talanger som kunde göras lönsamma, fast han hittills hade föredragit att leva på sitt magra underhåll framför att dryga ut sin inkomst med sådant han i sin stolthet ansåg vara ovärdigt hans ställning. Han var den bäste fäktaren vid universitetet, och nu erbjöd han sig att ge lektioner i fäktning och liknande övningar till dem som valde att betala bra för besväret. Hans förslag åhördes med förvåning av studenterna, men det togs entusiastiskt emot av många, och snart var hans undervisning inte begränsad till de rikare studenterna utan eftersöktes ivrigt av många unga adelsmän i Prag med omnejd. På så sätt hade han snart en hel del pengar till sitt förfogande. Det första han gjorde var att flytta sina apparater och sin kuriosa till en garderob i rummet. Sedan satte han sin bädd och några andra nödvändigheter på ömse sidor om eldstaden och avskilde dem från resten av rummet med hjälp av två skärmar av indiskt tyg. Sedan satte han upp en elegant soffa åt damen att ligga på, i hörnet där hans bädd tidigare hade stått, och förvandlade det gradvis till en praktfull budoar, genom att varje dag lägga till någon ny lyxartikel.

Varje kväll, vid ungefär samma tid, kom damen in. Första gången hon såg den nya soffan ryckte hon till med ett halvt leende; sedan blev hennes min mycket sorgsen, tårarna trängde fram i hennes ögon och hon lade sig på soffan och pressade ner ansiktet i sidenkuddarna, som för att gömma sig för allting. Hon lade märke till varje tillägg och varje förändring efter hand som arbetet framskred, och en min av erkännande, som om hon förstod att någon sörjde för henne och var tacksam för detta, blandades med den ständiga minen av lidande. Till sist, efter att hon hade lagt sig ner som vanligt en kväll, föll hennes blick på några målningar som utgjorde Cosmos slutgiltiga utsmyckning av väggarna. Hon reste sig och gick till hans stora förtjusning tvärs över rummet, varpå hon undersökte dem noggrant, och medan hon gjorde så utstrålade hon ett stort välbehag. Men återigen kom den sorgsna, tårögda minen tillbaka, och återigen begravde hon ansiktet i kuddarna på soffan. Emellertid hade hennes ansiktsuttryck blivit mer samlat; mycket av det lidande som hade varit påtagligt vid hennes första framträdande hade försvunnit, och ett slags lugn, hoppfull min hade tagit dess plats. Denna gav dock ofta vika för ett ängsligt, bekymrat uttryck, blandat med ett visst ömkande medlidande.

Hur mådde Cosmo under tiden? Som man kunde vänta sig hos någon med hans temperament, hade hans intresse blommat ut i kärlek, och hans kärlek – skall jag säga *mognade* eller – *vissnade* – till passion. Men ack! Det var en skugga han älskade. Han kunde inte komma henne nära, kunde inte tala med henne, kunde inte höra ett ljud från de ljuva läpparna, vid vilka hans längtande blick klängde sig fast likt bin vid sina honungsbägare. Då och då sjöng han för sig själv:

Jag skall dö av kärlek till jungfrun

Och ständigt tittade han igen utan att dö, fastän hans hjärta tycktes färdigt att brista av livets och längtans intensitet. Och ju mer han gjorde för henne, desto mer älskade han henne; och han hoppades att hon, även om hon aldrig föreföll se honom, ändå gladdes vid tanken på att någon okänd ville ägna henne sitt liv. Han försökte trösta sig själv över sin separation från henne genom att tänka att hon kanske någon dag skulle ta syn på honom och göra tecken åt honom, och det skulle göra honom tillfreds; "För är inte allt detta", tänkte han, "allt en kärleksfull själ kan göra för att uppnå samhörighet med en annan? Nej, hur många som älskar kommer aldrig närmare än att betrakta varandra som i en spegel; tycks känna och ändå aldrig känna det inre livet; träder aldrig in i den andra själen; och skils åt till sist, med bara den vagaste aning om det universum vid vars gräns de har svävat i åratal? Om jag bara kunde tala till henne, och visste att hon hörde mig, skulle jag vara tillfreds." En gång övervägde han att måla en bild på väggen, vilken oundvikligen skulle förmedla till den unga damen en tanke på honom själv, men fastän han hade en viss färdighet med pennan, fann han att hans hand började darra så mycket när han inledde försöket att han tvingades ge upp.

*   *   *

Den som lever, dör; den som dör,
är levande.

En afton när han stod och såg på sin skatt, tyckte han att han uppfattade ett svagt uttryck av förlägenhet i hennes ansikte, som om hon gissade att passionerade ögon var fixerade på henne. Detta växte, tills slutligen det röda blodet steg över hennes hals och kind och panna. Cosmos längtan efter att ta nalkas henne blev nästan vanvettig. Denna kväll var hon klädd i aftonklänning, strålande av diamanter. Denna kunde inte lägga något till hennes skönhet, men den visade upp den från en ny sida; gjorde det möjligt för hennes ljuvlighet att skapa en ny manifestation av sig själv i en ny inkarnation. Ty fulländad skönhet är oändlig; och såsom Naturens själ behöver en ändlös följd av olika former som kan förkroppsliga hennes ljuvlighet, oräkneliga vackra ansikten som spirar fram – det ena ej likt det andra – vid vart och ett av hennes hjärtslag; så behöver den enskilda gestalten en oändlig förändring av sina omgivningar för att kunna avtäcka alla faser av sin ljuvlighet. Diamanter glittrade i hennes hår, till hälften dolda i dess överflöd, likt stjärnor genom mörka regnmoln; och armbanden på hennes vita armar blixtrade i alla regnbågens färger när hon lyfte sina snövita händer för att dölja sitt glödande ansikte. Men hennes skönhet överglänste all sin utsmyckning. "Om jag kunde ta kyssa bara hennes ena fot, skulle jag vara tillfreds", tänkte Cosmo. Ack vad han bedrog sig, ty passionen är aldrig tillfreds. Inte heller visste han att det finns *två* vägar ut ur hennes förtrollade hus. Men som om stinget hade drivits in i hans hjärta utifrån och avslöjat sig först som smärta och sedan tagit fast form, ilade plötsligt tanken genom hans hjärna: "Hon har en älskare någonstans. Det är minnet av hans ord som bringar farg till hennes ansikte nu. Jag finns ingenstans för henne. Hon lever i en annan värld hela dagen, och hela natten, efter det att hon lämnar mig. Varför kommer hon och får mig att älska henne, tills jag, en stark karl, är för svag för att se på henne mer?" Han tittade igen, och hennes ansikte var blekt som en lilja. En sorgsen medkänsla tycktes klandra glittrandet av de rastlösa juvelerna, och de långsamma tårarna steg i ögonen på henne. Hon lämnade sitt rum tidigare än hon brukade denna kväll. Cosmo förblev ensam, med en känsla som om hans bröst plötsligt lämnats tomt och ihåligt och hela världens tyngd höll på att trycka in dess väggar. Nästa kväll kom hon inte, för första gången sedan hon började komma.

Och nu mådde Cosmo eländigt. Sedan tanken på en rival hade slagit honom kunde han inte vila för ett ögonblick. Mer än någonsin längtade han efter att ta möta den unga kvinnan ansikte mot ansikte. Han intalade sig själv att om han bara visste det värsta skulle han vara nöjd, ty då kunde han överge Prag och finna den lindring i ständig rörelse som är alla aktiva sinnens hopp när de ansätts av sorg. Under tiden väntade han med outsäglig ängslan på nästa kväll och hoppades att hon skulle komma tillbaka, men hon visade sig inte. Och nu mådde han riktigt dåligt. Hans studentkamrater raljerade med hans eländiga uppsyn tills han slutade gå på föreläsningarna. Hans förpliktelser blev försummade. Han brydde sig inte om någonting. Himlen med den stora solen var för honom en hjärtlös, brinnande öken. Männen och kvinnorna på gatorna var blott marionetter, utan motiv i sig eller intresse för honom. Han såg dem alla som på det ständigt föränderliga fältet i en camera obscura. Hon – hon ensam och helt och hållet – var hans universum, hans livskälla, hans inkarnerade goda. På sex kvällar kom hon inte. Låt hans allt uppslukande passion, och den långsamma febern som höll på att förtära hans hjärna, ursäkta det beslut som han hade fattat och börjat sätta i verket innan den tiden hade förrunnit.

Han resonerade för sig själv att det måste vara genom någon förtrollning kopplad till spegeln som man kunde se den unga damens skepnad i den, och beslutade sig för att försöka utnyttja sig av det han hittills hade studerat av ren nyfikenhet. – För, sade han för sig själv, om en trollformel kan tvinga fram hennes närvaro i glaset (och hon kom ofrivilligt i början), kan då inte en starkare trollformel – en av dem som jag behärskar – förmå hennes levande gestalt att komma hit till mig ifall hon någonsin visar sig igen, i synnerhet när hon redan till hälften är närvarande i spegeln? Om jag handlar orätt mot henne, får kärleken vara min ursäkt. Jag vill bara höra min dom från hennes läppar. Han betvivlade aldrig under hela tiden att hon var en riktig jordisk kvinna, eller snarare att det fanns en kvinna som på ett eller annat sätt kastade denna spegelbild av sin skepnad i den magiska spegeln.

Han öppnade sin hemliga låda, tog fram sina trolldomsböcker, tände sin lampa, och läste och gjorde anteckningar från midnatt till tre på morgonen, tre nätter i rad. Sedan lade han tillbaka böckerna, och gick nästa natt ut på jakt efter de beståndsdelar som var nödvändiga för besvärjelsen. Dessa var inte lätta att hitta, ty i kärleksförtrollningar och alla besvärjelser av denna typ nyttjas ingredienser som knappast lämpar sig att nämnas, och blotta tanken på dem i samband med henne kunde han ursäkta endast med sin bittra nöd. Så småningom lyckades han förvärva allt han behövde, och den sjunde aftonen räknat från den då hon framträdde senast, fann han sig redo för utövandet av bedräglig och tyrannisk makt.

Han röjde undan mitt i rummet, böjde sig ner och ritade en cirkel i rött runt den plats där han stod, skrev i de fyra väderstrecken mystiska tecken och tal som alla var potenser av sju eller nio, undersökte noggrant hela ringen för att se till att inte det minsta avbrott hade uppstått i omkretsen, och reste sig sedan från sin nedböjda position. Just som han reste sig slog kyrkklockan sju, och in gled den vackra kvinnan, just som hon hade sett ut första gången: motvillig, långsam och värdig. Cosmo darrade, och när hon vände sig om och uppvisade ett ansikte som var glåmigt och tärt, som av sjukdom eller inre bekymmer, blev han alldeles matt och kände sig som om han inte vågade fortsätta. Men medan han såg på ansiktet och gestalten som nu behärskade hela hans själ och uteslöt alla andra glädjeämnen och sorger, blev längtan efter att få tala med henne, att få veta att hon hörde honom, att få höra ett enda ord från henne till svar, så outhärdlig att han plötsligt och hastigt återupptog sina förberedelser. Han steg nogsamt ut ur cirkeln och ställde ett litet fyrfat i dess mitt. Därefter satte han eld på kolet det innehöll, och medan det brann öppnade han fönstret och satte sig väntande bredvid det.

Det var kvalmig afton. Luften var full av åska. En överdådig nedstämdhet fyllde hjärnan. Himlen tycktes ha vuxit sig tung och föreföll trycka samman luften under sig. Ett slags purpuraktig nyans genomsyrade atmosfären, och genom det öppna fönstret kom dofterna av de avlägsna fälten, som alla stadens dunster inte kunde kväva. Snart glödde kolet. Cosmo strödde rökelse och andra ämnen han hade blandat ihop över det, steg in i cirkeln och vände sig från fyrfatet och mot spegeln. Därpå, med blicken fästad på kvinnans ansikte, började han läsa en mäktig besvärjelse med skälvande röst. Han hade inte hunnit långt innan den unga fröken bleknade, och sedan sköljde blodet sina stränder likt en återvändande våg av karmosinrött tidvatten, och hon gömde ansiktet i händerna. Därefter gick han vidare till en ännu mäktigare besvärjelse.

Den unga kvinnan reste sig och gick oroligt av och an i sitt rum. En trollformel till, och hon tycktes söka med blicken efter något föremål den ville vila på. Så småningom verkade det som om hon plötsligt fick syn på honom, ty hennes ögon blickade stora och vitt uppspärrade in i hans, och hon drog sig stegvis, och något ovilligt, närmare sin sida av spegeln, som om hans ögon hade fascinerat henne. Cosmo hade aldrig sett henne så nära tidigare. Nu möttes åtminstone deras blickar, men han kunde inte riktigt förstå hennes uttryck. Hennes ögon var fulla av öm enträgen bön, men där fanns något mer som han inte kunde tolka. Fast han hade hjärtat i halsgropen tänkte han inte låta vare sig förtjusning eller upprymdhet avleda honom från det han måste göra. Medan han fortfarande såg henne i ansiktet gick han vidare till den mäktigaste trollformel han kände till. Plötsligt vände sig kvinnan om och gick ut genom dörren i sin spegelkammare. Ett ögonblick senare steg hon in i hans rum, närvarande i verkligheten, och glömsk av alla sina försiktighetsåtgärder störtade han ut ur trollkretsen och föll på knä framför henne. Där stod hon, den levande damen från hans passionerade visioner, ensam intill honom, i en åsktung skymning och i skenet från en magisk eld.

– Varför, sade flickan med darrande röst, varför har du hämtat hit en stackars jungfru ensam genom de regniga gatorna?

– För att jag är sjuk av kärlek till dig, men jag hämtade dig blott från spegeln där.

– Ah, spegeln! och hon tittade upp på den och ryste. Ack, jag är blott en slav så länge den där spegeln finns till. Men tro inte att det var kraften i dina trollformler som drog mig hit; det var din längtansfulla åtrå efter att få träffa mig som bultade på dörren till mitt hjärta, tills jag var tvungen att falla till föga.

– Kan du alltså älska mig? sade Cosmo med en röst lika lugn som döden men nästan osammanhängande av sinnesrörelse.

– Jag vet inte, svarade hon sorgset, det kan jag inte säga, så länge jag är konfunderad av förtrollningar. Det vore sannerligen en alltför stor lycka att få lägga mitt huvud på ditt bröst och gråta mig till döds, ty jag tror att du älskar mig, fast jag vet inte – men –

Cosmo kom på fötter igen.

– Jag älskar dig som – nej, jag vet inte vad – ty sedan jag blev förälskad i dig finns det ingenting annat.

Han tog hennes hand; hon drog undan den.

– Nej, låt bli; jag är i din makt, och därför kan jag inte.

Hon brast i gråt, och sade medan hon i sin tur föll på knä framför honom:

– Cosmo, om du älskar mig så släpp mig fri, även från dig själv; krossa spegeln.

– Kommer jag då att få möta dig själv i stället?

– Det kan jag inte säga. Jag tänker inte vilseleda dig; vi kanske aldrig möts igen.

En våldsam kamp rasade i Cosmos bröst. Nu var hon i hans makt. Hon tyckte åtminstone inte illa om honom, och han kunde träffa henne när han ville. Att krossa spegeln vore detsamma som att förgöra själva hans liv, när den enda glans hans universum ägde skulle fördrivas därur. Hela världen skulle bli blott ett fängelse, om han tillintetgjorde det enda fönster som blickade in i kärlekens paradis. Ännu inte ren i sin kärlek tvekade han.

Med ett tjut av sorg kom den unga fröken på fötter. – Åh! Han älskar mig inte; han älskar mig inte som jag älskar honom; och ve! Jag bryr mig mer om hans kärlek än till och med den frihet jag ber om.

– Jag tänker inte vänta på att vara beredvillig, utropade Cosmo, och rusade till hörnet där det stora svärdet stod.

Under tiden hade det blivit mycket mörkt; endast glöden kastade ett rött sken över rummet. Han grep tag i svärdets stålskida och ställde sig framför spegeln; men just som han måttade ett väldigt slag med den kraftiga svärdsknappen, gled klingan halvvägs ut ur skidan så att svärdsknappen träffade väggen ovanför spegeln. I det ögonblicket tycktes en fruktansvärd åskknall explodera intill dem inne i rummet, och innan Cosmo kunde utdela ett nytt slag föll han omkull över eldstaden, utan sans. När han kvicknade till fann han att både kvinnan och spegeln hade försvunnit. Han drabbades av en hjärnfeber, som höll honom sängliggande i flera veckor.

När han återfick förståndet började han fundera på vad det kunde ha blivit av spegeln. Vad den unga damen beträffar så hoppades han att hon hittade tillbaka samma väg som hon kom, men eftersom hennes öde var sammanflätat med spegelns var han mer direkt orolig för den. Han kunde inte tänka sig att hon hade burit den med sig. Den var alldeles för tung för att hon skulle ha kunnat ta med sig den, även om den inte hade varit alltför hårt fastsatt vid väggen. Men så drog han sig till minnes åskan, vilket fick honom att tro att det inte var blixten utan något annat som hade slagit ner honom. Han drog slutsatsen att spegeln antagligen hade letat sig tillbaka till sin förre ägare, antingen på övernaturlig väg – genom att han själv hade utsatt sig för demonernas vedergällning då han lämnade den trygga cirkeln – eller på något annat sätt. Den kunde, hur hemsk tanken än må vara, ha blivit avyttrad ännu en gång och överlämnat den vackra damen i händerna på en annan man, som, om han så inte använde sin makt värre än han själv hade gjort, ändå kunde ge Cosmo ett överväldigande gott skäl att förbanna den självviska obeslutsamhet som hindrat honom från att omedelbart krossa spegeln. Tanken på att den han älskade, och som bönfallit honom om sin frihet, fortfarande i någon mån skulle vara utlämnad på nåd och onåd åt spegelns ägare och åtminstone utsatt för dennes ständiga bevakning, var sannerligen i sig nog för att driva en försiktig älskare till vanvett.

Ivern att bli frisk hämmade hans återhämtning, men så småningom kunde han ge sig ut. Han tog sig först till den gamle handlaren, där han låtsades vara på jakt efter något annat. Ett skrattande hånleende i figurens ansikte övertygade honom om att denne visste allt om saken, men han kunde inte se spegeln bland möblerna eller få ur honom några upplysningar om var den hade blivit av. Mannen uttryckte den yttersta förvåning över att få höra att den blivit stulen, en förvåning som Cosmo genast såg var spelad; medan han samtidigt inbillade sig att den gamle uslingen inte alls var angelägen om att den skulle misstas för äkta. Full av oro, vilken han dolde så gott han kunde, sökte han på många ställen, men till ingen nytta. Naturligtvis kunde han inte ställa några frågor, men han höll öronen öppna efter den mest avlägsna antydan som kunde sätta honom på rätt spår. Han gick aldrig ut utan en kort tung hammare av stål på sig, så att han kunde slå sönder spegeln i samma ögonblick som han lyckliggjordes av anblicken av sin förlorade skatt, om någonsin detta välsignade ögonblick skulle infalla. Huruvida han skulle få möta den unga kvinnan igen var nu en tanke av helt och hållet sekundär betydelse, och den stod nu tillbaka för att uppnå hennes frihet. Han vandrade hit och dit, likt ett oroligt spöke, blek och härjad, och i hjärtat gnagde ständigt tanken på vad hon kanske måste utstå – allt på grund av honom.

En kväll beblandade han sig med en folkmassa som fyllde rummen i ett av de mest förnämliga palatsen i staden, ty han tackade ja till varje inbjudan, så att han inte skulle missa någon chans, hur liten den än månde vara, att erhålla upplysningar som kunde påskynda hans upptäckt. Här vandrade han omkring och lyssnade på varje förfluget ord som han kunde uppfånga, i förhoppning om en uppenbarelse. Just som han nalkades några damer som stod och talade lågmält i ett hörn, sade en av dem till en annan:

– Har ni hört om furstinnan von Hohenweiss' märkliga sjukdom?

– Ja, hon har varit sjuk i över ett år nu. Det är väldigt sorgligt att en så fin människa skall drabbas av en så förfärlig åkomma. Hon var bättre under några veckor på sista tiden, men de senaste dagarna har samma anfall kommit tillbaka, tydligen åtföljda av mer lidande än någonsin. Det är en alldeles oförklarlig historia.

– Finns det en historia i samband med hennes sjukdom?

– Jag har bara hört bristfälliga redogörelser för den, men folk säger att hon för ungefär arton månader sedan förolämpade en gammal kvinna som hade haft en ansvarsfull ställning hos familjen och som försvann efter att ha yttrat några osammanhängande hot. Den egendomliga åkomman följde kort därefter. Men den underligaste delen av historien är dess samband med förlusten av en antik spegel som stod i hennes toalettrum och som hon alltid använde.

Här sjönk den talandes röst till en viskning, och Cosmo kunde inte höra mer, trots att han försökte lyssna med hela sin själ. Han darrade för mycket för att våga tilltala damerna, även om det hade varit tillrådligt för honom att utsätta sig för deras nyfikenhet. Furstinnans namn var välkänt för honom, men han hade aldrig sett henne, om det verkligen inte var hon som hade fallit på knä framför honom den där förfärliga natten, vilket han nu knappt betvivlade. Rädd för att dra till sig uppmärksamhet – ty på grund av sitt bräckliga hälsotillstånd kunde han inte återvinna ett skenbart lugn – tog han sig ut i fria luften och begav sig till sitt logi, glad över att han åtminstone visste var hon bodde, trots att han aldrig kunde drömma om att närma sig henne öppet, även om han hade turen att kunna befria henne från hennes avskyvärda träldom. Han hoppades också att den andra och mycket viktigare delen kanske snart också skulle röjas för honom inom kort, på samma sätt som han oväntat hade fått reda på så mycket.

* * *

– Har du sett till Steinwald på sista tiden?

– Nej, jag har inte sett till honom på ett tag. Han är nästan min överman på värjan, och jag antar att han tycker sig inte behöva fler lektioner.

– Jag undrar vad det blivit av honom. Jag vill gärna träffa honom. Få se nu – senast jag såg honom var han på väg ut ur den där gamle möbelhandlarens näste, dit du, som du kanske minns, följde med mig en gång för att titta på en rustning. Det var minst tre veckor sedan.

Denna antydan räckte för Cosmo von Steinwald var en man med inflytande vid hovet, välkänd för sina lättsinniga vanor och våldsamma lidelser. Blotta möjligheten att spegeln kunde finnas i hans ägo var rena helvetet för Cosmo. Men det var högst otroligt att våldsamma eller förhastade åtgärder av något slag skulle lyckas. Allt han ville ha var ett tillfälle att slå sönder det ödesdigra glaset, och för att erhålla detta måste han bida sin tid. Han vände och vred på många planer i sina tankar, men utan att kunna bestämma sig för någon enda.

Så småningom, en kväll när han gick förbi von Steinwalds hus, såg han att fönstren strålade mer än vanligt. Han tittade på för en stund, och när han såg att det började komma gäster skyndade han sig hem och klädde sig så dyrbart han kunde, i hopp om att kunna beblanda sig med gästerna utan att bli ifrågasatt, vilket inte skulle bli svårt för en man av hans hållning.

*   *   *

I en hög, tyst kammare i en annan del av staden låg en gestalt mer lik marmor än en levande kvinna. Dödens ljuvlighet tycktes ha frusit hennes ansikte, ty läpparna var stela och ögonlocken slutna. Hennes långa vita händer var korslagda över hennes bröst, och ingen andning störde deras vila. Bredvid de döda talar människor i viskningar, som om den djupaste sömnen av alla kunde brytas av ljudet av en levande röst. Just så talade de två damerna som satt bredvid henne, med det mildaste tonfall av dämpad sorg, fastän själen uppenbarligen var utom räckhåll för alla intryck från sinnena.

– Hon har legat så där i en timme.

– Detta kan inte vara länge, är jag rädd.

– Så mager hon har blivit de senaste veckorna! Om hon bara ville säga något och förklara vad det är hon genomlider, så vore det bättre för henne. Jag tror hon ser syner när hon är i trans, men ingenting kan förmå henne att berätta om dem när hon är vaken.

– Talar hon någonsin när hon är i trans?

– Jag har aldrig hört henne, men folk säger att hon går ibland, och en gång skrämde hon upp hela huset något förfärligt när hon försvann i en hel timme och kom tillbaka genomblöt av regn och nästan död av utmattning och rädsla. Men inte ens då ville hon berätta vad som hade hänt.

Ett knappt hörbart mummel från den unga frökens ännu orörliga läppar fick nu hennes tjänarinnor att rycka till. Efter flera resultatlösa försök till artikulation utropade hon ordet – *Cosmo!* Sedan låg hon lika stilla som tidigare, men bara för ett ögonblick. Med ett vilt skri störtade hon upp från soffan och ställde sig rak i ryggen på golvet, kastade upp armarna över huvudet med hårt knäppta händer och ropade högt, med sina uppspärrade ögon blixtrande av ljus och med en röst lika jublande som den hos en ande som sprängt sig ut ur en gravkammare: – Jag är fri! Jag är fri! Jag tackar dig! Sedan kastade hon sig på soffan och snyftade, steg därpå upp och gick vanvettigt av och an i rummet, med gester av förtjusning blandad med oro. Så vände hon sig till sina tjänarinnor – Fort, Lisa, min mantel och huva! Sedan lägre – Jag måste gå till honom. Skynda dig, Lisa! Du kan följa med mig om du vill.

Ett ögonblick senare var de ute på gatan och skyndade iväg mot en av broarna över Moldau. Månen stod nära zenit, och gatorna var nästan tomma. Furstinnan sprang snart ifrån sin tjänarinna, och var halvvägs över bron innan den andra kom fram till den.

– Är du fri, min unga dam? Spegeln är krossad – är du fri?

Orden uttalades tätt intill henne där hon skyndade fram. Hon vände sig om, och där, lutad mot räcket i en nisch på bron, stod Cosmo, klädd i en praktfull dräkt men med vitt och darrande ansikte.

– Cosmo! – Jag är fri – och din tjänare för alltid. Jag var på väg till dig just nu.

– Och jag till dig, för Döden gjorde mig djärv, men jag orkade inte längre. Har jag sonat det jag gjorde över huvud taget? Älskar jag dig litet – verkligen?

– Åh, nu vet jag att du älskar mig, min Cosmo, men vad är det du säger om döden?

Han svarade inte. Hans hand pressade mot hans sida. Hon tittade närmare efter – blodet vällde fram mellan fingrarna. Hon slog armarna om honom med ett svagt bittert skri.

När Lisa hann fram, fann hon sin härskarinna knäböjande över ett blekt dött ansikte, som fortfarande log i det spöklika månskenet.

The Woman in the Mirror (1858)
Övers. Martin Andersson

Stanislaus Eric Stenbock

Den andra sidan

– Inte så att det tilltalar mig, men man känner sig så mycket bättre till mods efteråt. Åh, tack så mycket, Mère Yvonne, bara en liten droppe till.

Sålunda började de gamla käringarna dricka sin heta konjak och vatten (ehuru de självklart bara nyttjade det i medicinskt syfte, som läkemedel mot reumatism), där de satt runt den stora elden och Mère Pinquele fortsatte sin historia.

– Oja, sedan när de kommer till kullens krön finns det ett altare där. Med sex helt svarta stearinljus och något bland dem som ingen kan se riktigt tydligt. Och den gamla svarta baggen med mänskoansikte och långa horn börjar läsa en mässa på en rotvälska som ingen förstår, och två svarta, märkliga väsen som liknar apor smyger runt med Bibeln och vinflaskorna – och det hörs musik också, förfärlig musik. Där finns varelser som liknar svarta katter på övre halvan av kroppen, och den undre halvan liknar människor fastän deras ben täcks av tätt, svart hår. Och de spelar på säckpipor, och när de kommer till Upphöjelsen, då –

Bland de gamla haggorna på mattan framför härden låg en pojke, vars stora förtjusande ögon var uppspärrade och vars armar och ben darrade i hänförd skräck.

– Är det verkligen sant, Mère Pinquele? sade han.

– Åh, fullkomligt sant. Och inte bara sant, det bästa återstår att berätta. För de tar ett barn och – Här visade Mère Pinquele sina rovdjurslika tänder.

– Åh, Mère Pinquele, är du också en häxa?

– Tyst på dig, Gabriel, sade Mère Yvonne. Hur kan du säga något så elakt? Men kära nån, pojken borde ha varit i säng för evigheter sedan.

I samma stund rös alla, och alla utom Mère Pinquele korsade sig för bröstet, ty de hörde det mest skräckinjagande av alla hemska ljud – ylandet från en varg. Det begynner med tre skarpa skall som sedan övergår till ett långt utdraget tjut av lika delar blodtörst och förtvivlan, och slutligen dör det bort i ett dovt morrande, fyllt av oändlig illvilja.

Det fanns en skog och en by och en bäck. Byn vilade på bäckens ena sida, och ingen vågade sig någonsin över till andra sidan. På byns sida var allt grönt och lyckligt och lummigt och fruktsamt; på andra sidan bar träden aldrig gröna löv, och en mörk skugga låg över dem även mitt på dagen. Och nattetid hördes vargarna yla därifrån – varulvar och vargmänniskor och människovargar, liksom den sortens ytterst gudlösa människor, som nio dagar om året förvandlas till vargar. Men på den gröna sidan sågs aldrig någon varg, och blott den lilla porlande bäcken strömmade fram där emellan, likt ett silverstråk.

Det var nu vår, och de gamla haggorna satt inte längre vid elden utan framför sina stugor i solskenet, och alla var så lyckliga att man slutade berätta historier om "andra sidan". Men Gabriel vandrade längs bäcken där han brukade vandra, dit han drogs av någon sällsam lockelse och innerlig skräck.

Gabriels skolkamrater gillade honom inte. Alla skrattade och gjorde narr av honom, därför att han inte var så grym som andra utan blid till sin natur. Och som en sällsynt och vacker fågel kan lämna sin bur och hackas ihjäl av vanliga sparvar, sålunda framstod Gabriel bland sina kamrater. Alla undrade hur Mère Yvonne – denna präktiga och hedervärda matrona – kunde ha avlat en sådan här son med märkliga drömmande ögon, vilka man sade var "pas comme les autres gamins".[1] Hans enda vänner var abbén Félicien vars mässa han bistod varje morgon, och en liten flicka vid namn Carmeille, som älskade honom. Ingen förstod varför.

Solen hade redan gått ner men Gabriel vandrade ännu vid bäcken, fylld av dunkel skräck och oemotståndlig hänförelse. Solen försvann och månen steg upp – fullmånen – mycket stor och mycket klar, och månskenet flödade över skogen på både denna och "andra sidan", och på "andra sidan" bäcken såg Gabriel en stor djupblå blomma som böjde sig över vattnet precis vid kanten, och vars sällsamma och bedövande doft nådde ända till honom, och gjorde honom hänförd.

– Om jag bara gick över och vände för att plocka den där blomman, tänkte han, då skulle inget ont hända, och ingen skulle veta att jag alls varit över.

Ty byborna såg med avsky och misstänksamhet på alla som sades ha besökt "andra sidan". Men då han sålunda uppammat mod, hoppade han lätt till bäckens andra sida. I samma stund bröt månskenet igenom ett moln med osedvanlig glans, och framför sig såg han nu sällsamma blå blommor som bredde ut sig i långa fält, där den ena överträffade den andra i skönhet. Och oförmögen att kunna bestämma sig för vilken blomma han skulle plocka eller ifall han skulle plocka flera stycken, gick han längre och längre. Och månen sken mycket klart, och en sällsam fågel sjöng och lät likt en näktergal, men var ljudligare och ljuvligare än en sådan. Och hans hjärta fylldes av längtan utan att han visste efter vad, och månen sken och näktergalen sjöng.

1 "Inte som andra barn." – *Övers. anm.*

Men helt plötsligt gömdes månen bakom ett mörkt moln, och allt blev svart och försänkt i yttersta mörker. Och i mörkret hörde han vargar yla och tjuta i fruktansvärd jaktiver, och framför honom drog ett skräckinjagande följe av vargar förbi – svarta vargar med rödglödande ögon – och bland dem fanns människor med varghuvuden och vargar med människohuvuden, och över dem flaxade ugglor – svarta ugglor med rödglödande ögon – och fladdermöss och svarta väsen med långa och ormliknande kroppar. Och tronande på en enorm svart bagge med fruktansvärt mänskligt ansikte, kom slutligen Vargväktaren över vars ansikte en evig skugga vilade. Men de fortsatte sin hemska jakt och drog förbi honom, och när de hade försvunnit lyste månen vackrare än någonsin, och den sällsamma näktergalen sjöng åter, och de sällsamma blå blommorna bredde ut sig framför honom åt både höger och vänster.

Men där fanns nu något som inte hade varit där förut. Bland de djupblå blommorna vandrade en flicka med långt gyllenskimrande hår, och hon vände sig om och hennes ögon hade samma färg som de sällsamma blå blommorna. Och hon vandrade iväg och Gabriel hade inget annat val än att följa efter. Men när ett moln dolde månen såg han ingen vacker kvinna längre, utan en varg. Så i yttersta skräck vände han om och flydde, men inte utan att plocka en av de sällsamma blå blommorna på vägen. Och han hoppade åter över bäcken och sprang hem.

När han kommit hem kunde Gabriel inte motstå frestelsen att visa sitt fynd för modern, ehuru han visste att hon inte skulle tycka om det. Men när Mère Yvonne såg den sällsamma blå blomman blev hon blek och sade:

– Men kära barn, vart har du varit? Det måste vara häxblomman.

Och med dessa ord ryckte hon den ifrån honom och slängde den i ett hörn. Och med ens dog all skönhet och sällsam doft hos den, och den blev förkolnad som bränd i en eld. Så tyst och ganska surmulen satte sig Gabriel ner, och utan att äta någon kvällsvard gick han sedan upp till sängs. Men han sov inte utan väntade och väntade tills hela huset var tyst och lugnt. I sin långa vita nattskjorta smög han då ned för trappan med nakna fötter över kalla fyrkantiga stenar. Och han plockade skyndsamt upp den förkolnade och vissna blomman och höll den mot sitt varma bröst intill hjärtat. Och genast började den åter blomstra, ljuvligare än någonsin, och han föll i djup sömn. Men i sömnen tyckte han sig höra en mild låg röst som sjöng under fönstret på ett märkligt språk (i vilket de finare nyanserna smälte samman), men han kunde inte urskilja några ord förutom sitt eget namn.

När han gick för att bistå vid mässan på morgonen, bar han fortfarande blomman vid sitt hjärtat. Men när prästen nu började mässan och sade "*In-*

troibo ad altarem Deï",[1] då sade Gabriel *"Qui nequiquam lactificavit juventutem meam".*[2] Och abbé Félicien vände sig om vid detta märkliga svar, och han såg att pojkens ansikte var likblekt och ögonen stela, och att hela hans kropp var som fastfrusen. Och då prästen tittade på honom föll Gabriel avsvimmad till golvet, så att sakristan måste bära honom hem och leta upp en annan korgosse till abbé Félicien.

När sedan abbé Félicien kom för att titta till honom, kände Gabriel en märklig motvilja mot att nämna något om den blå blomman, och för första gången ljög han för prästen.

På eftermiddagen när solnedgången närmade sig, kände han sig bättre, och Carmeille kom på besök och bad honom att följa med ut i friska luften. Så de gick ut hand i hand, den mörkhåriga, rådjursögda pojken och flickan med ljust böljande hår. Och han visste inte vad, men något tick honom att vandra till bäcken (halvt medvetet fast ändå inte, ty han hade inget annat val än att gå dit), och de satte sig ned bredvid varandra på sluttningen.

Till slut tyckte Gabriel att han borde berätta sin hemlighet för Carmeille, så han plockade fram blomman från sitt bröst och sade:

– Se här, Carmeille, har du någonsin sett en sådan ljuvlig blomma?

Men Carmeille blev blek och matt och sade:

– Åh Gabriel, vad är det för blomma? Jag nuddade den bara och kände att något främmande kom över mig. Nej nej, jag gillar inte doften. Nej, det är något som inte står rätt till med den. Åh, kära Gabriel, låt mig slänga bort den.

Och innan han kunde svara kastade hon den ifrån sig, och åter dog all dess skönhet och doft, och den blev förkolnad som bränd i en eld . Men där blomman hade slängts hitom bäcken, stod plötsligt en varg och tittade på barnen.

– Vad ska vi göra, sade Carmeille och kröp intill Gabriel. Men vargen tittade mycket stint på dem, och i dess ögon kände Gabriel igen de sällsamma och innerliga blå ögonen hos vargkvinnan han sett på "andra sidan". Så han sade:

– Stanna här, kära Carmeille. Se, hon tittar ju vänligt på oss och vill oss inget ont.

– Men det är en varg, sade Carmeille, och hela hon darrade av rädsla. Men åter skrattade Gabriel och sade:

– Hon vill oss inget ont.

Men plågad av skräck grep Carmeille honom i handen och drog honom med sig ända till byn, där hon slog larm så att alla karlarna samlade sig. De hade aldrig sett en varg hitom bäcken tidigare, så de hetsade upp varandra storligen och

---

1 "Jag skall gå till Guds altare."
2 "Vem kan neka mig ungdomens fröjd."

förberedde en stor vargjakt till morgondagen. Men Gabriel satt tyst vid sidan av och sade inte ett ord.

Den natten kunde Gabriel inte alls sova, och inte heller förmådde han läsa sina böner. Men han satt i sitt lilla rum vid fönstret med skjortan uppknäppt och den sällsamma blå blomman intill sitt hjärta. Och även denna natt hörde han en röst sjunga under fönstret med samma mjuka, svaga, svävande tungomål som tidigare:

Ma zála litàl va jé
Cwamûlo zhajéla je
Cárma urádi el javé
Járma, symai – carmé –
Zhála javály thra je
al vú al vlaûle va azré
Safralje vair'alje va já?
Cárma seràja
Lâja lâja
Luxhà!

Och när han tittade kunde han se skuggornas silvermörker glida över gyllenskimrande hår, och de sällsamma ögonen glimmade djupblå genom natten och det tycktes honom som om han inte kunde göra annat än att följa med. Så halvklädd och naken om fötterna som han var, vandrade tyst nedför trappan och ut i natten, med ögonen stirrande framför sig som i en dröm.

Och gång på gång vände hon sig om för att titta på honom med sällsamma blå ögon fyllda av ömhet och begär och sorg bortom all mänsklig sorg – och som han anat, bar hans fötter honom till bäckens kant. Där tog hon pojkens hand och sade vänskapligt:

– Vill du inte hjälpa mig över, Gabriel?

Då kändes det som om han känt henne hela sitt liv – så han följde henne över till "andra sidan". Men där kunde han inte se att någon var med honom. Och när han tittade en gång till bredvid sig, fanns där *två vargar*. Han som aldrig haft en tanke på att döda någon levande varelse tidigare, grep i vanvettig skräck ett trästycke på marken och slog ned en av vargarna i huvudet.

I samma stund stod vargkvinnan bredvid honom, och blod strömmade från hennes panna och fläckade det underbara gyllene håret. Och med ögon som tittade oändligt förebrående på honom, sade hon: – Vem gjorde detta?

Sedan viskade hon några ord till den andra vargen, som hoppade tillbaka över bäcken och tog sig tillbaka till byn. Och hon vände sig åter till honom och sade:

– Åh Gabriel, hur kunde du slå mig, jag som skulle ha älskat dig så länge och så innerligt.

Då verkade det åter som om han hade känt henne hela sitt liv, men han kände sig förvirrad och sade inget. Men hon letade upp ett mörkgrönt löv med sällsam form och höll det mot sin panna och sade:

– Gabriel, kyss såret och det kommer att bli bra igen.

Så han kysste henne som hon befallt honom att göra, och han kände sältan av blod i sin mun och förlorade medvetandet.

* * *

Åter såg han Vargväktaren med sitt hemska följe omkring sig, men nu var de inte uppslukade av jakt utan satt i ring och höll en sällsam rådplägning, och de svarta ugglorna satt i träden och de svarta fladdermössen hängde i grenar. Mitt ibland dem stod Gabriel ensam och betraktades av hundratals ondsinta ögon. De tycktes överväga vad man skulle göra med honom, och talade samma sällsamma tungomål som han hört i sången under fönstret. Plötsligt kände han en hand i hans egen och såg den mystiska vargkvinnan vid sin sida. Sedan följde något som verkade vara en sorts besvärjelse, där mänskliga eller halvmänskliga väsen tycktes yla, och där odjur tycktes tala som människor men på det okända tungomålet. Då uttalade Vargväktaren, vars ansikte ständigt höljdes i skugga, några ord med en röst som tycktes komma ifrån fjärran, men allt pojken kunde urskilja var sitt eget namn, Gabriel, och hennes namn, Lilith. Och då kände han armar som snärjde honom. –

Gabriel vaknade – i sitt eget rum – så det var alltså en dröm trots allt – men vilken hemsk dröm. Ja, men var det verkligen hans eget rum? Självklart var det hans kappa som hängde över stolen – visst men – krucifixet – var fanns krucifixet och vigvattenkärlet och det helgade palmbladet och den antika helgonbilden på Jungfru Maria, med den lilla, ständigt brinnande lampan framför, och framför vilken han varje dag lade blommorna han plockat, men där han ändå inte hade vågat lägga den blå blomman? –

Varje morgon höjde han sina sömntunga ögon till den och sade Ave Maria och korsade sig, vilket skänkte frid åt själen. Men hur skräckinjagande, hur outhärdligt var det inte, att se det vara försvunnet, inte alls vara där. Nej, säkerligen var han inre vaken, i alla fall inte *helt* vaken. Han skulle göra det välsignade tecknet och befrias från detta skrämmande bländverk – ja, men tecknet, han skulle göra tecknet – åh, men hur gjordes tecknet? Hade han glömt det? Eller var hans arm förlamad? Nej, han kunde röra sig. Då hade han glömt det – och bönen – han måste minnas den. *A-vae-unne-mortis-fructus.* Nej, helt säkert löd den inte så, men säkert något liknande. – Han måste försäkra sig – han måste gå upp – han skulle se den gamla grå kyrkan med de utsökta spetsiga gavlarna som badade i gryningsljuset, och snart skulle den dova högtidliga kyrkklockan slå och han skulle springa ned och klä sig i sin röda kaftan och tända de höga ljusen på altaret och vördnadsfullt vänta på att bistå den gode och nådige abbé Félicien, som lyfte varje mässhake i vördsamma händer och kysste dem.

Men uppenbarligen var detta inte gryningsljus – det liknade mer solnedgång! Han hoppade ur sin lilla vita säng, och en obestämd fasa drabbade honom. Han skakade och måste stödja sig mot stolen innan han kom fram till fönstret. Nej, den grå kyrkans högtidliga spiror stod inte att se – han befann sig i skogens inre, men i en trakt som han aldrig tidigare sett – men han visste säkert att han hade utforskat alla delar av skogen. Detta måste vara "andra sidan".

Fasan förvandlades till en matthet och liknöjdhet som inte saknade behag – håglös, foglig, överseende. – Som det nu var, kände han en mäktig smekning av en annan vilja, som strömmade över honom likt vatten och beklädde honom i en omärklig klädnad med osynliga händer. Så nästan mekaniskt klädde han sig själv och gick ned för trappan, till synes samma trappa han annars brukade springa och hoppa nerför. De breda fyrkantiga stenarna föreföll vara enastående vackra och skimra regnbågslikt med –

(Skåda, jag är beredd att dö)

– mångtaliga sällsamma färger – varför hade han aldrig märkt det förut – men förmågan att bli förundrad dog sakta inom honom – han steg in i rummet på nedervåningen – kaffe och småfranskor var framdukat som vanligt.

– Men käre Gabriel, så sen du är idag! Rösten var mycket rar men uttalet var märkligt – och där satt Lilith, den mystiska vargkvinnan. Hennes gyllenskimrande hår var uppsatt i en lös knut och hon skissade märkliga ormliknande mönster på ett broderi, vilket hon hade i knäet på sin majsgula klädnad – och hon tittade stadigt på Gabriel med underbara mörkblå ögon och sade:

– Men käre Gabriel, du är ju sen idag.

Och Gabriel svarade:

– Jag var så trött igår. Lite kaffe, tack.

* * *

En dröm i drömmen drömd – ja, han hade känt henne hela sitt liv, och de levde tillsammans; hade de inte alltid gjort det? Och hon brukade visa honom över skogens gläntor och plocka honom blommor av en sort han aldrig sett tidigare, och berättade honom historier med sin sällsamma, låga och djupa stämma, som alltid tycktes ackompanjeras av strängar som skälvde svagt. Och alltid tittade hon stadigt på honom med underbara blå ögon.

* * *

Undan för undan tycktes livets låga tyna inom honom, och hans smidiga och graciösa armar och ben blev matta och behagliga – ändå upplevde han alltid sin belåtenhet som likgiltig, och att han levde i skuggan av en annan vilja än sin egen.

En dag under deras strövtåg såg han en sällsam djupblå blomma som påminde om Liliths ögon, och med ens blixtrade ett halvglömt minne genom hans själ.

– Vad är detta för blå blomma? sade han. Och Lilith rös och sade ingenting; men när de vandrat litet till kom de till en bäck. – *Bäcken*, tänkte han och kände fjättrorna falla, och han tog sats för att hoppa över bäcken. Men Lilith grep honom i armen och höll tillbaka honom med all styrka hon kunde uppbåda, och skälvande i hela kroppen sade hon:

– Lova mig, Gabriel, att inte hoppa över.

Men han sade:

– Säg mig, vad är det för blå blomma, och varför vill du inte förklara för mig?

Och hon sade:

– Titta på bäcken, Gabriel.

Och han tittade och märkte, att även om den såg ut som en gränsbäck, var det inte samma bäck, och vattnet strömmade inte.

Medan Gabriel stirrade ner i det stilla vattnet tyckte han sig se röster – intryck av själamässan. – Åh, denna förlåt, denna skylande förlåt! Varför kunde han inte varken höra eller se ordentligt, och varför skymtade han bara sina hågkomster som genom tre lager halvt genomskinliga slöjor? Ja, man bad för hans själ – men vilka gjorde det? Han hörde åter Liliths röst av viskande hat:

– Gå bort!

Då sade han, och nu var hans röst entonig:

– Vad är detta för blå blomma, och vad betyder den?

Och rösten svarade med dämpad hänförelse:

– Den heter *lúli ushûri*. Kramar man ur den två droppar på en sovandes ansikte, då *somnar* han.

Han fick finna sig i att ledas därifrån som ett barn i hennes grepp, men ändå förmådde han håglöst plocka den blå blomman, och höll den i handen med kronbladen mot marken. Vad menade hon? Skulle den sovande vakna? Skulle den blå blomman lämna några fläckar? Kunde fläckarna torkas bort?

Men när han låg vaken i den tidiga gryningstimmen hörde han röster i fjärran som bad för honom – abbé Félicien, Carmeille och hans moder likaså. Och sedan hörde han med ens några välkända ord: *"Libera mea porta inferni."*[1]

Mässan hölls för hans själs frälsning, detta förstod han. Nej, han kunde inte stanna, han borde hoppa över bäcken, han visste vägen – han hade glömt an bäcken inte strömmade. Ah, men Lilith skulle ta veta det – vad skulle han ta sig till? Den blå blomman – där låg den intill sängkanten. – Han förstod nu. Så han kröp mycket tyst över till Lilith där hon sov med sitt långa gyllenskimrande hår som en gloria omkring sig. Han kramade ur två droppar på hennes panna, hon suckade en gång, och en skugga av kval skymtade över hennes vackra ansikte. Han flydde – skräck, samvetskval och hopp slet i hans själ och jagade på hans fötter. Han kom fram till bäcken – han märkte inte att vattnet låg stilla – naturligtvis var detta gränshäcken. Bara ett hopp, och han skulle vara bland mänskliga själar igen. Han tog ett språng över och –

Det var något annorlunda med honom – på vilket sätt? Han visste inte. Gick han på alla fyra? Med visshet. Han tittade ner i häcken, vars stilla vatten låg fast som en spegel. Och där, fasansfulla syn, skådade han sig själv; eller var det inte han själv? Hans huvud och ansikte, ja; men hans kropp hade förvandlats till en vargkropp. Och medan han tittade hörde han ett fruktansvärt hånande skratt bakom sig. Han vände sig om – och där i en glimt av glödande rött ljus, såg han något med mänsklig kropp, men dess huvud tillhörde en varg med oändlig ondska i ögonen. Och när den hemska varelsen skrattade högt likt en människa, försökte han öppna munnen, men kunde blott få fram ett utdraget vargtjut.

Men låt oss förflytta våra tankar från allt hämmande på "andra sidan" till den enkla människobyn där Gabriel tidigare levde. Mère Yvonne var inte särdeles förvånad över att Gabriel inte dök upp till frukosten – han gjorde ofta inte det, så tankspridd som han var. Den här gången sade hon: – Jag antar att han följt med de andra på vargjakt.

Det var inte så att Gabriel var pigg på jakt, men som hon snusförnuftigt sade: – Ingen kan veta vad han tar sig för härnäst.

Pojkarna sade:

– Det är då klart att den där klantskallen Gabriel håller sig undan och gömmer sig. Han är rädd för att jaga varg, han kan ju inte ens ta livet av en katt.

1 "Fräls mig ifrån Helvetes portar."

Ty det enda de fann högtstående var slakt – och ju mer storslagen den var, desto större var äran. Hittills hade de huvudsakligen hållit sig till katter och sparvar, men alla hoppades kunna bli generaler i armen så småningom.

Ändå hade barnen hela sina liv blivit uppfostrade med Kristi kärleksfulla ord – men dessvärre faller nästan alla frön vid vägkanten, där de inte kan gro till varken blommor eller frukt; de vet så litet om umbäranden och bittra kval , och förstår inte innebörden i orden "vissa faller bland törnen".

Vargjakten var en framgång såtillvida att man faktiskt såg en varg, men inte lyckosam då den hann hoppa över bäcken till "andra sidan" innan den kunde dödas, och man drog sig givetvis för att förfölja den. Ingen känsla är mer ingrodd och stark i vanliga folks hjärtan än hat och skräck för allt "främmande".

Dagarna gick, men Gabriel syntes aldrig till, och efterhand började Mère Yvonne inse hur djupt hon faktiskt älskade sin ende son, som var så olik henne själv att hon ansett sig behöva skämmas inför andra mödrar – ankan med svanägget. Folk letade och låtsades leta, de gick till och med så långt att de draggade dammarna, vilket gossarna fann väldigt roligt då de fick möjlighet att ta livet av ett stort antal vattenråttor. Och Carmeille satt i ett hörn och grät hela dagen lång. Mère Pinquele satt även hon i ett hörn, där hon skrockade och förklarade att hon alltid sagt att det inte skulle gå väl för Gabriel. Abbé Félicien var blek och orolig men sade ytterst litet, förutom till Gud och änglarna vid hans sida.

När Gabriel inte hittades, antog man till slut att han inte var någonstans – det vill säga, *död*. (Deras vetskap om andra trakter var så begränsad, att det inte ens föll dem in att han kunde leva någon annanstans än i byn.) Så man beslöt att en tom katafalk skulle placeras i kyrkan med höga ljus omkring, och Mère Yvonne läste alla böner i sin bönebok, från första till sista sidan utan att bry sig om hur lämpliga de var – hon hoppade inte ens över anvisningarna vid rubrikerna. Och Carmeille satt i hörnet av det lilla sidkapellet och grät och grät. Och abbé Félicien förmådde gossarna att sjunga själamässan (detta roade dem inte lika mycket som att dragga i dammen), och nästa morgon i gryningstimmans tystnad, läste han klagosången och dödsmässan – *och detta hörde Gabriel*.

Sedan mottog abbé Félicien ett meddelande om att ge en sjukling sista smörjelsen. Så med stora facklor gav de sig av i högtidlig procession, och deras väg gick längs gränsbäcken.

*　*　*

I sitt försök att tala kunde han bara ta fram ett utdraget vargtjut – det mest skräckinjagande av alla osjäliga ljud. Han ylade och ylade åter – kanske skulle

98

Lilith höra honom! Kanske kunde hon rädda honom? Sedan mindes han den blå blomman – början och slutet på hela hans olycka. Hans tjut väckte alla skogens invånare – vargarna, vargmänniskorna och människovargarna. Han flydde från dem i förtvivlans skräck – bakom honom på sin svarta bagge med människoansikte, satt Vargväktaren vars anlete höljdes i evig skugga. Blott en gång vände han sig om för att titta – ty i den djuriska jaktens skrik och ylanden, hörde han en skälvande stämma som jämrade sig av smärta. Och ibland dem skådade han Lilith, vars kropp även den var en vargkropp, som nästan gömdes under allt gyllenskimrande hår. På hennes panna fanns en blå fläck med samma färg som hennes mystiska ögon, som nu fördunklades av tårar hon inte kunde fälla.

*　　*　　*

Vägen till sista smörjelsen ledde längs gränsbäcken. De hörde de skräckinjagande tjuten i fjärran, och fackelbärarna blev bleka och började darra – men abbé Félicien höjde oblatkärlet och sade: – De kan inte skada oss.

Plötsligt visade sig hela den avskyvärda jakten framför deras ögon. Gabriel tog ett språng över bäcken, abbé Félicien höll upp det heligaste sakramentet framför honom, och pojken återfick sin skepnad och kastade sig till marken i vördnad. Men abbé Félicien höll alltjämt upp det heliga oblatkärlet och folket knäföll i ren skräck, men prästmannens ansikte tycktes lysa av gudomlig strålglans.

Då lyfte Vargväktaren i sina händer upp något med skrämmande och ofattbar form – ett nattvardskärl till Helvetets ära. Och tre gånger lyfte han det för att gyckla den heliga Tacksägelsen. Och tredje gången flödade eld från hans fingrar, och hela skogen på "andra sidan" fattade eld, och ett stort mörker föll över landskapet.

Alla som var där och såg och hörde det, bar på minnet hela sina liv – och ej heller i dödstimman befriades deras själar från håkomsten. Tjut som var mer skräckinjagande än någon kan föreställa sig, hördes tills natten föll – sedan föll ett regn.

"Andra sidan" är ofarlig nu – förkolnad aska blott. Men ingen har mod att gå över förutom Gabriel – ty under nio dagar varje år drabbas han av en märklig galenskap.

The Other Side. A Breton Legend (1893)
Övers. Rickard Berghorn

Arthur Machen

Den flammande pyramiden

1. Tecknen av pilspetsar

– Förföljt dig, säger du?

– Ja, förföljt. Minns du inte när vi träffades för tre år sedan? Då berättade du om din bostad i väst som helt omges av försåtliga och urgamla skogar, och orörda, välvda kullar och ett gäckande landskap. Det har alltid dröjt kvar som en sorts förtrollad bild i mitt huvud när jag suttit vid mitt skrivbord och hört trafiken slamra på gatan mitt bland Londons virvlar. Men när kom du hit?

– Faktum är, Dyson, att jag just klivit av tåget. Jag åkte till stationen tidigt i morse och hann med kvart i elva-tåget.

– Gott, det gläder mig verkligen att du tittade in hos mig. Vad har du sysslat med sedan sist? Det finns väl ingen mrs Vaughan, antar jag?

– Nej, sade Vaughan, jag är fortfarande en enstöring, liksom du själv. Jag har inte gjort annat än att slå dank.

Vaughan hade tänt sin pipa och satt nu i karmstolen, skruvade på sig och kastade blickar omkring sig på ett tämligen förvirrat och rastlöst sätt. Dyson hade snurrat runt på sin stol när hans besökare steg in och satt vänskapligt med armen vilande på skrivbordet, där den vidrörde de utspridda papperna.

– Och du sysslar fortfarande med det gamla vanliga? sade Vaughan och pekade på pappershögen och skrivbordsfacken som flödade över.

– Ja, den fåfängliga litteraturen, lika ofruktbar som alkemi, och lika hänförande. Men jag antar att du tänker stanna en tid i stan; vad ska vi göra ikväll?

– Tja, jag ville snarare föreslå att du skulle tillbringa några dagar hos mig. Jag är övertygad om att det skulle göra dig mycket gott.

– Mycket vänligt av dig, Vaughan, men det är svårt att vända London ryggen i september. Doré skulle aldrig kunnat skapa något mer underbart och mystiskt än Oxford Street, så som jag såg det härom kvällen: solnedgången flammade och det blå töcknet förvandlade den alldagliga gatan till en väg "fjärran i andens stad".

– Det skulle ändå vara roligt om du reste ner. Du skulle uppskatta att ströva över våra kullar. Brukar det larma så här dygnet runt? Det gör mig verkligen förbryllad; jag undrar hur du kan arbeta med det. Jag slår vad om att du skulle frossa i det fullständiga lugnet vid mitt gamla hem, där bland skogarna.

Vaughan tände sin pipa igen och tittade bekymrat på Dyson för att se om hans övertalningsförsök hade gjort något intryck, men skriftställaren skakade på huvudet, log och skänkte gatorna ett trohetslöfte i sitt hjärta.

– Du kan inte locka mig, sade han.

– Nå, du gör kanske rätt. När allt kommer omkring var det kanske fel att tala om lantligt lugn. När något tragiskt inträffar på vischan, är det som när en sten har kastats i en damm; ringarna efter oron fortsätter att sprida sig, och det verkar som om vattnet aldrig kommer att stilla sig igen.

– Inträffar det någonsin tragedier där du bor?

– Det kan jag knappast påstå. Men jag blev ganska oroad för sisådär en månad sedan av något som hände, vare sig det var något tragiskt eller inte, i ordets vanliga betydelse.

– Vad var det som hände?

– Tja, faktum är att en flicka försvann på ett sätt som tycks vara väldigt mystiskt. Hennes föräldrar, som bar namnet Trevor, är välbeställda bönder, och deras äldsta dotter Annie var liksom grannskapets skönhet; hon var verkligen anmärkningsvärt vacker. En eftermiddag ville hon gå och träffa sin moster, en änka med egen mark att bruka, och när de båda husen bara ligger fem eller sex miles ifrån varandra gav hon sig iväg sedan hon nämnt föräldrarna att hon skulle ta genvägen över kullarna. Hon kom aldrig fram till sin moster, och hon sågs aldrig mer till. Det är allt i korta drag.

– Besynnerligt! Jag antar att det inte finns några övergivna gruvor bland kullarna, eller hur? Jag tror knappast ni kan uppbåda något så avskräckande som ett stup.

– Nej. Stigen som flickan måste ha tagit hade inga fallgropar över huvud taget; det är bara en väg över förvildade, nakna bergssluttningar, dessutom långt från alla avtagsvägar. Man kan vandra många miles utan att träffa en själ, men den är fullkomligt säker.

– Och vad säger folk om det?

– Åh, de pratat bara strunt – sinsemellan. Du har ingen aning om hur vidskepliga engelska landsortsbor är i sådana avkrokar. De är helt igenom av samma skrot och korn som irländarna, och till och med mer förtegna än dem.

– Men vad säger de?

– Åh, det antas att den arma flickan har ”försvunnit med älvorna” eller ”bortrövats av älvorna”. Sådant strunt! fortsatte han. Man skulle skratta om händelsen inte var så sorglig som den är.

Dyson såg ganska intresserad ut.

– Visst, sade han, "älvor" låter verkligen en smula märkligt i dagens öron. Men vad säger polisen? Jag förutsätter att de inte godtar en sådan sagolik hypotes?

– Nej, men de verkar helt villrådiga. Jag är rädd för att Annie Trevor har fallit i händerna på några skurkar längs sin väg. Castletown är en stor hamnstad, förstår du, och ibland händer det att några usla utlänningarna bland sjömännen överger sina skepp och stryker omkring i hela trakten. För inte så många år sedan mördade en spansk sjöman vid namn Garcia en hel familj för något som inte var värt en krona. De är knappt mänskliga, en del av dessa karlar, och misstanken om att den stackars flickan har drabbats av ett hemskt öde skrämmer mig oerhört.

– Men ingen såg någon utländsk sjöman i trakten?

– Nej, uppenbarligen inte; och lantligt folk lägger naturligtvis alltid märke till alla med utseende och kläder som är en smula ovanligt. Men det verkar ändå som om min teori är den enda möjliga förklaringen.

– Det finns inga uppgifter att gå på, sade Dyson tankfullt. Jag antar att det inte är tu tal om någon kärlekshistoria eller något i den vägen?

– Ånej, inte skymten av något sådant. Jag är säker på att Annie skulle ordnat så att hennes moder ratt veta att allt var väl, ifall hon levde.

– Självklart, självklart. Ändå finns det en viss möjlighet att hon lever men inte kan meddela sig med bekanta. Men allt detta måste ha upprört dig ganska mycket.

– Ja, precis. Jag avskyr mysterier, och i synnerhet mysterier som antagligen döljer något skräckfyllt. Men uppriktigt sagt, Dyson, jag kom verkligen inte hit för att berätta allt detta.

– Självklart inte, sade Dyson en smula förvånad över Vaughans ängsliga beteende. Du kom för att tala om något muntrare.

– Nej, inte alls. Det jag berättade hände för en månad sedan, men något som tycks kunna påverka mig mer personligt har utspelat sig de senaste dagarna. Så för att tala i klartext, jag kom till stan i tanken att du kunde hjälpa mig. Du minns det märkliga fallet vi pratade om när vi träffades sist; något om en glasögonmakare.

– Visst ja, det minns jag. Jag vet att jag var mycket stolt över min skarpsinnighet då; än idag har polisen ingen aning om varför dessa speciella gula glasögon behövdes. Men Vaughan, du ser verkligen ut att vara illa till mods; jag hoppas att det inte är något allvarligt?

– Nej, jag överdriver nog bara, och jag hoppas du kan lugna mig. Men det som hänt är verkligen konstigt.

– Och vad har hänt?

– Jag är säker på att du skrattar åt mig, men här är historien. Du bör känna till att det finns en stig till allmänt förfogande över min mark, närmare bestämt bredvid muren till köksträdgården. Det är inte särskilt många som använder den; någon skogshuggare finner den praktisk då och då, och fem-sex ungar i byskolan går där två gånger dagligen. Nå, för några dagar sedan tog jag en promenad runt huset innan frukost, och råkade stanna för att stoppa min pipa vid den stora dörren i trädgårdsmuren. Jag bör nämna att skogen upphör bara några få fot från andra sidan muren, och stigen jag nämnde leder fram i trädens skugga. Jag fann det ganska angenämt att slippa den friska blåsten, så jag stod där och rökte med blicken i marken. Sedan fångade något min uppmärksamhet. Strax intill muren i det korta gräset hade ett antal små flintstenar lagts ut i ett mönster, ungefär så här. Och mr Vaughan tog en penna och papper och gjorde några streck i form av punkter på det.

– Se här, fortsatte han, jag tror det var tolv småstenar som hade lagts ut i prydliga rader med jämna mellannamn, så som det här papperet visar. Stenarna var spetsiga, och spetsarna pekade mycket noggrant i samma riktning.

– Ja, sade Dyson utan större intresse, säkert hade barnen du nämnde lekt där på väg från skolan. Du vet ju att barn är mycket förtjusta i att göra sådana påhitt med musselskal eller flintstenar eller blommor, eller vad de nu råkar hitta.

– Så tänkte jag också. Jag lade bara märke till att de här stenarna hade ordnats i ett slags mönster och gick min väg. Men nästa morgon tog jag samma runda – faktum är att jag brukar göra det – och ännu en gång såg jag ett mönster av flintstenar på samma plats. Den här gånger var det verkligen ett märkligt motiv; något i stil med ekrarna i ett hjul som sträcker sig in mot en gemensam mittpunkt, och denna mittpunkt var något som liknade en skål; allt gjort av flintstenar, som du förstår.

– Du har rätt, sade Dyson, det förefaller verkligen egendomligt. Men det är fortfarande möjligt att ett halvdussin skolungar är skyldiga till fantasinyckerna i fråga.

– Nå, den saken kan vi nog skaffa ur världen. Ungarna går förbi porten varje kväll vid halvsexsnåret, och jag vandrade förbi vid sex och fann att figuren var precis som jag hade lämnat den i morse. Dagen därpå var jag på benen kvart i sex och upptäckte att allt hade ändrats. Där fanns konturen av en pyramid, tecknad av stenar i gräset. En och en halv timme senare såg jag ungarna passera, och de sprang förbi stället utan en blick omkring sig. Fram emot kvällen såg jag dem gå hem, och i morse när jag gick till porten vid sexsnåret, väntade något som liknade en halvmåne på mig.

– Alltså lyder ordningsföljden så här: först parallella rader, sedan figuren med ekrarna och skålen, sedan pyramiden, och slutligen i morse: halvmånen. Det är ordningen, eller hur?

– Ja, helt rätt. Men kan du förstå varför det gjort mig mycket obehaglig till mods? Jag antar att det låter befängt, men jag kan inte undvika misstanken att man sysslar med någon sorts teckenkommunikation framför näsan på mig, och sådant gör en orolig.

– Men vad har du att befara? Du har väl inga fiender?

– Nej, men jag har en mycket värdefull gammal silverservis.

– Då tänker du på inbrottstjuvar? sade Dyson med en ton av stort intresse i rösten. Men du måste vara bekant med dina grannar. Finns det några tvivelaktiga figurer bland dem?

– Inte såvitt jag vet. Men du minns vad jag berättade om sjömännen.

– Kan du lita på tjänstefolket?

– Åh, till fullo. Servisen förvaras i ett säkert rum. Endast butlern – en gammal trotjänare till familjen – vet var nyckeln finns. Det finns inget att befara där. A andra sidan är alla medvetna om att jag har en hel del antika silverföremål, och alla människor på landsbygden är hemfallna åt skvaller. Så på den vägen kan det ha blivit känt i synnerligen oönskade tillhåll.

– Ja, men jag måste säga att det tycks finnas något smått otillfredsställande i teorin om inbrottstjuvar. Vem signalerar till vem? Jag kan inte se någon möjlighet att godta en sådan förklaring. Vad fick dig att tänka på servisen i samband med dessa flinttecken, eller vad man nu ska kalla den?

– Det var avbildningen av skålen, sade Vaughan. Jag råkar ha en mycket stor och mycket dyrbar punschbål från Karl II:s dagar i min ägo. Infattningen är verkligen utsökt, och föremålet är värt massor av pengar. Tecknet jag beskrev hade exakt samma form som min punschbål.

– Ett märkligt sammanträffande, förvisso. Men de andra figurerna eller mönstren; du har inget som är pyramidformat?

– Ah, det tycker du nog är desto mer märkvärdigt. Det råkar vara så att punschbålen står i en förvaringskista av mahogny som är pyramidformad, tillsammans med en uppsättning sällsynta gamla slevar. De fyra sidorna sluttar uppåt och smalnar av mot toppen.

– Jag medger att allt detta verkligen intresserar mig, sade Dyson. Låt oss därför fortsätta. Vad gäller de andra figurerna; hur är det med Armén, om vi benämner det första tecknet så, och Halvmånen?

– Åh, jag kan inte finna några hänsyftningar hos dem. Men du förstår att jag hur som helst har skäl att vara nyfiken. Jag skulle bli synnerligen upprörd om något av det gamla silvret försvann; nästan alla delarna har tillhört familjen i generationer. Och jag kan inte få ur skallen att några uslingar har för avsikt att plundra mig, och meddelar sig med varandra varje natt.

– Kort sagt, sade Dyson, jag kan inte reda ut någonting; jag famlar i mörkret lika mycket som du. Din teori förefaller verkligen vara den enda möjliga förklaringen, och ändå kan man göra många invändningar.

Han lutade sig tillbaka i stolen och de två männen tittade på varandra med rynkade pannor, och förbryllade av ett sådant besynnerligt problem.

– Hur som helst, sade Dyson efter en lång tystnad, hur är geologin beskaffad där nere?

Inte så lite förvånad över frågan tittade mr Vaughan upp.

– Gammal röd sandsten och kalksten, tror jag, sade han. Vi bor strax bortom koldistrikten, förstår du.

– Men det finns väl ingen flinta varken i sandstenen eller kalkstenen?

– Nej, jag har aldrig sett flinta i landskapet. Det är en smula märkligt, måste jag medge.

– Det vill jag påstå! Det är mycket viktigt. Hur som helst, vilken storlek hade stenarna som användes till figurerna?

– Jag råkar ha med mig en av dem; jag plockade upp den i morse.

– Från Halvmånen?

– Precis. Här är den.

Han överlämnade en liten spetsformad flintsten, ungefär tre tum lång.

Dysons ansikte sken upp av upphetsning när han plockade till sig föremålet från Vaughan.

– Uppenbarligen har ni några besynnerliga grannar i trakten, sade han efter en kort tystnad. Jag tror knappast att de hyser några avsikter med din punschbål. Vet du att detta är en uråldrig pilspets av flinta? – och inte bara det, utan också en pilspets av unik sort? Jag har sett exemplar från hela världen, men denna har särdrag som gör den helt ensam i sitt slag.

Han lade ned sin pipa och tog upp en bok från en låda.

– Vi hinner med knapp nöd med kvart i sex-tåget till Castletown, sade han.

2. Ögonen på muren

Mr Dyson drog ett djupt andetag av luften från bergen och kände hela förtrollningen av vyn inför hans blick. Morgonen var mycket tidig och han stod på terrassen på husets framsida. Vaughans förfader hade slagit sina bopålar på den svaga sluttningen av en stor kulle, i skydd av en djup och uråldrig skog som slöt sig runt tre av husets väggar; och från den fjärde väggen sluttade marken mjukt åt sydväst och sjönk ner i dalen, där en bäck vindlade fram i mystiska slingor, och de mörka och skimrande alarna vid stränderna tecknade vattenflödets väg för blicken. På terrassen i bostadens skyddande gärd blåste det inte, och träden vilade i stillhet långt bortom den. Endast ett ljud bröt lugnet, och Dyson hörde bäcken sjunga långt där nedan, en sång av klart och skimrande vatten som porlade över stenar, viskande och mumlande medan det letade sig ned till mörka och djupa tjärnar. Över bäcken och strax under huset sträckte sig en grå stenbro, välvd och försedd med strävpelare, en kvarleva från medeltiden; och på andra sidan bron reste sig kullarna sedan åter, vidsträckta och runda som bastioner, här och var täckta av dunkla skogar och snår av småskog, men höjderna saknade helt träd och avslöjade bara grå grästorvor och fläckar med bräken, här och var förgyllda av vissnade ormbunkar. Dyson blickade från norr till söder och såg alltjämt muren av kullar och de uråldriga skogarna och vattenflödet som tittade fram och försvann mellan dem; under den grå himlen var allt grått och blekt i det tigande och ödesmättade morgondiset.

Mr Vaughans röst bröt lugnet.

– Jag trodde du skulle vara allt för trött för att vara på benen så här tidigt, sade han. Du beundrar utsikten, ser jag. Den är verkligen snygg, eller hur; fast jag tror knappast att gamle Meyrick Vaughan tänkte särskilt mycket på sceneriet när han byggde huset. En underlig, grå byggnad, vad?

– Ja, för att inte tala om hur väl den passar omgivningen. Den ser nästan ut att vara en naturlig del av de grå kullarna och den grå bron där nere.

– Jag befarar att jag lockat dig hit med falska förespeglingar, Dyson, sade Vaughan när de började vanka från ena änden av terrassen till den andra. Jag tittade till stället, och där finns inte tillstymmelsen till tecken den här morgonen.

– Åh, verkligen. Men jag föreslår att vi tar en titt tillsammans.

De vandrade över gräsmattan och tog en stig genom buskaget av järnekar till baksidan av huset. Där pekade Vaughan ut stigen som ledde ner till dalen och upp till höjderna över skogen, och slutligen var de framme vid dörren i gårdsmuren.

– Här var det, ser du, sade Vaughan och pekade på en punkt i gräset. Jag stod på exakt samma ställe som du den där morgonen då jag såg stenarna första gången.

– Just det, ja. Den morgonen var det Armen, som jag kallar den; sedan Skålen, sedan Pyramiden, och igår Halvmånen. Vilken besynnerlig gammal sten det där är, fortsatte han och pekade på ett kalkstensblock som höjde sig ur marken strax intill muren. Den ser ut som ett slags dvärgpelare, men jag förmodar att den är naturlig.

– Oja, det skulle jag tro. Jag antar att den har skaffats hit, eftersom vi bara har röd sandsten under fötterna. Säkerligen användes den som grundsten för någon äldre byggnad.

– Mycket troligt. Dyson granskade uppmärksamt sin omgivning och lät blicken vandra från marken till muren, och från muren till den djupa skogen som nästan sträckte sina grenar över trädgården och lade platsen i mörker även under morgonen.

– Titta här, sade Dyson slutligen, den här gången måste det vara barnungar inblandade. Titta på det där.

Han böjde sig fram och stirrade på den svagt röda ytan på murens åldrade tegelstenar. Vaughan gick fram och tittade stint där Dyson pekade med fingret, och kunde nätt och jämnt urskilja ett otydligt märke i djupare rött.

– Vad är det? sade han. Jag begriper ingenting.

– Titta lite närmare. Ser du att det är ett försök att rita ett människoöga?

– Åh, nu förstår jag vad du menar. Jag ser inte särskilt skarpt. Ja, helt riktigt, det ska tveklöst vara ett öga, som du säger. Jag tror att ungarna har haft teckning på skolschemat.

– Nå, ögat är nog så egendomligt. Ser du den egenartade mandelformen; nästan som ögat hos en kines?

Dyson betraktade tankfullt detta verk av en obildad konstnär och studerade åter muren, sittande på knä för att kunna genomföra undersökningen med största noggrannhet.

– Jag skulle verkligen vilja veta hur ett barn i denna avkrok kan ha en uppfattning om hur ett mongolöga är format, sade han omsider. Du förstår, ett vanligt barn har en mycket tydlig uppfattning om saken; han ritar en cirkel eller något som liknar en cirkel, och sätter en prick i mitten. Jag tror knappast att något barn föreställer sig att ögat verkligen ser ut så; det är bara en konvention i barns skapande. Men den här mandelformade varianten gör mig ytterst förbryllad. Kanske har den inspirerats av någon kines i förgyllningen på en telåda hos ortens grossist. Men det är knappast troligt.

– Men varför var du så säker på att den har gjorts av ett barn?

– Varför! Lägg märke till höjden. De här gammalmodiga tegelstenarna är något mer än två tum tjocka; de ligger i tjugo räckor mellan marken och skissen, om vi kallar den så; det innebär en höjd på tre och en halv fot. Så, låtsas att du ska rita något på muren. Exakt; om du hade en penna nu skulle den röra vid muren ungefär i nivå med dina ögon, det vill säga mer än fem fot över marken. Alltså behövs det inte särskilt mycket slutledning för att komma fram till att ögat på muren ritades av ett barn, sisådär tio år gammalt.

– Ja, det tänkte jag inte på. Självklart måste något av barnet ha gjort det.

– Jag antar det; men som jag sade, det är ändå någonting säreget icke-barnsligt med de två strecken, och ögongloben i sig är nästan ovalformad, som du ser. Min uppfattning är att den har en besynnerlig, uråldrig prägel, och ger ett inte helt angenämt intryck. Jag kan bara föreställa mig, att om vi fick se ett fullständigt ansikte av samma hand skulle det inte vara särskilt tilltalande. Hur som helst, det är egentligen bara struntprat, och vi kommer inte längre i vår undersökning. Det är märkligt att flinttecknen har upphört så plötsligt.

De två männen vandrade bort mot huset, och när de gick in i förstugan klarnade den grå himlen upp och solsken föll skimrande på de grå kullarna framför dem.

Hela dagen strök Dyson tankfullt omkring på ängarna och bland skogarna som omgav huset. Han var ytterligt förbryllad över de vardagliga omständigheterna han hade för avsikt att kasta ljus över, och nu plockade han åter upp pilspetsen av flinta ur fickan, vände och vred på den och granskade den med stor uppmärksamhet Det var något med föremålet som helt skilde den från exemplaren han hade sett på museer och i privatsamlingar; formen var annorlunda, och runt eggen fanns små punktformade fördjupningar, som uppenbarligen tydde på ornamentering. Vem kunde ha att göra med ett sådant föremål i den här avkroken, tänkte Dyson; och vilken ägare till flintföremålen skulle använt dem till något så befängt som att forma meningslösa tecken vid Vaughans trädgårdsmur? Det rent absurda i hela historien väckte fullständig anstöt hos honom; och medan teori efter teori formades i hans tankar bara för att förkastas, kände han sig ytterst frestad att ta nästa tåg tillbaka till stan. Han hade sett silverservisen som Vaughan värdesatte så och noggrant besiktigat punschbålen, samlingens klenod; och det han såg tillsammans med utfrågningen av butlern övertygade honom om att en sammansvärjning för att plundra kassaskåpet inte var värd att undersöka. Kistan i vilken bålen förvarades, en tung mahognypjäs som uppenbarligen härrörde från seklets början, påminde verkligen om en pyramid, och Dyson frestades till en början av detektivens befängda mått och steg, men lite nykter eftertanke övertygade honom om osannolikheten i inbrottsteorin, och han sökte febrilt efter något mer tillfredsställande. Han frågade Vaughan om det fanns några zigenare i grannskapet, och fick veta att det vagabondfolket inte hade setts till på många år. Detta gjorde honom ganska nedslagen, eftersom han blivit mycket upprymd när han slagits av tanken på den zigenska vanan att lämna mystiska hieroglyfer längs sin vandringsväg. Han tittade Vaughan i ögonen vid den gammalmodiga eldstaden när han ställde frågan, och lutade sig bedrövat tillbaka i stolen när hans teori slogs i kras.

– Det är märkligt, sade Vaughan, men zigenare besvärar oss aldrig här. Då och då hittar bönderna spår etter brasor i oländiga delar av kullarna, men ingen tycks veta vilka som eldat där.

– Tycks det verkligen vara zigenare?

– Nej, inte på sådana ställen. Kittelflickare och zigenare och vandringsmän av alla slag håller sig på vägarna och rör sig inte särskilt långt från bondgårdarna.

– Nå, det ger mig ingenting. Jag såg barnen passera i eftermiddags, och som du sade sprang de bara förbi. Så hur som helst slipper vi fler ögon på muren.

– Nej, jag måste lurpassa på dem någon dag och ta reda på vem som är konstnären. Nästa morgon när Vaughan strövade sin vanliga runda från gräsplanen till baksidan av huset fann han att Dyson redan väntade på honom vid trädgårdsdörren och tydligen var mycket upprymd; ty han tecknade upprört med handen och gestikulerade våldsamt.

– Vad händer? frågade Vaughan. Flintstenarna igen?

– Nej. Men titta här, titta på muren. Där, kan du se det?

– Ett till av det där ögat!

– Precis. Ritat ett litet stycke från den första, nästan på samma nivå men något lägre, som du ser.

– Vad i hela världen kan man få ut av det? Det kan inte vara barnen; den fanns inte där inatt, och de kommer inte förbi än på en timme. Vad kan det betyda?

– Jag tror att Djävulen själv ligger bakom allting, sade Dyson. Det är självklart att man inte kan undvika slutsatsen att dessa infernaliska, mandelformade ögon har samma upphov som mönstret av pilspetsar; och vart den slutsatsen kommer att leda oss är mer än jag kan säga. För egen del måste jag verkligen lägga band på min fantasi, om den inte ska skena iväg.

Medan de gick bort från muren sade han: – Vaughan, har det slagit dig att det finns något – något mycket märkligt – som förbinder tecknen av flintstenar med ögonen på muren?

– Vadå? frågade Vaughan, och över hans ansikte föll en obestämd skugga av vag skräck.

– Det här. Vi vet att Armén, Skålen, Pyramiden och Halvmånen måste ha skapats nattetid. Låt oss anta att de var avsedda att ses nattetid. Nåväl, exakt samma resonemang kan man tillämpa på ögonen på muren.

– Jag förstår inte riktigt vart du vill komma.

– Åh, förvisso. Nätterna är mörka för tillfället och har varit mycket molniga sedan jag kom hit. Och till yttermera visso borde träden som sträcker sig över muren försänka stället i djupt mörker även under klara nätter.

– Och...?

– Det som slog mig var detta. Vilken enastående skarpsynthet de måste äga – vilka nu "de" är – om de i skogens svartaste mörker har förmågan att placera pilspetsar i invecklade mönster, och sedan rita ögonen på muren utan ett spår av att fumla eller dra ett vilsekommet streck.

– Jag har läst om människor som varit inspärrade i fängelsehålor under många år och fått förmågan att se väldigt bra i mörkret, sade Vaughan.

– Ja, sade Dyson, vi har abbén i *Greven av Monte Cristo*. Men den sidan av saken är märkvärdig.

3. Sökandet efter skålen

– Vem var den där gamle mannen som just lyfte hatten för dig? sade Dyson, när de kom till vägkröken nära huset.

– Åh, det var gamle Trevor. Han ser verkligen förkrossad ut, den gamle gossen.

– Vem är Trevor?

– Minns du inte det? Jag berättade historien när jag besökte dig den där eftermiddagen – om en flicka vid namn Annie Trevor, som försvann på ett synnerligen oförklarligt sätt för sisådär fem veckor sedan. Det var hennes far.

– Ja ja, det minns jag nu. Sanningen att säga hade jag fullständigt glömt det. Så man har inte hört något om flickan?

– Ingenting alls. Polisen är helt villrådig.

– Jag måste medge att jag inte ägnade särskilt mycket uppmärksamhet åt detaljerna du berättade. Vilken väg gick flickan?

– Stigen hon tog borde ha lett henne rakt över de öde kullarna över huset; den närmsta punkten på sträckan måste ligga omkring två miles härifrån.

– Ligger det nära den lilla hamnstaden jag såg igår?

– Du måste mena Croesyceiliog, som ungarna kommer ifrån? Nej, den går mer norrut.

– Åh, jag har aldrig varit där.

De gick in i huset och Dyson stängde in sig på sitt rum, djupt försjunken i villrådiga tankar men inte utan att skuggan av en växande aning jagade hans tankar, blott vag och orimlig medan den undvek att formulera sig. Han satt vid det öppna fönstret och tittade ut på dalen och såg som en målning den vindlande bäckens invecklade lopp, den grå bron och de vidsträckta kullarna som reste sig där bortom; allt var lugnt och ingen vindpust vidrörde de mystiska skogarnas tunga grenar, och aftonsolens sken glödde varmt över ormbunkarna; och nedanför började en tunn och helt vit dimma uppstiga från vattenströmmen. Dyson satt vid fönstret medan mörkret föll och kullarnas väldiga och dunkla bålverk tornade upp sig, och skogarna blev dimmiga och förgylldes av skuggor; och fantasin som gripit honom syntes inte längre alldeles omöjlig. Han fördrev resten av aftonen i drömmerier och hörde knappt vad Vaughan sade; och när han hämtade sitt ljus i hallen, hejdade han sig ett ögonblick innan han önskade vännen godnatt.

– Jag måste sova ut, sade han. Jag har lite arbete att utföra imorgon.

– Några skriverier, menar du?

– Nej. Jag ska leta efter Skålen.

– Skålen! Om du menar min punschbål, så är det i tryggt förvar i kistan.

– Jag menar inte punschbålen. Du har mitt ord på att din silverservis aldrig har varit hotad. Nej, jag tänker inte besvära dig med några antaganden. Vi kommer i all förmodan att ha något betydligt mer hållbart än antaganden inom kort. God natt, Vaughan.

Nästa morgon efter frukost gav sig Dyson iväg. Han tog stigen vid trädgårdsmuren och lade märke till art det nu fanns åtta kusliga mandelögon, otydligt tecknade på stenarna.

– Sex dagar till, sade han för sig själv. Men när han tänkte igenom sin teori, skyggade han trots sin övertygelse inför ett sådant vettlöst och otroligt infall. Han trängde sig igenom de täta skuggorna i skogen och kom slutligen upp på kullens nakna sida, där han tog sig högre och högre upp över den hala torven medan han rörde sig norrut i den riktning som Vaughan angett. Under tiden tycktes han höja sig allt högre över människovärldens liv och rutiner. På höger sida såg han utkanten av en fruktträdgård där en lätt blå rök steg upp likt en pelare; där låg hamnstaden som skolbarnen kom ifrån, och där skymtade det enda tecknet på liv, ty skogarna bildade en lövsal som gömde Vaughans gamla grå hus. Inte förrän han nådde det som tycktes vara kullens krön insåg han hur övergivet ödsligt och sällsamt landskapet var; blott grå himmel och grå kullar, ett höglänt, vidsträckt och flackt landskap som tycktes breda ut sig i all oändlighet, med en vag skymt av ett blånande berg i fjärran nord. slutligen nådde han stigen, en liten led som knappt kunde urskiljas, och utifrån sitt läge och det Vaughan hade berättat, visste han att det måste vara vägen som den förlorade flickan Annie Trevors hade tagit. Han följde stigen på den kala kullens krön och betraktade de stora kalkstensblocken som dystra och otäcka trängde upp ur den torviga marken, och gjorde samma avskräckande intryck som en avgudabild i Söderhavet. Och plötsligt hejdade han sig helt överraskad, trots att han funnit det han faktiskt hade sökt. Nästan utan förvarning sluttade marken plötsligt bort framför honom, och Dyson blickade ner i en cirkelrund fördjupning, som mycket väl skulle kunnat vara en amfiteater hos de gamla romarna, och de otäcka, branta kalkstensklipporna omslöt den likt en trasig mur. Dyson vandrade runt sänkan medan han noterade stenarnas lägen, och vände sedan åter hem.

– Detta är synnerligen märkligt, tänkte han för sig själv. Skålen är upptäckt, men var finns Pyramiden?

– Min käre Vaughan, sade han när han kom tillbaka; jag måste berätta att jag har funnit Skålen, och det är allt jag kan berätta just nu. Vi har sex fullkomligt sysslolösa dagar framför oss; det finns verkligen inget vi behöver göra.

4. Pyramidens hemlighet

– Jag har precis gått runt i trädgården, sade Vaughan en morgon. Jag har räknat de förbaskade ögonen, och de är fjorton stycken nu. För Guds skull, Dyson, berätta vad allt det här handlar om.

– Jag är glad om jag slipper försöka. Jag skulle förmoda ditt och datt, men jag har som princip att hålla gissningar för mig själv. Förresten är det inte värt besväret att förutsäga några händelser; du minns väl att jag nämnde våra sex dagars sysslolöshet? Nåväl, den sjätte dagen är idag och vår lättja är över. Jag föreslår att vi tar en promenad inatt.

– En promenad! Är det allt du tänker ta dig för?

– Nå, du kommer att få se en del synnerligen märkliga saker. För att tala i klartext, jag vill att du och jag beger oss iväg till kullarna vid niotiden ikväll. Vi kanske stannar ute hela natten, så ta gärna på dig ordentligt och glöm inte lite likör.

– Skämtar du? frågade Vaughan, förbryllad av alla sällsamma omständigheter och lika sällsamma aningar.

– Nej, jag tror knappast det finns något lustigt i detta. Om jag nu inte misstar mig helt, kommer vi att avslöja en mycket allvarlig förklaring på gåtan. Du följer med, eller hur?

– Gott så. Vilken väg tänker du gå?

– Längs stigen du berättat om; stigen som man antar att Annie Trevor tog.

Vaughan såg blek ut när flickans namn nämndes.

– Jag trodde inte att det spåret intresserade dig, sade han. Jag antog att det var de där påhitten med flintstenarna och ögonen på muren som sysselsatte dig. Det är inte gott att säga mer, men jag följer med.

Kvart i nio den aftonen gav sig de två männen iväg på stigen genom skogen till kullen. Det var en mörk och tryckande natt, himlen täcktes av tjocka moln och dalen fylldes av dimma, och hela vandringen tycktes leda genom en värld av skuggor och dunkel, där de knappt yttrad ett ord i rädsla för att bryta den kusliga tystnaden. Slutligen kom de ut på den branta kullens sida, och istället för den påträngande skogen bredde den dimhöljda torvmarken ut sig, och högre upp i mörkret fanns antydan av skräck i de vidunderliga kalkstensblocken, och vinden suckade där den blåste över kullen mot havet och drabbade deras hjärtan av köld. De tycktes vandra och vandra i timmar, och den otydliga siluetten av kullen reste sig fortfarande framför dem alltjämt som de härjade stenblocken framträdde i mörkret, när Dyson med ens drog hastigt efter andan och tryckte sig till sin följeslagare med en viskning:

– Här måste vi lägga oss ned, sade han. Jag tror det är lugnt än så länge.

– Jag känner till stället, sade Vaughan ett ögonblick senare. Jag har ofta gått förbi dagtid. Jag tror att folket i bygden är rädda för att komma hit; man tror att det är älvornas slott eller något i den stilen. Men varför i hela världen är vi här?

– Tala lite lägre, sade Dyson. Det är bäst ifall någon tjuvlyssnar.

– Tjuvlyssnar här! Det finns inte en själ på tre miles omkrets.

– Antagligen inte; eller säkerligen inte, skulle jag taktiskt vilja påstå. Men det kan finnas ett lik någonstans i närheten.

– Jag förstår inte alls vad du menar, viskade Vaughan för att göra Dyson till viljes. Men varför är vi här?

– Nå, du förstår, sänkan framför oss är Skålen. Jag tror det är bäst att inte ens viska till varandra.

De låg raklånga på gräset med stenblocken mellan sig och Skålen, och gång på gång strök Dyson ned brättet på sin mörka, mjuka hatt, kastade ner en blick och drog sig hastigt tillbaka igen, då han inte vågade ta sig en långvarig överblick. Åter lade han örat mot marken och lyssnade, och timmarna gick och mörkret tycktes tätna, och endast vindens lätta suckande hördes.

Vaughan blev otålig i denna väntan på någon outsagd skräck i tryckande tystnad, ty för honom hade farhågorna ingen form eller gestalt, och han började betrakta hela vakan som ett hemskt narrspel.

– Hur länge till kommer det att dröja? viskade han till Dyson som höll andan för att skärpa sin uppmärksamhet, och Dyson satte munnen vid Vaughans öra och sade:

– Kan du inte lyssna? med paus mellan varje stavelse, och med rösten hos en präst som uttalar vördnadsbjudande ord.

Vaughan sträckte sig fram med händerna i marken och undrade vad han skulle få höra. Till en början hördes ingenting, och sedan kom från Skålen ett lågt och stilla ljud, en svag väsning som knappt kan beskrivas, men lät som när man trycker tungan mot gommen och andas ut. Han lyssnade ivrigt, och slutligen växte sig ljudet starkare, en genomträngande och skrämmande väsning som om sänkan kokade av intensiv hetta. Och ovissheten blev Vaughan övermäktig, varför han drog ned mössan över ansiktet som Dyson och tittade ner i fördjupningen.

Den kokade och sjöd verkligen som en helveteskittel. Över hela sidorna och bottnen vred och slingrade sig vaga och oroliga gestalter som ilade fram och tillbaka utan att några fotsteg hördes, samlade sig i klungor här och var och tycktes tala till varandra med detta skräckinjagande väsande som stämma, likt ormar som han hört. Det var som om den friska torven och den rena jorden plötsligt hade satts i rörelse av någon vidrig och slingrande växtlighet. Vaughan förmådde inte dra sig tillbaka även om han kände Dysons finger vidröra honom. Han fortsatte speja ner i den skälvande massan och skymtade något som liknade ansikten och mänskliga armar och ben, och ändå kände han en kall rysning i sin själs innersta vrår vid förvissningen att ingen mänsklig själ eller varelse rörde sig någonstans i denna rastlösa och väsande svärm. Han tittade bestört ner och kvävde krampaktigt snyftningar av skräck, och slutligen trängde de avskyvärda gestalterna ihop sig runt något knappt synligt föremål i sänkans mitt, och deras väsande tal blev allt mer ondskefullt i sin ormlikhet, och i det otillräckliga ljuset skönjde han de vederstyggliga lemmarna – otydligt men ändå allt tör tydligt – där de vred sig och slingrade sig samman, och helt otydligt tyckte han sig höra en människas svaga jämmer igenom det oväsen som inte var mänskligt tal. I hans hjärta tycktes något oupphörligen viska "förgängelsens mask, masken som icke dör",[1] och hans fantasi målade upp den groteska bilden av ett stycke ruttnande slaktavfall, som i varje tum bubblade av uppsvällda och skräckinjagande krälande varelser. De svarta lemmarna fortsatte att slingra sig, och de tycktes skocka sig runt den mörka gestalten i sänkans mitt, och svetten rann från Vaughans panna och föll i kalla droppar ner på handen han höll under hakan.

Som i ett slag skingrades sedan den motbjudande massan och drog sig tillbaka mot Skålens sidor, och under ett ögonblick såg Vaughan i sänkans mitt mänskliga armar som kämpade. Men en gnista sken upp där nere, en eld började flamma, och medan en kvinnoröst gav upp ett gällt skri av yttersta kval och skräck, höjde sig en väldig pyramid av lågor likt vattenkaskader från en hastigt frambrytande fontän och dränkte berget i ett ljushav. Samma ögonblick såg Vaughan myllret nedanför, varelser som formats likt människor men hämmats i växten

1 Anspelning på Markusevangeliet 9:48. – *Övers. anm.*

som fruktansvärt förvridna barn; ansikten med mandelformade ögon som brann
av ondska och onämnbar åtrå; den likbleka gula hyn hos massan av naket kött
och sedan var stället tomt som av ett trollslag, medan elden röt och sprakade och
flammorna lyste vida omkring.

– Du har sett Pyramiden, sade Dyson hans öra. Pyramiden av eld.

5. Småfolket

– Då känner du igen föremålet?

– Verkligen. Det är en brosch som Annie Trevor brukade bära om söndagar-
na; jag kommer ihåg mönstret. Men var hittade du den? Du tänker väl inte säga
att du har funnit flickan?

– Käre Vaughan, det förvånar mig att du inte kan gissa var jag fann broschen.
Du har väl inte glömt den gångna natten alla redan?

– Dyson, sade den andre med mycket allvarlig röst, jag grubblade igenom
allting i morse medan du var utomhus. Jag har tänkt på det jag såg – eller det jag
trodde mig se, ska jag kanske säga; och det enda jag kommit fram till är detta: att
inte tänka på det. Som människor lever, har jag levt och ärligt och gudfruktigt
i alla mina dar, och jag kan inte göra annat än att tro att någon monstruös van-
föreställning drabbade mig, att mitt förvirrade förstånd drev gäck med mig. Du
minns att vi gick hem under tystnad, och inte utbytte ett ord om det jag trodde
mig ha sett. Borde vi inte komma överens om att hålla tyst om saken? När jag tog
min morgonpromenad i det fridfulla solskenet kändes det som om hela världen
fylldes av ljuvlighet, och vid den där muren märkte jag att det inte fanns fler teck-
en på den, och jag utplånade de som fanns kvar. Mysteriet är borta, och vi kan
fortsätta våra lugna liv. Jag tror att något gift har verkat de senaste veckorna; jag
har vandrat vid galenskapens rand, men nu är jag åter vid mina sinnens fulla bruk.

Mr Vaughan talade allvarsamt och lutade sig framåt i stolen med något bön-
fallande i blicken på Dyson.

– Min käre Vaughan, sade den andre efter en kort tystnad, vad ska detta tjä-
na till? Det är på tok för sent att slå an den tonen; vi har sett för mycket. Dess-
utom vet du lika väl som jag att inget gyckelspel varit i görningen; jag önskar
av hela mitt hjärta att det verkligen var så. Nej, i ärlighetens namn måste jag
berätta hela historien, så mycket jag vet om den.

– Strålande, sade Vaughan med en suck. Om du måste, så gör det.

– Då börjar vi med slutet om du inte misstycker, sade Dyson. Jag fann bro-
schen som du just har identifierat på stället vi kallar Skålen. Där fanns en grå

askhög som efter en brasa; mörjan var faktiskt fortfarande het, och den här broschen låg på marken strax utanför lågornas räckvidd. Den människa som burit den måste av misstag ha tappat den från sina kläder. Nej, avbryt inte; nu när vi har avklarat slutet kan vi fortsätta till begynnelsen. Låt oss återvända till dagen då du besökte mig hemma i London. Såvitt jag minns, nämnde du mer eller mindre som av en tillfällighet strax efter att du stigit in, att någon olycklig och mystisk händelse hade inträffat i din landsdel. En flicka vid namn Annie Trevor hade gått för att besöka en släkting och försvunnit. Jag medger gärna att det inte intresserade mig särdeles; det finns så många lämpliga anledningar för en man och i synnerhet en kvinna att fly från sin krets av vänner och släktingar. Om vi frågade polisen, antar jag att de skulle upplysa oss om att någon försvinner helt mystiskt varenda vecka i London, och tveklöst rycker konstaplarna bara på axlarna och säger att rent sannolikhetsmässigt kan det inte vara annorlunda. Så jag förhöll mig klandervärt likgiltig till din historia, och dessutom fanns det en annan anledning till mitt ointresse: berättelsen var oförklarlig. Du kunde bara föreställa sig en skurkaktig sjöman på luffen, men jag förkastade genast den förklaringen. Av många anledningar lyckas man alltid spåra upp amatörer som begått brutala brott, i synnerhet när det gäller tillfälliga förbrytare och då de väljer landsbygden som skådeplats. Du minns att du nämnde fallet med den där Garcia; han promenerade in på en järnvägsstation dagen efter mordet med byxorna nedsölade av blod och hade sitt byte, urverket till en holländsk klocka, inslaget i ett prydligt paket. Så när ditt enda förslag var avskrivet, blev hela historien som sagt oförklarlig och därmed fullständigt ointressant. Ja, *därför* är det en fullkomligt välgrundad slutsats. Brukar du någonsin rådbråka din hjärna med problem som du vet är olösbara? Har du alls ödslat något grubbel på det gamla problemet med Akilles och sköldpaddan? Självklart inte, eftersom du visste att det var hopplöst. Så när du berättade historien om en landsortsflicka som hade försvunnit sorterade jag helt enkelt in den i facket för olösbara fall och tänkte inte mer på det. Som det nu visat sig misstog jag mig, men du fortsatte genast till en annan angelägenhet som av personliga skäl intresserade dig i högre grad. Jag behöver inte gå igenom den i sanning märkvärdiga historien med flinttecknen. Först antog jag att saken var banal, förmodligen något barn som lekt eller kanske ett skämt av något slag; men när du visade mig pilspetsen väcktes genast mitt intresse. Här förstod jag att det var fråga om något allt annat än vardagligt, snarare ytterst märkvärdigt. Och så snart jag anlänt hit satte jag igång med att söka lösningen och gick i tankarna gång på gång igenom tecknen du hade beskrivit. Först visade sig tecknet som vi benämnt Armén: ett antal streck tätt intill varandra av flintstenar, som alla peka-

de i samma riktning. Sedan strecken som påminde om ekrarna i ett hjul som föll in mot en figur i form av en Skål, sedan Pyramiden som var en triangel, och slutligen Halvmånen. Jag medger att jag tvingades ge upp gissningsleken när jag pressat mig att avslöja detta mysterium, ty problemen var två eller snarare tre, förstår du. Ty det handlade inte bara om att ställa frågan: "Vad betyder dessa tecken?" utan även: "Vem kan tänkas äga så värdefulla föremål och kasta dem vid vägen, om de skulle vara medvetna om värdet?" Detta ledde mig till antagandet att personen eller personerna i fråga inte kände till värdet på sällsynta pilspetsar av flinta. Ändå kom jag inte längre med detta, ty även en välutbildad människa kan mycket väl vara okunnig om en sådan sak. Allt försvårades sedan av ögonen på muren, och du minns att vi måste enas om att de båda fallen hade samma upphov. Den speciella placeringen av ögonen på muren fick mig att undra om det fanns någon dvärg eller liknande i trakten men fann att så inte var fallet, och jag visste att barnen som gick förbi varje dag inte hade något med saken att göra. Ändå var jag övertygad om att den som ritade dessa ögon, måste vara mellan tre och en halv till fyra fot hög, eftersom man helt naturligt väljer en punkt i nivå med sitt ansikte när han ritar på en lodrät yta. Till yttermera visso var den säregna ögonformen en gåta, det typiskt mongoliska draget som en engelsk landsortsbo knappast har någon uppfattning om. Och den sista anledningen till att bli rådvill var det uppenbara faktum att konstnärerna måste ha förmågan att bokstavligen kunna se i mörkret. Som du påpekade kan en människa som varit instängd i en ytterst mörk cell eller fängelsehåla i många år förvärva en sådan förmåga; men var kan man hitta ett sådant fängelse någonstans i Europa sedan Edmond Dantes dagar? En sjöman som suttit inspärrad i någon fruktansvärd kinesisk oubliett skulle kunna vara den person jag sökte efter; och det var inte omöjligt att en sjöman eller, säg, en man som varit anställd ombord kunde vara dvärg, även om det föreföll osannolikt. Men hur kan det komma sig att min tänkte sjöman ägde förhistoriska pilspetsar? Och om det kunde förklaras, vad innebar och syftade de mystiska tecken av flintstenar till, och de mandelformade ögonen? Din teori om en eventuell inbrottstjuv såg jag nästan genast vara ohållbar, och jag medger att jag inte hade någon arbetshypotes. Det var en ren tillfällighet som satte mig på spåret; vi gick förbi stackars gamle Trevor, och då du nämnde hans namn och dotterns försvinnande, mindes jag historien som jag glömt eller alltjämt inte fäst avseende vid. Här är alltså ett annat problem, sade jag till mig själv; att det är ointressant i sig är riktigt, men tänk om det visar sig ha förbindelse med alla dessa gåtor som plågar mig? Jag stängde in mig på rummet och bemödade mig att slå alla fånafattade meningar ur hågen, och jag gick igenom allting *de novo* med antagandet att Annie Trevors försvinnande hade någon förbindelse med flinttecknen och ögonen på muren. Detta antagande ledde inte särskilt långt och jag var beredd att i ren förtvivlan överge hela problemet, när en möjlig förklaring till Skålen slog mig. Som du vet finns det en "Djävulsgryta" i Surrey, och jag tänkte att symbolen kunde anspela på något särdrag i landskapet. När jag knutit samman de två ytterligheterna, beslöt jag att leta efter Skålen i närheten av stigen som den förlorade flickan hade tagit, och du vet hur jag upptäckte den. Jag tolkade tecknet utifrån vad jag visste, och utläste den första Armén – sålunda: "det blir en sammankomst eller möte i Skålen om fjorton dagar (det vill säga under Halvmånen) för att beskåda Pyramiden, eller bygga Pyramiden." Varje öga som ritades dag för dag, räknade uppenbarligen dagarna, och jag förstod att de skulle bli fjorton och sedan inga fler. Tills dess tycktes allt vara ganska lugnt; jag behövde inte bekymra mig med att ta reda på vad sammankomsten innebar, eller vilka som skulle samlas på den ensligaste och mest avskydda platsen bland dessa ensliga kullar. På Irland eller i Kina eller Amerikas väststater skulle frågan enkelt kunna besvaras: ett uppbåd missnöjda invånare, ett möte med ett hemligt sällskap, ett medborgargarde som sammankallades; allt skulle vara enkelt och uppenbart; men i detta lugna hörn av England med stillsamma invånare, var sådana antaganden till en början inte möjliga. Men jag visste att jag skulle få möjlighet att se och bevaka sammankomsten, och det var meningslöst att förbrylla sig själv med hopplösa efterforskningar. Så i stället för resonemang slogs jag av ett fantastiskt infall: jag mindes vad folk hade sagt om Annie Trevors försvinnande, att hon hade "bortrövats av älvorna". Det ska du veta, Vaughan, att jag är vid mina sinnens fulla bruk lika väl som du; jag försäkrar att min hjärna inte står till förfogande för vilken osannolik möjlighet som helst, och försökte tränga undan det fantastiska infallet så gott jag kunde. Men det var det gamla namnet på älvorna, "småfolket", som ingav aningen, samt den synnerligen trovärdiga övertygelsen att de representerar ett nedärvt minne av de förhistoriska Turaniska invånarna i vårt land, ett grottfolk. Och som en chock insåg jag att jag hela tiden sökt efter en varelse under fyra fots höjd, van att leva i mörkret, som ägde stenverktyg och inte var främmande för mongoliska anletsdrag! Jag måste säga att jag skulle skämmas för att knysta sådana drömmerier för dig, Vaughan, om du inte själv hade sett det du såg med egna ögon inatt; och att jag skulle tvivla på min förmåga att tänka vettigt, om det inte bekräftades av dig. Men vi kan inte se varandra i ögonen och låtsas att det var inbillning. När du låg på torven bredvid mig kände jag hur du kröp ihop och skakade, och jag såg dina ögon i skenet från flammorna. Och därför berättar jag nu utan att skämmas vad jag hade i tankarna när vi gick genom skogen och besteg kullen inatt, och låg gömda under stenblocket.

En sak förbryllade mig in i det sista men borde ha varit helt självklar. Jag har berättat hur jag uttydde tecknet för Pyramiden; de församlade skulle se en pyramid, och den verkliga innebörden i symbolen undgick mig in i det sista. Den gamla härledningen av "eld" från ordet "uppåt" skulle ha lett mig på rätt spår, även om den inte stämmer, men det föll mig inte in.

Jag tror knappast det finns så mycket mer att säga. Du vet att vi inte kunde ha gjort någonting, även om vi hade förutsett vad som skulle ske. Ah, platsen där tecknen placerades ut? Ja, det är en intressant fråga. Men det här huset ligger såvitt jag kan avgöra ganska centralt bland kullarna. Och det är möjligt att den där egendomliga gamla kalkstenspelaren vid trädgårdsmuren var en mötesplats innan kelterna kom till Britannien, fast vem kan säga något avgjort om det. Men jag måste tillägga en sak: jag beklagar inte att du inte kunde rädda den olyckliga flickan. Du såg varelserna som skockades och krälade i Skålen; du kan vara säker på att det som låg fjättrat bland dem inte längre tillhörde vår värld.

– Alltså? sade Vaughan.

– Hon gick hädan i Pyramiden av eld, sade Dyson, och de vände åter till underjorden, till sina tillhåll under kullarna.

The Shining Pyramid (1894)
Övers. Rickard Berghorn

119

William Hope Hodgson

Det visslande rummet

Carnacki hötte vänligt åt mig med näven när jag något försenad klev in. Sedan öppnade han dörren till matsalen och ledsagade oss fyra – Jessop, Arkright, Taylor och mig själv – till bordet.

I vanlig ordning åt vi en god middag, och som vanligt var Carnacki tämligen tystlåten under måltiden. Vid dess slut bar vi vinet och cigarrerna till våra sedvanliga platser, och när Carnacki slagit sig till ro i sin rymliga stol sade han plötsligt:

– Jag är just hemkommen från Irland igen. Och jag tänkte att ni grabbar kunde vara intresserade av att höra mina nyheter. Dessutom inbillar jag mig att jag kommer att se saker och ting klarare när jag berättat allt utan omsvep. Allra först måste jag dock tala om en sak för er – fram till detta ögonblick har jag känt mig totalt och fullkomligt "ställd". Jag har råkat på ett av de märkligaste fallen av hemsökelse – eller djävulskap av något slag – som jag varit med om. Hör här.

De senaste veckorna har jag tillbringat på Iastrae Castle, omkring tjugo miles nordöst om Galway. För ungefär en månad sedan fick jag ett brev från en herr Sid K. Tassoc, som tydligen köpt stället helt nyligen och flyttat in där bara för att finna att han köpt en egendom av mycket märkligt slag.

När jag anlänt mötte han mig vid stationen med en tvåhjulig vagn och körde mig upp till slottet, som han för övrigt kallade "ruckelhus". Jag insåg snart att han "rumsterade" där med sin unge bror och en annan amerikan, som verkade vara hälften tjänare, hälften vän. Tydligen hade alla tjänarna lämnat stället i samlad tropp, som man säger; och nu fick de klara sig på egen hand, med bistånd av någon hjälpreda utifrån.

De tre männen plockade ihop en liten middag på rester, och Tassoc berättade för mig allt om sina problem medan vi satt till bords. Det hela var högst besynnerligt och ovanligare än allt jag tidigare haft att göra med; även om fallet med Surrandet också var mycket egendomligt.

Tassoc började mitt i berättelsen. "Vi har ett rum i den här kåken", sade han, "där det visslar rent infernaliskt; nästan som om rummet var hemsökt. Det kan börja vid vilken tid som helst; man vet aldrig när, och det håller på tills man blir skräckslagen. Som du vet har alla tjänarna gett sig iväg. Det är inte något vanligt vinande, och det är inte vinden. Vänta tills ni får höra det."

"Vi bär pistol på oss allihop", sade pojken och daskade till sin kavajficka.

"Så illa?" sade jag, och den äldre brodern nickade. "Det kan verka löjligt", svarade han; "men vänta bara tills ni har hört det. Ibland tror jag att det är någon satanisk varelse, och i nästa stund är jag lika säker att någon spelar oss ett spratt."

"Varför det?" frågade jag. "Vad skulle man uppnå med det?"

"Ni menar", sade han, att folk vanligtvis har en anledning till att hålla på med djävulskap som är så här utstuderat. Nå, det ska jag tala om för er. Det finns en dam i trakten vid namn fröken Donnehue, som ska bli min fru om två månader i dag. Hon är det vackraste man kan tänka sig, men så vitt jag förstår har jag därmed stuckit huvudet i ett irländskt getingbo. Det finns sådär ett tjog liderliga unga irländare som har kurtiserat henne de senaste två åren, och nu när jag kommer hit och slår dem ur brädet har de blivit purkna. Börjar ni förstå möjligheterna?"

"Ja", sade jag. "Kanske anar jag dem vagt; men jag förstår inte hur detta skulle påverka rummet?"

"Så här", sade han. "När det var klappat och klart med fröken Donnehue började jag leta efter en bostad och köpte det här lilla ruckelhuset. Därefter – en kväll vid middagsbordet – berättade jag för henne att jag bestämt mig för att slå mig ner här. Och då frågade hon mig om jag inte var rädd för det visslande rummet. Jag sade att det måste ha följt med alldeles gratis, eftersom jag inte hört något om det. Några av hennes manliga vänner var närvarande, och jag såg ett leende spridas bland dem. När jag hört mig för förstod jag att åtskilliga personer hade köpt det här stället under de senaste dryga tjugo åren. Och det var alltid tillbaka på marknaden igen efter att folk hade prövat att bo här.

Nåväl, grabbarna började pika mig lite grann, och de erbjöd sig att efter middagen ordna vadhållning om att jag inte skulle stanna ens sex månader i huset. Jag tittade en eller två gånger på fröken Donnehue för att bli säker på att jag 'fattade galoppen' med pratet; men jag kunde se att hon absolut inte uppfattade det som ett skämt. Kanske delvis för att det låg något hånfullt i det sätt männen utmanade mig på, och delvis för att hon verkligen tror att det ligger något i den där skrönan om det Visslande Rummet.

Hur som helst, efter middagen gjorde jag vad jag kunde för att bli jämspelt med de andra. Jag satsade emot alla deras vad och fick varenda en att binda sig för insatserna. Jag antar att några av dem kommer att drabbas hårt om jag inte förlorar; och förlora tänker jag inte göra. Nåväl, där har ni så gott som hela historien."

"Inte riktigt", sade jag till honom. "Allt jag vet är att ni har köpt ett slott med ett rum som på något sätt är 'besynnerligt', och att ni har satsat pengar på vadslagning. Jag vet också att era tjänare blivit skrämda och flytt sin väg. Berätta för mig något om visslandet."

"Jaså, det!" sade Tassoc. "Det började andra natten vi var här. Jag hade tagit mig en ordentlig titt på rummet under dagen, som ni kan förstå; ty pratet uppe på Arlestrae – fröken Donnehues hem – hade fått mig att undra en del. Men det verkade lika vanligt som vilket annat rum som helst i den gamla flygeln, kanske bara lite mer ödsligt. Men det kan ha berott på pratet om det, vet ni.

Visslandet började vid tio tiden den andra natten, som jag sade. Tom och jag var i biblioteket när vi hörde ett mycket besynnerligt vinande, som kom längs östra korridoren – rummen ligger i östra flygeln, alltså.

"Det är det där välsignade spöket!" sade jag till Tom, och vi högg lamporna på bordet och gick upp för att ta oss en titt. Det ska jag säga, att redan när vi traskade på i korridoren tog det nästan strupgrepp på mig, det var så förfärligt besynnerligt. På sätt och vis lät det som ett slags melodi; men än mer som om en djävul eller annat fanstyg skrattade åt en och var i färd med att smyga runt och överfalla en bakifrån. Det är en sådan känsla man får av det.

När vi kom fram till dörren lät vi oss inte hejdas, utan öppnade den i all hast; och sedan ska jag säga er att ljudet från det där fullständigt slog mig i ansiktet. Tom sade att han kände sig på samma sätt – liksom bedövad och vimmelkantig, kan man säga. Vi tittade överallt och blev snart så nervösa, att vi bara störtade ut och jag låste dörren.

Vi gick ner hit och tog oss varsin stor grogg. Sedan var vi krya igen och började tänka att vi hade blivit rejält dragna vid näsan. Så vi tog käppar och gick ut på ägorna eftersom vi trodde att det trots allt måste vara någon av de där förbaskade irländarna som drev spöktricket med oss. Men inte en fena rörde sig.

Vi återvände in i huset och gick igenom det och gjorde därefter ännu ett besök i rummet. Men vi stod helt enkelt inte ut med det. Vi formligen rusade ut och låste dörren igen. Jag vet inte hur jag ska formulera det, men jag hade en känsla av att jag stod inför något jäkligt farligt. Ni vet! Vi har burit med oss pistoler sedan dess.

Naturligtvis gjorde vi en ordentlig storstädning nästa dag, av både rummet och husets alla ytor, och vi letade till och med runtomkring markerna, men det fanns inget som var märkligt. Och nu vet jag inte vad jag ska tro; förutom att den förnuftiga delen av mig säger att det är något de där vilda irländarna har planerat tör att försöka driva med mig."

"Gjort något sen dess?" frågade jag honom.

"Jodå", sade han. "Vakat utanför dörren till rummet på nätterna och jagat runt markerna och undersökt rummets väggar och golv. Vi har gjort allt vi kunde komma på och det börjar gå oss på nerverna, så vi skickade bud efter er."

Vid det här laget hade vi ätit färdigt. När vi reste oss från bordet, utropade Tassoc plötsligt: "Sch! Hör!"

Vi tystnade omedelbart och lyssnade. Så hörde jag den, en märkligt tjutande vissling, ohygglig och omänsklig, som kom långt bortifrån genom korridorerna på min högra sida.

"Herregud!" sade Tassoc; "och det är knappt mörkt än! Hugg de där stearinljusen, hör ni, och följ med."

Inom kort hade vi alla fyra tagit oss ut genom dörren och löpte uppför trappan. Tassoc vände in i en lång korridor, och vi följde efter och skyddade stearinljusen medan vi sprang. Ljudet verkade fylla hela gången allt eftersom vi närmade oss, tills jag fick känslan att hela luften skälvde av styrkan hos en hänsynslös Oerhörd Kraft – en känsla av en faktisk förorening, kan man säga, av vidrighet runtomkring oss.

Tassoc låste upp dörren; sedan, då han gett den en knuff med foten, hoppade han bakåt och drog sin revolver. När dörren flög upp, vällde ljudet emot oss med en verkan som är omöjlig att förklara för en som inte hört det – med en särskild, fasansfull personlig klang; som om man kunde föreställa sig rummet där inne i mörkret kränga och knarra av vansinnig, vidrig fröjd i takt med sitt eget vämjeliga vinande och visslande och tjutande, samtidigt som det ändå hela tiden var medvetet om just en själv personligen. Att stå där och lyssna var att drabbas av Insikt. Det var som om någon plötsligt visade en öppningen till en ofantlig avgrund och sade: – Det där är Helvetet. Och man *visste* att det var sanning. Förstår ni, åtminstone lite grann?

Jag tog ett steg in i rummet och höll ljuset över huvudet och tittade snabbt runt. Tassoc och hans bror kom efi:er mig, och mannen följde upp bakom, och vi höll ljusen högt allihop. Jag blev som bedövad av visslandets gälla, vinande tjut; och sedan var det som om något, högt och tydligt, sade till mig: – "Ge er iväg härifrån – fort! Fort! Fort!!!"

Som ni grabbar vet, så nonchalerar jag aldrig sådana saker. Ibland kanske det inte är något annat än nerverna; men som ni minns var det precis en sådan varning som räddade mig i fallet "Gråa Hunden" och i "Gula Fingrarna"-experimenten; då likaväl som andra gånger. Nåväl, jag vände mig tvärt till de andra: "Ut!" sade jag. "För Guds skull, *ut* fort!" Och på ett ögonblick fick jag ut dem i korridoren.

Det hördes ett omåttligt tjutande skri i det fasaväckande visslandet, och så, likt en åsksmäll, inträdde total tystnad. Jag slog igen dörren och låste den. Sedan tog jag nyckeln och tittade på de andra. De var rätt bleka och jag förmodar att jag måtte ha sett likadan ut. Och där stod vi en stund, tysta.

"Vi ger oss härifrån och tar en whisky", sade Tassoc till slut och försökte låta som vanligt, och han gick före och visade vägen. Jag var bakre man, och jag vet att vi sneglade över axeln alla fyra. När vi kommit ner till bottenvåningen, lät Tassoc flaskan gå runt. Han tog en drink själv och drämde glaset i bordet. Sedan satte han sig ner med en duns.

"Det är just en festlig sak att ha hemma hos sig, eller hur!" sade han. Och omedelbart därefter: "Vad i hela friden fick er att fösa ut oss på det där sättet, Carnacki?"

"Det verkade som om någonting sa mig att försvinna *fort*", sade jag. Låter rätt fånigt – vidskepligt, det vet jag; men när man bekantar sig med den här sortens saker, måste man reagera på besynnerliga infall och ta risken att bli utskrattad."

Jag berättade så för honom om "Gråa Hunden"-affären, och han nickade mycket instämmande åt detta. "Naturligtvis", sade jag, "kanske detta inte är något annat än era så kallade rivaler som spelar något konstigt spratt; men även om jag tänker hålla alla möjligheter öppna, känner jag personligen att det ruvar något avskyvärt och farligt bakom den här saken."

Vi pratade ytterligare en stund, och sedan föreslog Tassoc biljard, vilket vi spelade tämligen halvhjärtat, och hela tiden spetsade vi öronen i riktning mot dörren efter ljud, kan man säga; men inget hördes, och senare, efter kaffet, föreslog han ett tidigt sänggående och en fullständig genomgång av rummet följande dag.

Mitt sovrum låg i slottets nyare del, och dörren ledde ut till tavelgalleriet. Vid galleriets östra ände låg ingången till östra flygelns korridor; denna var avstängd från galleriet med två gamla och tunga ekdörrar som såg ganska udda och kuriösa ut vid sidan av de mer moderna dörrarna till de olika rummen.

När jag väl var i mitt rum gick jag inte till sängs, utan började packa upp min verktygskoffert, till vilken jag hade behållit nyckeln. Jag hade för avsikt att omedelbart ta ett eller två förberedande steg i min undersökning av det märkliga visslandet.

Kort därefter, när slottet försjunkit i tystnad, smög jag ut ur rummet och bort till ingången till den stora korridoren. Jag öppnade en av de låga, breda dörrarna och lät min lilla strålkastares ljuskägla stråla ner längs gången. Den var tom, och jag gick genom dörröppningen och sköt igen ekdörren bakom mig. Sedan bar det av längs den stora gången medan jag lät ljuset stråla framför och bakom mig, och revolvern fanns i beredskap.

Jag hade hängt ett "skyddsbälte" med vitlök runt halsen och dess lukt verkade fylla korridoren och ge mig tillförsikt; ty som ni vet är det ett fantastiskt "skydd" mot de mer vanliga Aeiirii-formerna av semi-materialisering, vilket var vad jag antog att visslandet kunde alstras av, även om jag vid detta stadium av min undersökning var fullt beredd på att upptäcka att det hade en alldeles naturlig orsak; för det är förvånansvärt vilket stort antal fall som visar sig sakna onaturliga element.

Förutom att jag bar halsbandet, hade jag täppt till öronen löst med vitlök, och eftersom jag inte hade för avsikt att stanna mer än några få minuter i rummet, hoppades jag vara trygg.

När jag nådde dörren och stoppade handen i fickan för att ta upp nyckeln, drabbades jag plötsligt av en vämjelig rädsla. Men jag tänkte minsann inte backa ur. Jag låste upp dörren och drog ner handtaget. Sedan gav jag dörren en hård knuff med foten, så som Tassoc hade gjort, och drog min revolver, även om jag egentligen inte väntade mig att ta användning för den.

Jag lyste med lampan över hela rummet, och steg sedan in med en avskyvärt fasansfull känsla av att gå rakt in i en ruvande Fara. Jag stod stilla och väntade några ta sekunder, och inget hände och det tomma rummet visade sig vara tomt i alla vinklar och vrår. Och sedan, vet ni, insåg jag att rummet var fyllt av en vederstygglig tystnad; kan ni förstå det? En sorts avsiktlig tystnad, lika vidrig som något av de vämjeliga oljuden som Varelserna har makt att åstadkomma. Minns ni vad jag berättade om "Tysta Trädgården"-affären? Nå, det här rummet bar på precis samma *ondskefulla* tystnad – den avskyvärda stillheten hos något som iakttar en och själv är utom synhåll, och som tänker att den har fatt fast en. Åh, jag kände igen det omedelbart, och jag ryckte av strålkastarens överdel så att jag fick ljus över *hela* rummet.

Därefter gick jag till verket i rasande fart, samtidigt som jag höll ett öga överallt omkring mig. Jag förseglade de två fönstren med trådar av människohår, tvärsöver, och förseglade dem vid varje karm. Medan jag arbetade smög sig en knappt märkbar spänning in över platsens atmosfär, och tystnaden verkade, om ni förstår mig, växa sig än mer kompakt. Då insåg jag att jag inte hade där att göra utan "fullständigt skydd"; ty jag var praktiskt taget säker på att detta inte bara var en Aeiirii-utveckling, utan en av de värsta formerna, till exempel Saiitii, som i det där "Grymtande Mannen"-fallet – ni vet.

Jag blev klar med fönstret och skyndade mig över till den stora eldstaden. Den är en enorm pjäs, med en egendomlig galgstång, så tror jag en sådan kokanordning av järn kallas, som sticker ut från bakväggen innanför valvet. Jag förseglade öppningen med sju människohår – det sjunde lät jag korsa de sex andra.

Sedan, just som jag skulle avsluta det hela, började en låg, gäckande vissling växa i rummet. En kall, nervös ilning for uppför ryggraden och rundade min panna bakifrån. Det vedervärdiga ljudet fyllde hela rummet med en egendomlig grotesk parodi på mänskligt visslande, alltför gigantisk för att vara mänsklig – som om något enormt och monstruöst stillsamt alstrade ljuden. Medan jag stod där ett slutligt ögonblick och tryckte fast den sista förseglingen, hyste jag inga tvivel om att jag skulle ställas inför ett av de sällsynta och horribla fall då det *Livlösa* återger det *Levandes* funktioner. Jag grep efter lampan och gick hastigt mot dörren medan jag såg över axeln och lyssnade efter det jag förväntade mig. Det kom, just som jag fatt tag i handtaget – ett gällt skri av ofattbar, ondskefull vrede, som skar igenom visslingens låga tjut. Jag störtade ut ur rummet och slog igen dörren och låste den.

Jag lutade mig lite bakåt mot korridorens motsatta vägg och kände mig ganska konstig, ty det var verkligen med ett nödrop... "Ther skall icke varda någon säkerhet att finna i helgade värn, då monstrum hafva makten att tala igenom trä och sten." Så lyder ett avsnitt i Sigsand-manuskriptet, och jag bevisade det i historien med den "Lutande dörren". Det finns inget skydd mot denna speciella form av monster, förutom möjligtvis för en ytterst kort stund; ty den kan fortplanta sig själv i, eller använda för sitt syfte, själva det skyddande materialet som man använder, och den har makt att "taga *gestalt* uti pentagrammet"; även om det inte sker omedelbart. Naturligtvis finns möjligheten att yttra den Okända Sista Raden i Saaamaaa-Ritualen, men det är alltför osäkert för att räkna med, och faran är alltför ohygglig, och även den saknar makt att skydda under mer än "kanske fem hjärtslag" som det står i Sigsand.

Inne i rummet hördes nu en oavbruten, meditativ, tjutande vissling; men inom kort avtog den och tystnaden verkade än värre, ty det ligger en sådan känsla av dolt sattyg i en tystnad.

Efter en liten stund förseglade jag dörren med korsade hårstrån och därefter kilade jag iväg genom den stora gången och gick till sängs.

En lång stund låg jag vaken; men till slut lyckades jag ta lite sömn. Likväl väcktes jag vid tvåtiden av det tjutande visslandet från rummet, till och med genom de stängda dörrarna. Ljudet var fruktansvärt och tycktes dunka genom hela huset med en förhärskande fasa. Som om (det minns jag att jag tänkte) någon vidunderlig jätte firat en förryckt karneval med sig själv i den stora korridorens ände.

Jag steg upp och satte mig på sängkanten, och funderade över om jag skulle gå iväg och ta en titt på förseglingen, och plötsligt bultade det på dörren och Tassoc kom in med nattrocken över pyjamasen.

"Jag tänkte att det hade väckt er så jag kom hit för en pratstund", sade han. "*Jag* kan då inte sova. Storartat! Visst är det?"

"Utomordentligt", sade jag och slängde över mitt etui till honom.

Han tände en cigarett och vi satt och pratade ungefär en timme; och hela tiden fortsatte det där oljudet nere i änden av den stora korridoren.

Plötsligt ställde sig Tassoc upp.

"Låt oss ta pistolerna och gå och undersöka odjuret", sade han och vände sig mot dörren.

"Nej!" sade jag. "Vid Gud! – Nej! Jag kan inte säga något bestämt ännu; men jag tror att det där rummet är så farligt som någonting kan vara."

"Hemsökt – *verkligen* hemsökt?" frågade han häftigt och utan något av sitt vanliga raljerande sätt.

Jag berättade naturligtvis för honom att jag inte kunde svara definitivt ja eller nej på en sådan fråga; men att jag hoppades kunna göra ett uttalande snart. Sedan höll jag en liten föreläsning för honom om den Falska Re-materialiseringen av den Besjälade Kraften genom det Själlösa Inaktiva. Han började så inse det speciella sätt på vilket rummet skulle kunna vara farligt, om det nu verkligen var föremål för en manifestation.

Omkring en timme senare upphörde visslandet alldeles tvärt och Tassoc gick sin väg för att lägga sig. Jag återvände också till sängs, och fick slutligen ytterligare en kort stunds sömn.

På morgonen promenerade jag bort till rummet. Jag fann att dörrens förseglingar var intakta. Sedan gick jag in. Fönstrets förseglingar och håren var i sin ordning; men det sjunde håret tvärsöver den stora eldstaden var sönderslitet. Detta fick mig att börja fundera. Jag visste att det mycket väl kunde ha brustit för att jag hade spänt det alltför hårt; men å andra sidan kunde det ha gått av på grund av något annat. Dock var det knappast troligt att till exempel en människa kunde ha passerat mellan de sex obrutna hårstråna; ty ingen som kom in i rummet den vägen skulle någonsin ha lagt märke till dem, förstår ni, utan bara klivit rakt genom dem, helt omedveten om deras existens.

Jag avlägsnade de andra hårstråna och förseglingarna. Så tittade jag upp i skorstenen. Den gick rakt uppåt och jag kunde se blå himmel högst upp. Den hade en stor, öppen rökgång som var fri från varje antydan till gömställen eller hörn. Ändå litade jag naturligtvis inte på någon sådan flyktig undersökning, och efter frukost tog jag på mig överdragskläderna och klättrade hela vägen upp till toppen och undersökte gången; men jag fann ingenting.

Därefter tog jag mig ner och gick igenom hela rummet – golv, innertak och väggar, och rutade in dem i kvadrater på sex tum och undersökte med både hammare och sond. Men där fanns inget onormalt.

Efteråt gjorde jag en tre veckor lång genomsökning av hela slottet på samma grundliga sätt; men jag hittade ingenting alls. Då gick jag gick till och med ännu längre; ty en natt när visslandet tog sin början gjorde jag ett mikrofontest. Ni förstår att om visslandet hade skapats på mekanisk väg så skulle detta test ha gjort maskineriets arbete uppenbart för mig, om något sådant dolts inuti väggarna. Ni måste medge att detta förvisso var en fullt modern undersökningsmetod.

Självklart trodde jag inte att någon av Tassocs rivaler hade installerat någon mekanisk uppfinning; men jag tänkte att det kunde ligga inom det möjligas gräns att visslingen framställdes av en sådan tingest, som gömts där under årens lopp, kanske i syfte att ge rummet ett rykte som skulle säkerställa att det förblev fritt från nyfikna människor. Förstår ni vad jag menar? Nåväl, om detta var fallet var det också möjligt att någon kände till maskineriets hemlighet och nyttjade kunskapen för att spela Tassoc det här förbaskade sprattet. Som jag sade skulle mikrofontestet av väggarna med visshet ha gjort detta känt för mig; men det fanns ingenting av den arten i slottet; så nu hade jag praktiskt taget inte några som helst tvivel på att det var ett äkta fall av vad som allmänt kallas "hemsökelse".

Hela tiden, varje natt, och ibland merparten av natten, var Rummets tjutande vissling rent olidlig. Det var som om ett Medvetande där kände till att åtgärder vidtogs mot det, och skrek och tjöt i ett slags ursinnigt, hånfullt förakt. Jag ska säga er att det var precis lika märkvärdigt som det var fasaväckande. Tid efter annan gick jag – ljudlöst tassande i strumplästen – bort till den förseglade dörren (ty jag höll Rummet ständigt förseglat). Jag gick dit när som helst på natten och ofta verkade visslandet på insidan anta en djuriskt spefull ton, som om det halvt besjälade monstret såg mig tydligt genom den stängda dörren. Och hela tiden medan jag stod där på vakt fyllde den tjutande visslingen hela korridoren, så att jag ofta kände mig alldeles väldigt ensam där jag stökade med ett av Helvetets mysterier.

Och varje morgon klev jag in i rummet och undersökte de olika hårstråna och förseglingarna. Ni förstår att efter första veckan hade jag spänt upp hårstrån parallellt överallt över rummets väggar och längs innertaket; men på golvet av polerad sten hade jag placerat ut små färglösa klistersigill, med den klibbiga sidan upp. Vart och ett var numrerat och de var placerade i enlighet med en fastställd plan, så att det skulle vara möjligt att spåra de exakta rörelserna hos varje levande varelse som gick över golvet.

Ni torde inse att ingen materiell varelse rimligen skulle ha kunnat komma in i detta rum utan att lämna åtskilliga spår som gjorde mig varse om den. Men ingenting var någonsin bragt i oordning, och jag började tänka att jag borde ta risken att försöka stanna i rummet över natten, inuti det Elektriska Pentagrammet. Märk väl, jag *visste* att det skulle vara vansinnigt att göra så men jag var helt ställd och redo att göra vad som helst.

En gång runt midnatt bröt jag dörrens sigill och tog mig en snabb titt; men jag ska säga er att hela Rummet då gav ifrån sig ett vansinnigt tjut och verkade komma emot mig ur skuggornas inre som om väggarna buktade ut mot mig. Naturligtvis måste det ha varit rena fantasierna. Hur som helst var tjutet tillräckligt, och jag slog igen dörren och låste den samtidigt som jag kände mig rätt vek om livet. Jag undrar om ni vet hur det känns.

Och sedan, när jag hade nått den punkt då jag var beredd på vad som helst, gjorde jag vad jag först trodde var något av en upptäckt.

Klockan var ungefär ett på morgonen och jag vandrade långsamt runt slottet, och höll mig till det mjuka gräset. Jag befann mig under östra fasadens skugga och långt ovanför mig kunde jag höra det avskyvärda, tjutande visslandet från Rummet uppe i den mörka flygeln. Så hörde jag plötsligt en bit framför mig en människoröst, som talade lågt men med påtaglig munterhet: –

"För tusan, grabbar! Jag skulle då inte vilja ta hem en fru till det där!" sade den med en kultiverad irländares tonfall.

Någon började ge ett svar; men så kom ett tvärt utrop och därefter ljud av brådska, och jag hörde fotsteg som sprang i alla riktningar. Uppenbarligen hade folk fått syn på mig.

Ett fåtal sekunder stod jag där och kände mig som en förfärlig åsna. När allt kom omkring var det *de* som låg bakom spökeriet! Förstår ni vilken jubelidiot det fick mig att likna? Jag hyste inga tvivel om de var några av Tassocs rivaler, och jag som hade känt ända in i märgen att jag hade stött på ett genuint Fall! Och sedan, vet ni, kom jag att minnas hundratals detaljer som fick mig att tvivla lika mycket igen. Hur som helst, oavsett om det var naturligt eller övernaturligt, fanns det fortfarande en hel del att bringa ordning i.

Jag berättade för Tassoc nästa morgon vad jag hade upptäckt, och varenda natt under fem dygn höll vi grundlig uppsikt över östra flygeln; men det kom aldrig några tecken på att någon strök omkring där; och hela tiden, nästan från kväll till gryning, tjöt det där groteska visslandet något otroligt, långt ovanför oss i mörkret.

På morgonen efter den femte natten fick jag ett telegram härifrån som tick mig att resa hem med nästa båt. Jag förklarade för Tassoc att jag helt enkelt var tvungen att åka iväg ett fåtal dagar; men jag bad honom att fortsätta hålla uppsikt runt slottet. En sak var jag mycket mån om och det var att få honom att dyrt och heligt lova att aldrig gå in i Rummet mellan solnedgång och soluppgång. Jag gjorde klart för honom att vi ännu inte visste någonting säkert, på ena eller andra sättet, och om rummet var vad jag först trott det var, skulle det vara mycket bättre för honom att dö än att stiga in i det efter mörkrets inbrott.

När jag kom hit och hade gjort det jag hade att göra trodde jag att ni grabbar skulle vara intresserade; och jag ville även få det uppsorterat i mitt sinne; så jag ringde upp er. Jag åker över i morgon igen och när jag kommer tillbaka bör jag ha något ganska sällsamt att berätta. Förresten finns det en märklig sak som jag glömde bort att berätta. Jag försökte göra en fonografisk inspelning av visslandet; men det gav helt enkelt inget avtryck på vaxet överhuvudtaget. Det är en av sakerna som fått mig att känna mig konstig till mods.

En annan ovanlig sak är att mikrofonen inte kan förstärka ljudet – den kan inte ens överföra det; verkar som om den inte tar notis om det, och beter sig som om det inte existerade. Jag har varit helt och fullständigt ställd fram till detta nu. Jag är en liten aning nyfiken på att se om något av era kära klipska huvuden kan bringa ljus över saken. *Jag* kan det inte – inte än.

Han reste sig på fötter.

– God natt allihop, sade han och visade oss tvärt men utan förargelse ut i natten.

En fjorton dagar senare postade han var och en av oss en inbjudan, och ni kan föreställa er att jag inte var sen den här gången. När vi anlände förde Carnacki oss omedelbart till middagsbordet, och när vi avslutat måltiden och slagit oss till ro började han där han tidigare slutat:

– Var nu tysta och hör på, ty jag har något ytterst besynnerligt att berätta för er. Jag kom tillbaka sent om natten och jag var tvungen att gå till fots upp till slottet, eftersom jag inte förvarnat dem om min ankomst. Det var klart månljus, så promenaden blev ett nöje snarare än motsatsen. När jag kom dit vilade hela huset i mörker, och jag tänkte att jag skulle gå en sväng runt utsidan för att se om Tassoc eller hans bror höll vakt. Men jag kunde inte hitta dem någonstans och drog slutsatsen att de hade tröttnat och gått till sängs.

När jag återvände över gräsmattan som ligger längs framsidan av östra flygeln uppfattade jag det tjutande visslandet från Rummet, som hördes märkligt tydligt genom nattens tystnad. Det hade en besynnerlig ton, minns jag – dämpad och stadig, underligt meditativ. Jag tittade upp mot fönstret som badade i månsken, och fick ett plötsligt infall att hämta en stege från stallbacken och försöka ta mig en titt in i Rummet utifrån.

Med denna idé inom mig sökte jag ivrigt genom slottets baksida bland raderna av byggnader och fann snart en lång, ganska lätt stege; fast den var tillräckligt tung för en enda man, det ska gudarna veta! Först trodde jag att jag aldrig skulle klara av att ställa upp den. Jag lyckades till slut, och lät mycket tyst stegändarna komma i vila mot väggen, strax under det större fönstrets bleck. Så gick jag ljudlöst uppför stegen. Strax befann sig mitt huvud ovanför fönsterblecket och jag tittade in, ensam med månskenet.

Naturligtvis ljöd det besynnerliga visslandet starkare där uppe; men alltjämt medförde det den egendomliga upplevelsen av något som visslade stilla för sig själv – förstår ni? Fast trots dess meditativt dämpade ton, var den fasansfulla, gigantiska klangfärgen otvetydig – en mäktig parodi på människan, som om jag stod där och lyssnade på visslandet från läpparna på ett monster med en människas själ.

Och därefter, vet ni, såg jag något. Det enorma, tomma rummets golv veckades uppåt i mitten till en märklig, till synes mjuk upphöjning, öppen vid krönet i ett ständigt föränderligt hålrum som pulserade till det mäktiga, låga tjutandet. Medan jag tittade såg jag emellanåt den bucklade kullens svallande rörelser då den öppnade sig tvärsöver med en besynnerlig, inåtgående sugning, som om den tog djupa andetag; sedan utvidgade den sig och buktade sig ännu en gång till den otroliga melodin. Och plötsligt, medan jag stumt stirrade, insåg jag att företeelsen var levande. Jag iakttog två enorma, grova, svartnade, blåsbetäckta läppar där i det bleka månskenet...

Plötsligt svällde de till en ofantlig, buktande upphöjning av kraft och ljud, styvnad och uppsvälld, och jättelik och skarpt tecknad i månstrålarna. Och en stor svettdroppe låg tungt på den vidsträckta överläppen. I samma stund bröt visslingen ut i en vansinnigt skrikande ton som tycktes bedöva mig, trots att jag stod utanför fönstret. Och sedan, i nästa stund, stirrade jag tomt på rummets stadiga, ostörda golv – slät, putsad stenbeläggning från vägg till vägg. Och absolut tystnad rådde.

Ni kan föreställa er mig stirrande in i det tysta Rummet, vetande vad jag visste. Jag kände mig som en sjuk, rädd barnunge och ville bara tyst smyga nerför stegen och springa min väg. Men i samma ögonblick hörde jag Tassocs röst ropa på mig inifrån Rummet, ropa efter hjälp, *hjälp*. Gode Gud! Jag kände mig ohyggligt vimmelkantig; och jag fick en vag, vilsen föreställning om att det trots allt var irländarna som hade lurat in honom där och höll på att ta musten ur honom. Och sedan kom ropet igen och jag krossade fönstret och hoppade in för att hjälpa honom. Jag hade en förvirrad tanke att ropet kom inifrån den stora eldstadens skugga och jag rusade tvärsöver till den, men där fanns ingen.

"Tassoc", ropade jag, och min röst ekade ihåligt i den stora rummet; och då, som i en blixt, *förstod jag att Tassoc aldrig hade ropat*. Sjuk av skräck snurrade jag runt mot fönstret, och samtidigt som jag gjorde så, brast ett skrämmande, triumferande visslingstjut ut i Rummet. Till vänster buktade väggen mot mig i ett par enorma läppar, svarta och fullständigt monstruösa, och nådde inom en yard från mitt ansikte. Jag famlade efter revolvern ett vansinnigt ögonblick, inte för att rikta mot *dem*, utan mot mig själv, ty faran var tusen gånger värre än döden. Och så hördes med ens den Okända Sista Raden i Saaamaaa-Ritualen viskas svagt men fullt hörbart i rummet. I samma ögonblick inträffade det jag en gång tidigare upplevt. Det kändes som om stoft börjat falla ihållande och monotont, och jag visste att mitt liv hängde osäkert och svävande i en tunn tråd, i en kortvarig, virvlande yrsel av företeelser osynliga för ögat. Sedan slutade *det*, och jag insåg att jag kanske skulle överleva. Själen och kroppen smälte åter samman och livet och kraften återkom. Jag störtade vilt mot fönstret och kastade mig ut huvudstupa, ty jag kan säga er att jag nu inte längre var rädd för döden. Jag tumlade ner på stegen och gled, grep och grep; och kom därigenom på ett eller annat sätt ner levande. Och där satt jag i det mjuka, våta gräset i fullt månsken; och långt ovanför, genom Rummets krossade fönster, hördes ett lågt visslande.

Detta var det huvudsakliga i det hela. Jag var inte skadad och jag gick runt till framsidan och väckte Tassoc genom att knacka på dörren. När de släppt in mig satt vi en lång stund över lite god whisky – ty jag var enormt uppskakad – och jag förklarade så gott jag kunde. Jag berättade för Tassoc att rummet måste rivas ner och varenda spillra av det brännas i en masugn inom ett pentagram. Han nickade. Ingenting mer återstod att säga. Sedan gick jag till sängs.

Vi satte en hel liten armé på arbetet, och inom tio dagar hade hela härligheten gått upp i rök och det som var kvar var kalcinerat och rent.

Det var när hantverkarna höll på att riva träpanelen som jag först fick en välgrundad föreställning om ursprunget till händelsernas avskyvärda utveckling. Över den stora eldstaden, efter det att den stora ekpanelen rivits ner, upptäckte jag att det i murverket var infällt en stenornamentering med en gammal inskription på fornkeltiska, som sade att här i detta rum brändes Dian Tiansay, kung Alzofs hovnarr, som skrev *Dårskapens sång* om Kung Ernore av det Sjunde Slottet.

När översättningen var klar gav jag den till Tassoc. Han blev våldsamt exalterad, för han kände till den gamla sägnen och tog mig med ner till biblioteket för att se på ett gammalt pergament som återgav historien i detalj. Sedermera insåg jag att händelsen var välkänd runtom i trakten, men att den alltid hade uppfattats mer som en legend än som ett historiskt faktum. Och ingen verkade någonsin ha drömt om att Iastrae Castles gamla östra flygel var lämningarna av det forna Sjunde Slottet.

Utifrån det gamla dokumentet av pergament drog jag slutsatsen att en tämligen smutsig handling begåtts långt tillbaka i tiden. Det förefaller som om kung Alzof och kung Ernore hade varit fiender av bördsrätt, kan man med rätta säga; men att ingenting mer än några plundringståg hade inträffat på någondera sida under åratal, inte förrän Dian Tiansay skrev *Dårskapens sång* om kung Ernore och sjöng den inför kung Alzof; och så högt uppskattades den att kung Alzof gav hovnarren en av sina hovdamer till äkta maka.

Inom kort hade alla människor i landet lärt sig sången och så nådde den till slut kung Ernore, som blev så förargad att han började föra krig mot sin gamle fiende och tog och brände ner både honom och hans slott; men Dian Tiansay, hovnarren, tog han med sig till sin egen hemvist, och efter att ha låtit skära ut hans tunga på grund av sången han diktat och sjungit, lät han fängsla honom i rummet i östra flygeln (som uppenbarligen brukade användas för otrevliga ändamål), och hovnarrens fru behöll han själv då hennes näpenhet föll honom i smaken.

Men en natt var Dian Tiansays hustru försvunnen och på morgonen återfann man henne liggande död i sin makes armar, och han satt och visslade *Dårskapens sång* ty han hade inte längre förmågan att sjunga den.

Då stekte de Dian Tiansay i den stora eldstaden – troligen på precis samma ”galgstång” som jag redan nämnt. Och ända fram tills han dog ”upphörde icke Dian Tiansay att vissla” *Dårskapens sång*, som han ju inte längre kunde sjunga. Men efteråt hördes ”i det rummet” ofta om natten ljudet av något som visslade; och det ”växte en kraft i det rummet”, så att ingen vågade sova i det. Och snart, som det tycks, flyttade kungen till ett annat slott; ty visslandet plågade honom.

Där har ni hela historien. Självklart är detta endast en grov tolkning av översättningen av pergamentet. Den är riktigt kuriös! Eller hur?

– Jo, sade jag, och svarade därmed för hela sällskapet. Men hur kunde det hela växa till en sådan kolossal manifestation?

– Ett av de där fallen där en oavbruten följd av tankar orsakar en reell effekt på närmast omgivande materia, svarade Carnacki. Utvecklingen måste ha fortskridit under århundraden för att kunna åstadkomma en sådan ohygglighet. Det var ett äkta fall av Saiitii-manifestation, vilken jag bäst kan förklara genom att likna den vid en levande själslig svampbildning som omfattar den innersta strukturen hos eterstoftet självt, och som sålunda givetvis erövrar väsentlig kontroll över den ”materiesubstans” som berörs av den. Det är omöjligt att uttrycka det klarare än så med några få ord.

– Vad var det som bröt av det sjunde hårstrået? frågade Taylor.

Men Carnacki visste inte det. Han trodde att det troligen inte var någonting mer än att håret varit alltför hårt spänt. Han förklarade också att de hade fått reda på att männen som hade sprungit sin väg inte haft något fuffens för sig, utan tagit sig dit i lönndom bara för att höra visslandet, som minsann med ens hade blivit det allmänna samtalsämnet över hela bygden.

– En annan sak, sade Arkright, har du någon aning om vad som härskar över bruket av den Okända Sista Raden i Saaamaaaritualen? Jag vet så klart att den användes av de Bortom-mänskliga Prästerna i Raaaees besvärjelse; men vad var det som nyttjade den för din skull, och vad utförde den?

– Det är bäst att du läser Harzans monografi och de addendum jag tillfogat den, om "Astral och Astarral samverkan och interferens", sade Carnacki. Det är ett remarkabelt ämne, och jag kan bara säga att den mänskliga vibrationen inte kan avskiljas från den "astarrala" (vilket alltid tros vara fallet i de Bortom-mänskligas interferenser), utan omedelbart ingripande av de Krafter som styr den yttre cirkelns rotation. Med andra ord bevisas gång på gång att det existerar en outgrundlig skyddande Kraft som ständigt medlar mellan människosjälen (inte kroppen, märk väl) och de Yttre Vidundren. Är jag tillräckligt klar?

– Ja, det tror jag, svarade jag. Och du tror att Rummet hade blivit det materiella uttrycket för den gamle hovnarren – att hans själ, förruttnad av hat, hade uppammats till ett monster – eller ? undrade jag.

– Ja, sade Carnacki och nickade. Jag tycker att du formulerar min tanke riktigt prydligt. Det är ett egendomligt sammanträffande att fröken Donnehue antas härstamma (det har jag hört efteråt) från samme kung Ernore. Visst väcker det vissa sällsamma tankar? Det kommande giftermålet och Rummet som vaknar upp och tar nytt liv. Om hon hade gått in i det där rummet, någonsin... vad? DET hade väntat en lång tid. Fädrens synder. Ja, jag har tänkt på det. De ska gifta sig nästa vecka, och jag ska vara best man, vilket jag avskyr. Och han vann vadet, minst sagt! Tänk bara *om* hon någonsin hade gått in i det där rummet. Rätt otäckt, vad?

Han nickade med bister min, och vi fyra nickade tillbaka. Så reste han sig och torde oss alla till dörren och knuffade oss sedan på ett vänskapligt sätt ut på Embankment, i den friska nattluften.

– God natt, ropade vi tillbaka allihop, och begav oss var och en till sitt.

Tänk om hon hade gjort det? Om hon hade gjort det? Det är vad jag fortsatte att tänka.

The Wistling Room (1910)
Övers. Maria Hansson

Edward Lucas White

Lukundoo

– Det säger ju sunda förnuftet, sade Twombly, att man måste tro sina egna ögons vittnesbörd, och om nu både ögon och öron är överens om en sak, så kan det inte gärna råda något tvivel längre. Man är helt enkelt tvungen att tro på det man både sett och hört.

– Inte alltid, inföll Singleton stillsamt.

Allesamman vände sig mot Singleton. Twombly stod på mattan framför den öppna spisen med ryggen mot elden, bredbent och dominerande hela rummet som hans vana nu en gång var. Singleton satt som vanligt inkrupen så långt som möjligt i ett hörn. Men när Singleton talade, hade han också någonting att säga. Vi tittade på honom under smickrande förväntansfull tystnad.

– Ja, jag kom att tänka på någonting, sade han efter ett ögonblicks paus, någonting som jag både såg och hörde i Afrika.

Nu råkade det vara så att vi dittills funnit det närmast omöjligt att få ur Singleton något intressant från hans Afrikatid. Det föreföll vara med honom som med alpinisten som bara kunde säga att han klättrade upp och ned igen. Summan av Singletons svar på alla mer eller mindre försåtligt lagda frågor hade varit att han reste dit och kom hem igen med livet. Därför blev vi nu genast spända på vad som komma skulle. Twombly tycktes helt enkelt blekna bort från brasmattan; ingen kunde efteråt erinra sig ha sett honom gå därifrån. Hela rummet koncentrerades kring Singleton, och man skyndade sig i smyg att tända nya cigarrer. Singleton tände själv en, men den slocknade snart och blev aldrig tänd igen. Inte så länge han berättade...

I.

Vi letade efter pygméer i Stora Skogen, som en del negerstammar kallar det väldiga urskogsområdet strax intill ekvatorn. Van Rieten hade bildat sig en teori att de dvärgar som Stanley och andra träffat på bara var en korsning mellan vanliga negrer och de verkliga pygméerna. Han hoppades upptäcka en människoras som på sin höjd var tre fot lång, kanske mindre. Men dittills hade vi inte funnit det ringaste spår av några dylika varelser.

Det fanns få infödingar i dessa trakter och jakten var usel. Någon annan föda än den vi kunde skaffa oss med bössorna fanns överhuvudtaget inte. Runt omkring oss bara den djupaste, fuktigaste, ogenomträngligaste urskog. Vi var själva det enda nva i landet – ingen inföding vi träffade hade någonsin sett en vit man förr, och de flesta hade aldrig ens hört talas om sådana.

Helt plötsligt, sent en eftermiddag, kom en engelsman till vårt läger. Ganska utpumpad var han. Vi hade inte hört minsta rykte om att han fanns i trakten, men han däremot hade inte bara hört om oss utan gjort en häpnadsväckande femdagars marsch för att komma till oss. Hans vägvisare och bägge bärare var nästan lika slut som han, så negrer de var. Fastän hans kläder hängde i trasor och fem dygns skäggstubb stack ut från de magra kinderna, kunde man se på honom att han i vanliga fall var en proper och ordentlig karl som rakade sig varje dag även i Afrika. Han var liten men senig. Han hade den där sortens brittiska ansikte som är så uttryckslöst att en främling förleds att tro att det inte kan finnas någon som helst mänsklig känsla bakom masken – den där sortens ansikte som, om det överhuvudtaget kan sägas bära något uttryck alls, rätt och slätt tillkännager ägarens oomkullrunkeliga beslut att gå sin egen hederliga väg genom världen utan att tränga sig på eller förarga någon.

Hans namn var Etcham. Han presenterade sig helt anspråkslöst och deltog i vårt aftonmål med sådan återhållsamhet att vi aldrig – om inte våra bärare hört det av hans – skulle misstänkt att han inte fått mer än tre mål mat på dessa tio dygn, därtill mycket sparsamma ransoner. När vi tänt våra rökverk, berättade han varför han kommit.

– Min chef är ganska krasslig, sade han mellan blossen. Han kommer inte att stoppa länge till om han håller på som han nu gör. Jag tänkte att kanske...

Han talade lugnt med ett mjukt och jämnt tonfall, men jag kunde se små svettpärlor sippra fram på överläppen under den kortstubbade mustaschen och det låg en underton av tillbakahållen oro i rösten, en beslöjad iver i hans blick, en sons inre skälvning i hans sätt som genast grep mig. Van Rieten var inte lika känslig som jag; om han kände något visade han det i varje bli inte. Men han lyssnade. Redan det gjorde mig förvånad. Han var annars just mannen att säga blankt och tvärt nej till allt som inte direkt angick honom. Men nu lyssnade han till Etchams avbrutna, tvekande antydningar. Han gjorde till och med frågor.

– Vad heter er chef? frågade han.

– Stone, läspade Etcham.

Det gick som en elektrisk stöt genom oss.

– Ralph Stone? utbrast vi samtidigt.

Etcham nickade.

Van Rieten och jag satt tysta någon minut. Van Rieten hade aldrig sett Ralph Stone, men jag hade varit klasskamrat med honom, och vi hade åtskilliga gånger diskuterat honom vid lägerelden. Vi hade senast hört av honom för två år sedan nere i Balundaområdet söder om Luebo, där hela trakten genljudit av historier om hans dramatiska kraftmätning med en Balundatrollkarl. Den famösa striden hade slutat med medicinmannens fullständiga nederlag och detronisering. Hans stamfränder hade till och med slagit sönder hans trolltrumma och givit Stone bitarna. Det hade varit en triumf i stil med Elias över Baals profeter.

Sedan dess hade vi inte hört av Stone och i den mån vi tänkt på honom föreställt oss honom som långt borta, kanske rentav inte längre här i Afrika. Men nu dök han upp här – hade tydligen varit i trakten före oss och troligen förekommit oss i våra tilltänkta forskningar.

II.

Blotta nämnandet av Stones namn erinrade oss om all den sensationella publicitet som tid efter annan blossat upp kring den unge föräldralösa miljonärssonen – framför allt naturligtvis hans invecklade kärlekssaga – från dess romantiska början med enleveringen av en ung och skön succéförfattarinna – skandalen kring honom och hans förra trolovade som stämde honom för brutet äktenskapslöfte – det pikanta grälet mellan honom och författarinnan, sedan de äntligen fått varann – skilsmässan och hans återvändande till sin första kärlek – den nya helomvändningen, då han plötsligt åter gifte sig med författarinnan – deras nya gräl och andra skilsmässa – och slutligen hans brådstörtande resa till Afrika – hans oförnuftigt djärva inträngande i den svarta kontinentens farligaste områden och hans oväntat lysande forskningsresultat därifrån.

Van Rieten nickade tankfullt ett par gånger och frågade så:

– Var är Werner då?

– Död, svarade Etcham. Han hade dött innan jag slog mig ihop med Stone.

– Var ni inte med Stone vid Luebo?

– Nej, jag kom till honom vid Stanleyfallen.

– Vilka har han mer med sig? tågade Van Rieten.

– Bara sina Zanzibartjänare och så bärarna.

– Vilket folk tillhör bärarna?

– Mang-Battu, sade Etcham långsamt.

Denna upplysning gjorde verkligen ett starkt intryck på såväl Van Rieten som

137

mig själv. Den gav belägg för Stones ovanliga förmåga att leda folk. Dittills hade det nämligen betraktats som ogörligt att använda Mang-Battumän utanför deras eget land eller att få dem att stanna under längre och svårare expeditioner.

– Var ni länge hos Mang-Battu? löd Van Rietens nästa fråga.

– Några veckor, svarade Etcham. Stone var intresserad av dem och gjorde upp en ganska omfångsrik ordlista på deras språk. Han hade en teori om att de är en gren av Balundafolket, och han fann åtskilligt stöd för den i deras seder.

– Vad livnär ni er på? frågade Van Rieten.

– Mestadels på vilt.

– Hur länge har Stone varit sjuk?

– Över en månad.

– Och ni har fått jaga ensam åt hela lägret under den tiden? utbrast Van Rieten.

Etchams tärda, brunbrända ansikte färgades ännu mörkare av en rodnad.

– Jag har gjort en del förargliga bommar, medgav han skamset, så det har varit magert nog ibland. Jag har inte känt mig riktigt i form själv.

– Vad är det för fel med Stone?

– Ett slags bölder, svarade Etcham tvekande.

– Nåja, en eller annan karbunkel borde han väl klara, sade Van Rieten litet irriterad.

– Det är inte vanliga karbunklar, förklarade Etcham saktmodigt. Och inte bara en eller ett par. Han har hatt dussintals, ibland ända till fem samtidigt. Om det varit karbunklar, skulle han vara död för längesen. På sätt och vis är de här inte lika svåra – men på ett annat sätt är de värre...

– Hur menar ni? undrade Van Rieten.

– Jo, svarade Etcham en smula stapplande, de verkar inte så inflammerade – inte så djupt eller vitt omkring som karbunklar – och inte heller tycks de värka så mycket eller framkalla så hög feber. Men – istället tycks de på något sätt ha någon sjuklig inverkan på hans förstånd. Han lät mig hjälpa till med att lägga om den första, men de senare har han på inga villkor velat låta någon se, varken mig eller tjänarna. Han stänger in sig i sitt tält, när de slår upp, och ingen får hjälpa honom eller komma in till honom.

– Har ni gott om förband? frågade Van Rieten.

– Javars – och Stone förbrukar inte så mycket. Han tvättar upp de gamla och använder dem om och om igen.

– Hur behandlar han svullnaderna?

– Han skär av dem jäms med huden – med sin rakkniv.

– Vad säjer ni?! skrek Van Rieten.

Etcham svarade inte; bara såg honom stadigt i ögonen.

– Ursäkta mig, skyndade sig Van Rieten att säga. Men jag blev verkligen paff. Då kan det ju under inga omständigheter vara karbunklar – det skulle betytt döden för längesen.

– Jag hade för mig att jag sade att det inte är karbunklar, läspade Etcham.

– Men karlen måste ju vara galen! utbrast Van Rieten.

– Just precis, sade Etcham. Han tar varken råd eller hjälp av mig. Jag vet inte vad jag ska ta mig till.

– Hur många har han skurit på det där sättet?

– Två som jag med säkerhet vet, sade Etcham.

– Hur vet ni det? undrade Van Rieten.

Etcham rodnade igen.

– Jag såg på, bekände han, genom en springa i tältet. Jag ansåg det vara min plikt att åtminstone hålla reda på vad han tog sig till, när han verkade att inte vara vid sina sinnens fulla bruk.

– Nej, det låter det då sannerligen inte som om han vore, instämde Van Rieten. Och ni såg honom båda två?

– Ja, och jag tar för givet att han gjort likadant med de övriga.

– Hur många har han haft?

– Dussintals.

– Äter han något?

– Som en varg, svarade Etcham. Mer än två av bärarna tillsammans.

– Kan han gå?

– Nej, men krypa en bit, svarade Etcham enkelt.

– Inte mycket feber, sa ni?

– Ja och nej – ibland verkar det som om han hade mycket hög feber.

– Yrar han?

– Hittills har han bara gjort det vid två tillfällen, svarade Etcham eftertänksamt. Första gången när den första svullnaden öppnade sig och sen en gång senare. Då tar ingen komma i närheten av honom. Vi kunde höra honom prata långa stunder, och det skrämde negrerna.

– Pratade han deras språk, när han yrade? undrade Van Rieten intresserad.

– Nej, men någon liknande dialekt. Hamed Burgash, hans förste Zanzibarboy, sade att det var Balundaspråket. Själv kan jag inte så mycket Balunda att jag kunde avgöra, om han hade rätt. Jag är tyvärr ingen språkmänniska. Stone lärde sig mer Mang-Battu på en vecka än jag skulle kunna på ett år. Men jag tyckte att jag kände igen en del Mang-Battuord. Hur som helst var Mang-Battubärarna rädda.

– Rädda? upprepade Van Rieten frågande.

– Ja, och det var jag också, sade Ercham, fast av andra skäl. Stone talade med två röster.

– Med två olika röster?

– Ja, sade Etcham, och nu lät han äntligen en aning upprörd. Det var två olika stämmor som tycktes samtala med varann. Den ena var Stones egen, vanliga röst, den andra en liten tunn, gäll, gnällig falsettstämma som inte liknade någonting annat jag någonsin hört. Vissa ord ur Mang-Battuspråket tyckte jag mig känna igen av det den djupa rösten sade, som till exempel *nedru*, *metababa* och *nedo*, vilket ju betyder "huvud", "axlar" och " lår" och kanske även *kundra* och *nekere* – "tala" och "vissla". Bland de ljud den pipiga rösten frambringade hörde jag rätt ofta *matomipa*, *angunzi* och *kamomami* ("döda", "döden" och "hata"). Hamed Burgash sade att han också känt igen de orden. Och han kan Mang-Battu bra mycket bättre än jag.

– Vad sade bärarna om det? frågade Van Rieten.

– De sade "Lukundoo, Lukundoo!" svarade Etcham. Jag kände inte till det ordet, men Hamed Burgash sade att det betydde "leopard".

– Det betyder också "trolldom" på Mang-Battuspråket, sade Van Rieten.

– Det menade de nog också, sade Etcham, och det förvånar mig inte. Vem som helst kunde bli vidskeplig, om han inte var det redan, av att höra de där bägge rösterna.

– Den ena svarade den andra, menar ni? frågade Van Rieten mest för formens skull.

Men Etchams ansikte blev grått under solbrännan.

– Ibland bägge på en gång, svarade han hest.

– Bägge samtidigt?! utropade Van Rieten.

– Ja, och så tycktes negrerna ha uppfattat det också. Och inte nog med det – Han avbröt sig och såg hjälplöst på oss för ett ögonblick.

– Kan det vara möjligt för en människa att tala och vissla på samma gång? frågade han.

– Hur menar ni? undrade Van Rieten.

– Jo, vi kunde höra Stone prata på med sin kraftiga, mörka baryton, men tvärs igenom hörde vi på samma gång tydligt en gäll vissling, ett obeskrivligt underligt, väsande, pipande läte. Och som ni vet så låter ju en fullvuxen karls vissling alltid annorlunda, har en annan klangfärg än en pojkes eller en kvinnas eller en liten flickas. De senare blir gällare, ljusare. Tänk er nu den högsta visselton som en liten flicka skulle kunna frambringa – tänk er den utdragen i det oändliga, svävande ett eller annat tonsteg uppåt eller nedåt utan att forma sig till en melodi... Ungefär så lät det ljud som hördes genom Stones djupa basbaryton.

– Och ändå gick ni inte in till honom! skrek Van Rieten.

– Stone är inte den som brukar hota i tid och otid, sade Etcham långsamt. Men han hade hotat oss alla – inte i feberyra el ler raseri utan lugnt och bestämt – att om någon av oss gick in till honom eller på något annat sätt störde honom, när han låg sjuk, skulle den mannen dö. Det var inte så mycket själva orden som sättet att säga det, som tick oss att lyda. Men kunde helt enkelt inte överträda ett sådant förbud.

– Ja, jag tror att jag förstår, sade Van Rieten eftertänksamt.

– Jag är väldigt orolig för honom, sade Etcham med ett hjälplöst tonfall, och jag tänkte att ni kanske...

Hans allt uppslukande tillgivenhet för Stone sken nu tydligt igenom den uttryckslösa masken av brittisk flegma. Innerst inne avgudade han sin underlige, geniale chef.

Liksom många andra duktiga karlar fanns det hos Van Rieten ett drag av hård själviskhet, och detta kom fram just nu. Han förklarade att vår expedition arbetade under lika stora risker och svårigheter som Stones – att han visserligen inte ville förneka de band som förenade alla Afrikaforskare – men att det inte skulle vara någon mening med att sätta flera liv på spel tar den ytterst problematiska möjligheten att kunna göra något för en man som troligen redan var förlorad. Det var besvärligt nog att jaga åt en expedition – om bägge sällskapen slogs ihop, skulle det bli mer än dubbelt så svårt att skaffa föda. Dessutom skulle en omväg på sju dygns marsch (han sade att han betraktade Etchams prestation som enastående) ha katastrofala följder för vårt vetenskapliga arbete.

III.

Van Rieten hade logiken på sin sida, och han försummade inte att utnyttja det. Etcham satt och såg ut som en ertappad skolpojke inför sin överlärare. Som slutkläm sade Van Rieten:

– Jag söker efter pygméer – med risk för mitt eget liv. Och pygméer tänker jag hålla mig till.

– Då kanske de här kan intressera er, sade Etcham stilla.

Han tog fram ett par föremål ur en sidoficka på sin khakiblus och räckte dem

141

till Van Rieten. De var runda, något större än stora plommon, men mindre än små persikor – lagom att innesluta i en manshand av normal storlek. De var svarta, och först begrep jag inte alls vad de kunde vara för något.

– Pygméer! utropade Van Rieten. Ja, min själ, är det inte riktiga pygméer! Herregud, de här kan ju inte ha varit en halv meter höga ens! Vill ni verkligen påstå, att det är huvud av vuxna?

– Jag påstår ingenting, svarade Etcham med uttryckslös röst. Ni kan ju se själv.

Van Rieten räckte ett av huvudena till mig. Solen höll just på att gå ned, och jag undersökte det noga i det skarpa, rödaktiga ljuset. Det var ett torkat huvud, utomordentligt väl bibehåller. Köttet var hårt och svart som ebenholts. En halskota stack fram ur den avskurna halsens hoptorkade, skrynkliga muskulatur. Den lilla underkäken var framskjutande och avslutades med en spetsig haka. De diminutiva tänderna glimmade vita och jämna innanför de uppdragna läpparna, miniatyrnäsan var platt, den lilla låga pannan bakåtsluttande. Lilleputtkraniet var täckt med små tussar av ytterst fintrådig ull. Det fanns ingenting fosterartat, barnsligt eller ens ungdomligt hos detta huvud – snarare verkade det moget på gränsen till åldrande.

– Var kommer dessa ifrån? frågade Van Rieten skarpt.

– Jag vet inte, svarade Etcham avmätt. Jag hittade dem bland Stones grejor, när jag letade efter medicin. Jag vet inte var han fått dem ifrån. Men jag tror jag kan svära på, att han inte hade dem när vi kom till den här trakten.

– Är ni säker på det? frågade Van Rieten och stirrade på Etcham med uppspärrade ögon.

– Tämligen säker, läspade Etcham.

– Men hur kan han ha fått fatt i dem utan att ni vetat om det? undrade Van Rieten.

– Ibland var vi ute på skilda håll ända till tio dagar, svarade Etcham. Stone är inte särskilt meddelsam. Han brukar sällan tala om vad han haft för sig. Hamed Burgash är tyst som muren och håller tummen på ögat på de andra tjänarna.

– Ni har väl själv undersökt de här huvudena? frågade Van Rieten.

– In i minsta detalj, sade Etcham.

Van Rieten tog fram sin anteckningsbok. Han var en metodisk herre. Han rev ut ett blad, vek det och delade det i tre delar. En del fick jag, en Etcham och en behöll han själv. Han plockade fram sitt blyertsstift.

– Som en kontroll av mina egna intryck, sade han, föreslår jag att vi var och en skriver vad vi tycker dessa huvuden mest påminner om. Sen vill jag jämföra vad vi skrivit.

Jag lånade Etcham en penna, och han skrev. Så fick jag pennan tillbaka och skrev själv.

– Läs du, sade Van Rieten och räckte mig det han skrivit.

På Van Rietens lapp stod det:

"En gammal medicinman av Balundafolket."

Etcham hade skrivit:

"En gammal Mang-Battutrollkarl."

Själv hade jag skrivit:

"En gammal medicinman – t.ex. av Katongostammen."

– Just det! utbrast Van Rieten. Se där! Det finns ingenting som påminner om Wagabi eller Batwa eller Wambutte eller Wabotu hos de här huvudena. Och inte heller av några kända pygméstammar.

– Det har jag också tänkt, sade Etcham.

– Och ni sade att han inte haft dem förut?

– Ganska säkert inte, svarade Etcham.

– Detta är värt att gå till botten med, sade Van Rieten. Jag ska följa med er. Och framför allt ska jag göra vad jag kan för att rädda Stone.

Han räckte fram sin hand och Etcham tryckte den under tystnad. Han behövde ingenting säga. Det syntes på honom, hur tacksam han var.

IV.

Etchams prestation att tillryggalägga avståndet mellan Stones läger och vårt på fem dagar föreföll nära nog otrolig, när vi själva prövade på sträckan i motsatt riktning. Han måste ha hetsats fram av en förfärande oro för mannen han valt att tjäna. Nu tog det honom åtta dygn att leda oss i sina egna spår, och ändå blev färden strapatsrik nog. Etcham eggade oss oavbrutet att öka takten, och hans lilla skinntorra person formligen utstrålade hängiven iver och ängslan för den avgudade chefen, trots att han försökte verka engelskt oberörd.

Nå, vi kom fram till slut och fann Stone vid liv och väl omskött. Etcham hade låtit bygga ett stadigt och högt stängsel av törne kring lägret, hyddorna var välbyggda och ordentligt täckta, och i synnerhet Stones var så präktig som förhållandena medgav. Hamed Burgash bar inte för intet namn efter två Seyyider. Han såg ut som en sultan, och som en sådan höll han Mang-Battubärarna på mattan. Inte en enda man hade rymt. Han var också en skicklig sjukvårdare och en intill döden trofast tjänare. De bägge andra zansibarierna hade skött jakten och åtminstone någorlunda lyckats hålla svälten från lägret.

143

Stone låg på en tältsäng och hade en fällstol bredvid sig. På den stod ett vattenkrus, några medicinflaskor och hans klocka samt – en rakkniv i fodral.

Stone var ren och snygg och verkade inte utmärglad, men det syntes ändå på honom att han var illa däran. Han var inte medvetslös men låg försänkt i ett slags dvala. Han tycktes inte märka när vi kom in eller uppfatta vår närvaro. För mig var det närmast en chock att han var sig så lik som jag mindes honom från skoltiden. Det pojkaktiga hade naturligtvis i stor utsträckning försvunnit, men hans hud liknade mer än någonsin ett ungt lejons med det tjocka, sandgula, vågiga håret, och det korta, sträva skägg han låtit växa under sjukdomen förstärkte intrycket. Han var alltjämt stor och bredaxlad och högbröstad. Ögonen var glanslösa, och han mumlade och rabblade meningslösa, lösryckta stavelser snarare än ord.

Etcham hjälpte Van Rieten att blotta den stora kroppen för undersökning. Han var vid förvånansvärt gott hull för att ha legat till sängs så länge. Det fanns inga ärr eller märken efter de mystiska bölderna annat än kring knäna och axlarna samt på bröstet. På vardera knät och strax ovanför hade han ett drygt tjogtal runda märken och ett dussin likadana på vardera axeln, samtliga på framsidan av kroppen. Två eller tre var ännu öppna men till synes friska sår, fyra eller fem verkade nätt och jämnt läkta. Vi kunde endast upptäcka två nya svullnader, en på var sida om bröstmusklerna, den vänstra något högre upp och längre ut åt sidan än den högra. De såg alls inte ut som bölder eller fistlar utan rätt och slätt som om någonting trubbigt och hårt tvingade sig upp genom muskulaturen och huden, vilken knappast alls verkade inflammerad. – De där tror jag inte jag vill skära, sade Van Rieten, och Etcham nickade instämmande.

De gjorde det så bekvämt som möjligt för Stone på hans sjukbädd, och strax före solnedgången tittade vi till honom igen. Han låg på rygg och visade sitt alltjämt massiva bröst, men hans dvala tycktes ännu djupare. Vi lämnade Etcham kvar att vaka hos honom och gick och lade oss i den närmaste hyddan som varit Etchams men som han tills vidare överlåtit åt oss. Ljuden från urskogen runt omkring oss var desamma som vi lyssnat till varenda natt de senaste månaderna, och jag slumrade snart till.

V.

Jag vaknade i kolmörkret, låg stilla och lyssnade. Jag kunde urskilja två röster, den ena Stones, den andra pipig och väsande. Jag kände mycket väl igen Stones röst trots alla de år som gått sedan jag sist hörde den. Men den andra var inte lik någonting jag kunde erinra mig någonsin ha hört. Den hade mindre volym än ett nyfött barns, men den var ändå bärkraftig och genomträngande, som någon kraftig insekts ihållande surr. Medan jag lyssnade, hörde jag Van Rieten dra efter andan bredvid mig i mörkret. Så hörde han mig och förstod att jag var vaken och lyssnade också. Liksom Etcham var jag föga hemmastadd i Balundaspråket, men ett och annat ord kunde jag urskilja. De två rösterna alternerade med korta pauser för varje gång. Det kunde alltså vara Stone som i feberyran utförde konststycket att tala med två röster...

Men plötsligt talade bägge stämmorna på en gång och i snabbare takt. Stones basbaryton, djup och fyllig som om han varit vid full hälsa, och den otroligt gälla falsetten babblade samtidigt om varann som om det varit två människor som råkat i gräl och sökte överrösta varandra.

– Jag står inte ut med detta längre, sade Van Rieten. Låt oss för Guds skull gå och se vad det är med honom.

Han tog med sig en elektrisk stavlampa. Utanför hyddan tecknade han åt mig att stå stilla, samtidigt som han släckte lampan, liksom om ljuset gjort det svårare att lyssna.

Förutom en svag glöd från bärarnas lägereld stod vi i absolut mörker. Genom trädkronorna försökte en och annan stjärna förgäves sända en stråle ned i det bottenlös dunklet. Floden mumlade och gurglade sakta kring strändernas trädrötter. Vi kunde höra de bägge rösterna fortsätta sin duell, tills den gälla falsetten övergick till en ihållande, rakknivsskarp vissling som trängde genom Stones ström av grötigt mumlade ord.

– Å Herre Gud! utbrast Van Rieten.

Han tände lampan.

Vi fann Etcham sovande den utmattades tunga sömn efter sina oerhörda marschstrapatser. Han kände det väl som om en del av ansvarsbördan lyfts från hans axlar, sedan han fört oss till Stone. Han vaknade inte ens då vi lyste honom rakt i ansiktet.

Visslingen hade upphört, och de bägge rösterna hördes åter samtidigt. Båda kom från Stones säng. Ljusstrålen visade oss honom liggande i samma ställning som vi lämnat honom, utom det att han lagt ena armen över huvudet och slitit bandagen från bröstet.

Svullnaden vid högra bröstvårtan hade brustit. Van Rieten siktade ljusstrålen rakt emot den, och vi såg varje detalj klart och tydligt. Ur Stones bröst, framvuxet ur hans eget kött, stack där upp ett huvud, ett likadant huvud som Etcham visat oss – en Balundatrollkarls huvud i miniatyr. Det var svart, skinande svart som det svartaste afrikanska skinn, det rullade sina små elaka ögon så att vitorna glimmade och visade sina mikroskopiska tänder mellan läppar som var frånstötande i sin negroida fyllighet även i ett så diminutivt ansikte. Det hade en kort, sträv hårull på sin lilla skalle. Huvudet rörde sig ondskefullt av och an med ormlika rörelser och kvittrade och tjattrade oavbrutet i obeskrivbart gäll falsett. Stone fortsatte att mumla grötigt och osammanhängande.

Van Rieten vände sig från Stone och väckte Etcham, inte utan svårighet. När han äntligen blivit klarvaken och såg samma syn som vi, stod han stum och stirrade.

– Ni såg honom ju skära bort två svullnader med rakkniven, sade ni? frågade Van Rieten.

Etcham nickade och gav ifrån sig ett kvävt ljud.

– Blödde han mycket?

– Mycket litet, svarade Etcham.

– Håll hans armar, sade Van Rieten till Etcham.

Han tog Stones rakkniv och räckte mig lampan att hålla. Stone visade inget tecken till att förnimma ljuset eller veta att vi var hos honom. Men det lilla huvudet jamade och fräste kattlikt – och på samma gång ohyggligt människolikt – åt oss.

Van Rietens hand förde rakkniven stadigt. Stone blödde förvånansvärt litet, och Van Rieten förband såret som om det varit en vanlig skråma.

Stone hade slutat tala i samma ögonblick miniatyrhuvudet skars av. Van Rieten stoppade om honom filten och tog därefter lampan ifrån mig med ett ryck. Han lyste på marken vid sängen, grep ett gevär och stötte ett par gånger hårt, nästan ursinnigt, med kolven i jordgolvet.

Vi gick tillbaka till vår hydda. Men jag tror inte jag sov mera den natten.

VI.

Vid middagstiden följande dag, alltså i klaraste solljus, hörde vi åter två röster från Stones hydda. Vi fann Etcham inslumrad igen bredvid sängen. Nu hade svullnaden vid Stones vänstra bröst öppnat sig och där satt ett likadant huvud, pipande och jamande och ilsket fräsande åt oss. Etcham vaknade, och vi stod där alla tre och stirrade på den ofattbara synen. Stone tycktes nu ha mindre kraft att disputera med sin plågoande. Han sköt bara då och då in några hesa stavelser i det aldrig sinande tjattret från lilleputthuvudet.

Van Rieten steg fram, tog Stones rakkniv och stod på knä bredvid sängen. Huvudet väste hatfullt åt honom.

146

Då började Stone plötsligt tala – på sitt modersmål.

– Vem är ni med min rakkniv?

Van Rieten ryggade tillbaka och reste sig.

Stones blick var klar och medveten nu, ögonen for över den ene efter den andre av oss.

– Slutet, sade han, jag känner att detta är slutet. Jag tycker mig se Etcham livslevande. – Men du då – det är ju Singleton! Åh, Singleton! Spökgestalter från pojkåren samlas för att se mig gå bort. Och du, främling med det svarta skägget och min rakkniv! Vik hädan, allesamman!

– Jag är inget spöke, Stone, lyckades jag få fram. Jag är levande och verklig. Och det är Etcham och Van Rieten också. Vi är här för att hjälpa dig.

– Van Rieten! utropade han. Mitt verk går vidare till en bättre man. Lycka till, Van Rieten.

Van Rieten gick närmare sängen.

– Ligg bara stilla ett ögonblick, käre vän, sade han lugnande. Det kommer bara att kännas som ett nyp.

– Jag har redan fått många sådana nyp och tålt dem, sade Stone med mycket tydlig stämma. Men låt mig vara nu. Låt mig få dö på mitt eget sätt. Ni kan skära av tio, hundra, tusen huvuden, men förbannelsen kan ni inte operera bort eller lyfta ifrån mig. Det som gått i märg och ben kan inte tas ut ur köttet. Skär inte i mig mera. Lova det!

Hans röst hade den gamla betvingande kommandoklangen som jag så väl kände igen från hans pojkår, och den kom Van Rieten att ge vika liksom den alltid förmått andra att ge efter.

– Ja, jag lovar, sade Van Rieten.

Nästan i samma ögonblick slocknade ljuset i Stones blick.

Vi tre satt kring hans bädd och såg den ohyggliga, pipande varelsen växa fram ur Stones kropp, tills två vidriga, spindelbenssmala armar frigjorde sig. De diminutiva naglarna var perfekta, man kunde till och med urskilja de små halvmånarna vid nagelrötterna, och den skära fläcken på insidan av handflatorna var otäckt naturlig. Armarna gestikulerade, och den högra handen famlade efter Stones blonda skägg.

– Nej, jag står inte ut! skrek Van Rieten och tog upp rakkniven igen.

Genast öppnades Stones ögon, hårda och glittrande.

– Skulle Van Rieten bryta ett givet löfte? frågade han mycket långsamt. Det kan inte vara möjligt!

– Men vi måste hjälpa er på något sätt! stönade Van Rieten.

– Jag är redan bortom all hjälp och alla plågor, sade Stone. Min timme är slagen nu. Denna förbannelse har inte lagts på mig, den har vuxit fram ur mig liksom det där otinget. Och nu är jag redo att gå bort.

Hans ögon slöts, och vi stod hjälplösa, medan den alltjämt med hans kropp sammanhängande varelsen gnisslade fram en ström av giftigheter.

Ännu en gång rörde sig Stones läppar.

– Talar du alla tungomål? frågade han hastigt.

Och pygmén svarade på engelska:

– Ja, förvisso – alla språk du själv talar. Otinget visade sin mikroskopiska tunga, drog upp läpparna till ett vidrigt grin och vaggade av och an med det ulliga huvudet. Vi kunde se de trådsmala revbenen avteckna sig under den blanksvarta huden på dess sidor, när varelsen andades.

– Har hon förlåtit mig? frågade Stone med halvkvävd stämma.

– Inte så länge mossan hänger från cypresserna, kväkte huvudet. Inte så länge stjärnorna lyser på Pontchartrainsjön kommer hon att förlåta.

Då vred sig Stone med en konvulsivisk rörelse över på sidan, så att den pipande varelsen försvann under hans kropp. I nästa ögonblick var han död.

– – –

När Singletons röst tystnade, tycktes det som om hela rummet höll andan en stund. Det var den alltid taktlöse Twombly som bröt tystnaden.

– Jag antar, sade han, att ni skar bort pygmén och tog den med er hem förvarad i sprit.

Singleton vände sig mot honom med ett strängt uttryck i sitt magra, bruna ansikte.

– Vi begravde Stone, sade han, orörd, i samma skick som han dog.

– Men, fortfor den oefterrättlige Twombly, historien är ju orimlig!

Singleton stelnade.

– Jag begär inte att ni ska tro på den, sade han. Jag började ju med att säga att fastän jag själv hört och sett det, har jag svårt att tro mig själv.

Lukundoo (1907)
Övers. Alvar Zacke

William Hope Hodgson

Svinvarelsen

Vi hade ätit färdigt och Carnacki hade dragit fram sin stora fåtölj till brasan och tänt sin pipa.

Jessop, Arkright, Taylor och jag hade satt oss på våra favoritplatser och väntade på att Carnacki skulle börja.

– Det jag ska berätta för er hände här i rummet intill, sade han, efter att ha sugit på pipan en stund. Det var en fruktansvärd upplevelse. Doktor Witton var den som uppmärksammade mig på fallet. Vi hade småpratat om en artikel i *The Lancet* över ett bloss på klubben en kväll, och Witton nämnde att han just hade ett liknande fall, en man vid namn Bains. Jag blev genast intresserad. Det var ett av de där fallen där en människa har ett hål eller en skavank i sin skyddsbarriär, som jag kallar det. En oförmåga att vara vad jag skulle kunna kalla tillräckligt isolerad – andligt sett – från Vidundren utifrån.

Det jag visste om Witton sade mig att han inte skulle vara till någon nytta. Ni känner ju Witton. En hygglig karl, saklig, praktiskt lagd, rättfram, bra på sitt jobb så länge det jobbet är en benfraktur eller ett brutet ben, men han skulle aldrig få någon rätsida på fallet Bains.

Carnacki puffade eftertänksamt på sin pipa en stund, och vi väntade på att han skulle fortsätta sin berättelse.

– Jag uppmanade Witton att skicka Bains till mig, började han på nytt, och lördagen därpå tittade han upp. En liten känslig karl. Jag tyckte om honom så fort jag fick syn på honom. Efter en stund fick jag honom att förklara vad som besvärade honom, och frågade ut honom om det som doktor Witton hade kallat hans "drömmar".

"Det är mer än drömmar", sade han, "de är så verkliga att de är autentiska upplevelser för mig. De är helt enkelt fruktansvärda. Ändå finns det inte något särskilt bestämt i dem som jag kan berätta om. De brukar dyka upp just som jag är på väg att somna. Jag har knappt somnat förrän jag plötsligt tycks ha kommit ner på något djupt beläget, otydligt ställe med någon oförklarlig och otäck fasa omkring mig. Jag förstår aldrig vad det är, för jag ser aldrig någonting. Men jag får alltid en plötslig vetskap, liksom en varning, om att jag hamnat på någon

hemsk plats – ett slags helvetesplats kan man kalla det, dit jag aldrig haft rätt att
förirra mig; och varningen är alltid enträgen – till och med befallande – om att
jag måste ut, ut, annars kommer någon enorm fasa att kasta sig över mig.”

”Kan ni inte dra er undan?” frågade jag honom. ”Kan ni inte vakna?”

”Nej”, sade han. ”Det är just det jag inte kan, hur mycket jag än försöker. Jag
kan inte låta bli att följa denna helveteslabyrint, som jag kallar den för mig själv,
i riktning mot någon förfärlig okänd fasa. Varningen upprepas, väldigt starkt
– nästan som om mitt levande jag i den vakna världen vore uppmärksamt och
vid medvetande. Någonting tycks uppmana mig att vakna, att vad jag än gör så
måste jag vakna, vakna, och då kvicknar mitt medvetande plötsligt till och jag
vet att min kropp ligger där i sängen, men min ande eller mitt innersta väsen är
fortfarande kvar nere i det där helvetet, var nu det är, i en fara som är både okänd
och obeskrivlig, men så överväldigande att hela min ande verkar sjuk av skräck.

Jag säger om och om igen till mig själv att jag måste vakna”, fortsatte han, ”men
det är som om min ande fortfarande är där nere, och som om mitt medvetande
vet om att någon kolossal osynlig Kraft kämpar mot mig. Jag vet att om jag inte
vaknar då, kommer jag aldrig att vakna mer utan sjunka längre och längre ner i
någon oerhörd själsförtärande fasa. Så då kämpar jag emot. Min kropp ligger där
i sängen och *drar*. Och kraften där nere i labyrinten anstränger sig själv också så
att jag grips av förtvivlan, starkare än någon jag har känt på denna jord. Jag vet att
om jag ger efter och slutar kämpa, och inte vaknar, då kommer jag att fara ut – ut
till den ohyggliga fasan som tyst verkar kalla min själ till dess förintelse.

Då gör jag en sista väldig kraftansträngning”, fortsatte han, ”och min hjärna
förefaller fylla min kropp likt spöket av min själ. Jag kan till och med öppna
ögonen och se med min hjärna, eller mitt medvetande, genom mina egna ögon.
Jag kan se sängkläderna, och jag känner precis hur jag ligger i sängen; ändå be-
finner sig mitt riktiga jag i fruktansvärd fara nere i det där helvetet. Förstår ni
vad jag menar?” frågade han.

”Fullständigt”, svarade jag.

”Ja, ser ni”, fortsatte han, ”jag kämpar och kämpar. Där nere i den stora av-
grunden tycks själva min själ rygga tillbaka inför lockropet från någon ruvande
fasa som tyst driver den litet längre in, ständigt litet längre runt ett synligt hörn,
och om jag passerar det hörnet vet jag att jag aldrig mer kommer att återvända
till denna värld. Förtvivlat kämpar jag, hjärna och medvetande kämpar tillsam-
mans, för att undvika det. Plågan är så stor att jag skulle skrika om det inte vore
för att jag låg stel och orörlig av skräck i sängen.

Då, just som min styrka verkar vara nästan helt försvunnen, vinner kroppen och själen och smälter långsamt ihop. Och jag ligger där helt slut av denna hemska och märkvärdiga kamp. Jag har fortfarande en känsla av förfärlig fasa omkring mig, som om något ruvande vidunder hade följt mig upp från det fruktansvärda stället och svävar orörligt och tyst och osynligt över mig och hotar mig där i sängen. Uttrycker jag mig tydligt?" frågade han. "Det är som något ohyggligt Väsen."

"Ja", sade jag. "Jag förstår vad ni menar."

Karl'n var faktiskt alldeles svettig i pannan, så intensivt återupplevde han fasorna han hade genomlidit.

Efter en stund fortsatte han:

"Nu kommer den mest egendomliga delen av drömmen eller vad det nu är", sade han. "Där är alltid ett ljud som jag hör när jag ligger utmattad i sängen. Det kommer medan sovrummet ännu är fyllt av det slags atmosfär av ohygglighet som tycks följa med mig upp när jag tar mig ut ur stället. Jag hör hur ljudet tränger upp ur den väldiga avgrunden, och det är alltid ljudet av grisar – grisar som grymtar, förstår ni. Det är helt enkelt förskräckligt. Drömmen är alltid densamma. Ibland har jag haft den varenda natt i en hel vecka, så att jag till sist inte vågar somna, men jag måste förstås sova någon gång. Jag tror det är på det här viset man blir galen, eller hur?" avslutade han.

Jag nickade, och tittade på hans känsliga ansikte. Stackars sate! Han hade lidit alla kval, det kan ni skriva upp.

"Berätta mer", sade jag. "Grymtandet – exakt hur låter det?"

"Det låter bara som grisar som grymtar", berättade han igen. "Fast mycket mer förfärligt. Där är grymtningar, och kvidanden och tjut, sådana som man hör på en grisfarm när de rar mat. Ni känner till de där stora grisfarmerna där de har hundratals grisar. Alla grymtningar, kvidanden och tjut smälter samman till en enda rå kakofoni – fast det är inte något kaos. Alltihop smälter samman på ett underligt hemskt sätt. Jag har hört det. Ett slags svinaktig pockande melodi som grymtar och ryter och skriar i stympade, grymtande läten, allt sammanfogat av kvidanden och genomsyrat av gristjut. Ibland har jag tyckt att det finns en bestämd rytm i det, för då och då hörs det en gigantisk GRYMTNING som genomborrar rytandet av miljoner grisröster – en kolossal GRYMTNING som kommer in som ett taktslag. Förstår ni mig? Den tycks ruska om allting... Det är som en andlig jordbävning. Det tjutande, kvidande, grymtande, dånande larmet av svinaktigt oväsen som tränger upp ur det där stället, och så den monstruösa GRYMTNINGEN som stiger upp genom alltsammans, en ständigt återkommande rytm ur djupet – rösten av monstrositeternas svinmoder som väller upp genom kören av vansinnig svinhunger... Det är ingen idé! Jag kan inte förklara det. Ingen kan. Det är bara förfärligt! Och jag är rädd för att ni säger för er själv att jag är illa däran, att jag behöver ett luftombyte eller något stärkande, att jag måste gaska upp mig för att inte hamna på dårhus. Om jag bara kunde förstå! Doktor Witton verkade nästan förstå, trodde jag, men jag vet att han har skickat mig till er bara som ett slags sista hopp. Han tror att jag är på väg direkt till mentalsjukhuset. Det märkte jag.”

”Struntprat!” sade jag. ”Prata inte sådana dumheter. Ni är lika frisk som jag. Er förmåga att klart tänka ut det ni vill berätta för mig, och sedan överföra det till mig så väl att ni förmår min mentala näthinna att se något av det ni har sett, går i god för er mentala balans.

Jag tänker utreda ert fall, och om det är vad jag misstänker, ett sällsynt exempel på en ”skavank” eller ett ”hål” i er skyddsbarriär (vad jag kallar er andliga isolering mot Vidundren utifrån), då tvivlar jag inte det minsta på att vi kan få slut på besvären. Men vi måste undersöka saken ordentligt först, och det finns definitivt en viss fara i det.”

”Den risken tar jag”, svarade Bains. ”Jag kan inte fortsätta så här längre.”

”Som ni vill”, sade jag till honom. ”Gå nu, och kom tillbaka klockan fem. Jag skall ha allt klart åt er då. Och oroa er inte för ert förstånd. Ni mår bara bra, och vi skall snart göra allt tryggt för er igen. Håll bara humöret uppe och grubbla inte på det.”

2.

Jag ägnade hela eftermiddagen åt att göra i ordning mitt experimentrum, på andra sidan trappavsatsen där, för hans fall. När han kom tillbaka klockan fem var jag redo för honom och ledde honom rakt in i rummet.

Nu mörknar det ungefär vid halv sju, som ni vet, och jag hann precis slutföra mina arrangemang innan det började skymma. Jag föredrar alltid att vara klar innan mörkret faller.

Bains rörde vid min armbåge när vi gick in i rummet.

”Det är en sak jag borde ha berättat”, sade han med ganska fåraktig min. ”jag har av någon anledning skämts litet för det.”

”Ut med språket”, svarade jag.

Han tvekade ett ögonblick, sedan forsade det ur honom.

”Jag berättade ju om grisarnas grymtande”, sade han. ”Jo, jag grymtar också. Jag vet att det är fruktansvärt. När jag ligger där i sängen och hör de där ljuden efter det jag kommit upp, grymtar jag tillbaka som till svar. Jag kan inte hejda mig.

153

Jag bara gör det. Någonting tvingar mig. Det berättade jag aldrig för doktor Witton. Jag kunde inte. Nu är jag säker på att ni tror att jag är galen", avslutade han.

Han såg mig i ansiktet, ängslig och egendomligt skamsen.

"Det är bara den naturliga följden av de abnorma händelserna, och jag är glad att ni berättade det", sade jag och dunkade honom i ryggen. Det är en logisk följd på det ni redan hade berättat. Jag har haft två fall som i viss mån påminde om ert."

"Hur gick det?" frågade han mig. "Blev de bättre?"

"En av dem lever och mår bra idag, mr Bains", svarade jag. "Den andre tappade nerverna, och lyckligtvis för alla berörda parter är han död."

Medan jag talade stängde och låste jag dörren, och Bains stirrade på all min apparatur, ganska orolig, kan jag tänka mig.

"Vad är det ni tänker göra?" frågade han. "Blir det ett farligt experiment?"

"Rätt så farligt", svarade jag, "om ni underlåter att följa mina instruktioner till punkt och pricka i allting. Vi löper båda risken att aldrig lämna det här rummet levande. Har jag ert ord på att jag kan lita på att ni lyder mig vad som än händer?"

Han stirrade omkring sig i rummet och sedan på mig igen.

"Ja", svarade han. Och vet ni, jag kände att han skulle visa sig vara av det rätta virket när ögonblicket kom.

Nu började jag göra allt helt färdigt för nattens arbete. Jag sade åt Bains att ta av sig rocken och stövlarna. Sedan klädde jag honom helt från topp till tå i ett heltäckande underställ av tjockt gummi, med gummihandskar och en vidhängande hjälm med öronlappar i samma material.

Jag tog själv på mig en likadan dräkt. Sedan inledde jag nästa steg av kvällens förberedelser.

Först måste jag säga att rummet mäter trettionio gånger trettiosju fot, och har ett enkelt brädgolv täckt av en kraftig, halvtumstjock gummimatta.

Jag hade tömt golvet helt och hållet, med undantag för exakt i mitten där jag hade ställt ett stoppat bord med glasben, en hög med vakuumrör och batterier, och tre specialapparater som krävdes för mitt experiment.

"Så där, Bains", ropade jag, "kom och ställ er här vid bordet. Stå stilla. Jag måste skapa en skyddande "barriär" omkring oss, och ingen av oss rar på några villkor bryta den med så mycket som en hand eller fot när den väl är byggd."

Vi gick in till mitten av rummet, och han ställde sig vid bordet med glasben medan jag började sätta ihop vakuumrören omkring oss.

Jag tänkte använda det nya "spektrumförsvar" som jag har fulländat på sistone. Detta, ser ni, består av sju vakuumkretsar av glas med rött ytterst och de andra färgkretsarna inuti den, orange, gult, grönt, blått, indigo och violett, i den ordningen.

Det var fortfarande ganska ljust i rummet, men det verkade redan vara litet skymning i luften, och jag arbetade snabbt.

Plötsligt, just som jag satte ihop glasrören, blev jag medveten om en vag känsla av nervstress, och när jag kastade en blick på Bains som stod vid bordet märkte jag att han stirrade stelt framför sig. Han såg ut att vara alldeles försjunken i obehagliga minnen.

"För guds skull sluta tänka på de där fasorna", ropade jag till honom. "Senare kommer jag att vilja att ni tänker på dem rätt så ordentligt, men i det här special-konstruerade rummet är det bättre att inte grubbla på sådant förrän barriärerna är uppe. Tänk på vad som helst som är normalt eller ytligt – teatern blir bra – tänk på den senaste pjäsen ni såg på Gaiety. Jag skall tala med er om ett ögonblick."

Tjugo minuter senare var "barriären" klar runt oss, och jag kopplade in batterierna. Rummet höll vid det laget på att gråna av den annalkande skymningen, och de sju olikfärgade kretsarna började lysa med enastående effekt, och utstrålade ett kallt sken.

"Ta mig tusan!" utropade Bains. "Det där var helt underbart – helt underbart!"

Mina andra apparater vilka jag nu började ställa upp bestod av en special-gjord kamera, en modifierad typ av fonograf med hörlurar i stället för tratt, och en glasskiva sammansatt av flera famnar vakuumrör av glas arrangerade på ett särskilt sätt. Den hade två ledningar som ledde till en elektrod konstruerad för att passa runt huvudet.

När jag hade gått igenom och ställt upp dessa tre saker var det praktiskt taget natt, och det mörklagda rummet lyste högst sällsamt i det underliga uppåtriktade skenet från de sju vakuumrören.

"Nu, Bains", sade jag, "vill jag att ni lägger er på det här bordet. Lägg bara händerna vid sidorna och ligg stilla och tänk. Det är bara två saker jag vill att ni skall göra", sade jag till honom. "Den ena är att ligga där och koncentrera era tankar på detaljerna i drömmen som ni alltid har, och den andra är att inte resa er från bordet vad ni än ser eller hör, eller vad som än händer, såvida inte jag säger till er. Ni förstår, eller hur?"

"Ja", svarade han, "jag tror ni kan räkna med att jag inte gör bort mig. Jag känner mig egendomligt trygg hos er av någon anledning."

"Det gläder mig", svarade jag. "Men jag vill inte att ni förringar den potentiel-la faran alltför mycket. Det kan bli fruktansvärt farligt. Låt mig nu bara fästa det här bandet runt huvudet på er", tillade jag medan jag justerade elektroden. Jag gav honom några instruktioner till, sade åt honom att koncentrera sina tankar särskilt på ljuden han hade hört just när han vaknade, och varnade honom igen för att somna. "Säg ingenting", sade jag, "och bry er inte om mig. Blunda om ni tycker att jag stör er koncentration."

Han lade sig ner och jag gick bort till glasskivan och ordnade kameran på sitt stativ framför den så att linsen var mittemot centrum av skivan.

Jag hade knappt gjort detta förrän en krusning av grönaktigt ljus löpte över vakuumrören i skivan. Krusningen försvann, och i kanske en minut var det alldeles mörkt. Sedan krusade det gröna ljuset ännu en gång fram över skivan – krusade fram och vände om, och började dansa i skiftande nyanser från kraftigt djupgrönt till en ful vidrig nyans; fram och tillbaka, fram och tillbaka.

Ungefär två gånger i sekunden sköt ett gult flimmer över de skiftande gröna nyanserna, en ful, kraftig, motbjudande gul nyans, och sedan svepte plötsligt en stor stöt i murrigt rött fram över skivan. Denna dog bort lika snabbt som den kom, och lämnade plats åt de skiftande gröna nyanserna som genomsyrades av de obehagliga och fula gula tonerna. Ungefär var sjunde sekund täcktes skivan, och de andra färgerna skymdes tillfälligt, av den stora stöten av kraftigt, murrigt rött som svepte över alltihop.

"Han koncentrerar sig på de där ljuden", sade jag för mig själv, och jag kände mig egendomligt upphetsad när jag skyndade på med mina procedurer. Jag slängde ett par ord till Bains över axeln.

"Bli inte rädd, vad som än händer", sade jag. "Ni mår bara bra!"

Jag fortsatte nu med att använda min kamera. Den hade en lång rulle specialpreparerat papper i stället för film eller plåtar. När man vred på handtaget passerade rullen genom kameran och exponerade papperet.

Det tog ungefär fem minuter att göra slut på rullen, och under hela den tiden var de gröna ljusen förhärskande, men den matta kraftiga stöten av murrigt rött upphörde aldrig att strömma över vakuumrören i skivan var sjunde sekund. Det var som ett återkommande taktslag i någon ohörbar och på något sätt misshaglig melodi.

Jag lyfte upp spolen med exponerat papper ur kameran och lade den horisontellt i de båda "klykorna" som jag hade satt upp för den på min modifierade fonograf. Där papperet hade reagerat på de skiftande färgade ljusskenen som framträtt på skivan, hade den preparerade ytan rest sig i egendomliga, oregelbundna små vågor.

Jag rullade upp ungefär en fot av remsan och fäste den lösa änden vid en tom rulle (på andra sidan av maskinen) som jag hade kopplat till fonografens urverksmotor. sedan tog jag membranet och förde det försiktigt på plats ovanför remsan. I stället för den sedvanliga nålen var membranet utrustad med en utsökt konstruerad metalltrådspensel, ungefär en tum bred, som precis sträckte sig över hela remsans bredd. Denna fina och ömtåliga pensel vilade lätt mot papperets preparerade yta, och när jag startade maskinen började remsan passera under borsten, och när den passerade, följde de tunna "borsten" av metalltråd varje minimal ojämnhet i de pyttesmå, oregelbundna, vågliknande utväxterna på ytan.

Jag satte hörlurarna till öronen, och insåg genast att jag lyckats med att faktiskt spela in vad Bains hade hört i sömnen. Faktum är att jag till och med då hörde "mentalt" med hjälp av hans minnesansträngning. Jag lyssnade på vad som tycktes vara det svaga, fjärran kvidandet och grymtandet av oräkneliga svin. Det var enastående, och samtidigt utomordentligt hemskt och fruktansvärt. Det skrämde mig, och jag fick en känsla av att plötsligt och oväntat ha kommit för nära någonting orent och högst avskyvärt farligt.

Så stark och befallande var denna känsla att jag ryckte hörlurarna från öronen, och satt en stund och lät blicken vandra runt i rummet medan jag försökte stabilisera mina sinnesintryck till det normala igen.

Rummet såg konstigt och otydligt ut i det matta ljusskimret från kretsarna, och jag hade en känsla av att vara omgiven av en air av abnormitet. Jag drog mig till minnes vad Bains hade berättat om känslan han alltid hade när han kom upp från "det där stället" – som om någon fruktansvärd atmosfär hade följt med honom upp och fyllde hans sovrum. Nu förstod jag honom fullständigt – så väl att jag i mina tankar hade använt nästan exakt samma fras som han till att förklara för mig själv vad jag kände.

När jag vände mig om för att tala med honom såg jag att det var något konstigt med mitten av försvaret.

Innan jag berättar mer för er, grabbar, måste jag förklara att det finns vissa, vad jag kallar "fokuserande", egenskaper hos det här nya "försvaret" jag har prövat.

Sigsand-handskriften uttrycker det ungefär så här: "Undviken mångfald i färg; stån ej heller inom barriären av färgade ljus; ty i färger finner Satan nöje. Och han kan ej bida i Djupet om I draga ut mot honom väpnade med rött purpur. Glömmen ej heller att i blått, vilken är Guds färg i Himlarna, hava I trygghet."

Ser ni, från den uppgiften i Sigsand-handskriften fick jag den första idén till mitt nya "försvar". Jag har strävat efter att göra det till ett "försvar" och ändå få "fokuserande" eller "attraherande" egenskaper såsom Sigsand antyder. Jag har experimenterat oerhört mycket, och jag har bevisat att rött och lila – de båda ytterligheterna i spektrat – är ganska farliga; så farliga att jag misstänker att de faktiskt "drar till sig" eller "fokuserar" krafterna utifrån. Varje handling eller "inblandning" från experimentledarens sida blir oerhört förstärkt i sin effekt om handlingen utförs innanför barriärer sammansatta av dessa färger, i vissa proportioner och nyanser.

På samma sätt är blått uttryckligen ett "allmänt försvar". Gult förefaller vara neutralt, och grönt är ett fantastiskt skydd inom vissa gränser. Orange är, såvitt jag förstår, milt attraherande och indigo är farligt på egen hand upp till en gräns, men i vissa kombinationer med de andra färgerna blir det ett mycket starkt "försvar". Jag har ännu inte upptäckt tiondelen av de möjligheter mina kretsar har att erbjuda. Det är ett slags färgorgel på vilken jag verkar spela en melodi av färgkombinationer som kan vara antingen trygg eller djävulsk i sin effekt. Ni vet att jag har en kontrollpanel med en särskild strömbrytare för var och en av färgkretsarna.

Hur som helst, nu förstår ni grabbar vad jag kände när jag såg hur underligt golvet såg ut mitt i "försvaret". Det såg ut precis som om en cirkelrund skugga vilade, inte bara på golvet, utan några tum ovanför det. Skuggan tycktes tätna och svartna i mitten medan jag såg på. Den verkade sprida sig från mitten utåt, och hela tiden blev den mörkare.

Jag var på min vakt, och inte så litet förbryllad, för ljuskombinationen jag hade slagit på var ganska nära ett någorlunda säkert "allmänt försvar". Kom ihåg att jag inte hade någon som helst avsikt att skapa en fokus förrän jag hade tagit reda på mer. Faktum är att jag tänkte att denna första undersökning inte skulle gå längre än en preliminär efterforskning om det slags väsen jag hade att göra med.

Jag gick snabbt ner på knä och kände med handflatan på golvet, men det kändes alldeles normalt, och det försäkrade mig om att det inte var något saaitiskt ofog i görningen, för det är en typ av fara som kan inbegripa, och utnyttja, "försvarets" eget material. Den kan materialisera sig ur vad som helst utom eld.

När jag låg där på knä insåg jag plötsligt att benen på bordet som Bains låg på var delvis dolda av den allt svartare skuggan, och mina händer verkade bli suddiga medan jag kände på golvet.

Jag reste mig upp och steg undan ett par fot för att kunna se fenomenet på litet avstånd. Det slog mig då att något var annorlunda med själva bordet. Det verkade ha blivit lägre på ett oförklarligt sätt.

"Det är skuggan som döljer benen", tänkte jag för mig själv. "Det här ser ut att bli intressant, men det är bäst att jag inte låter det gå för långt."

Jag ropade till Bains att sluta tänka så noga. "Sluta koncentrera er en stund", sade jag, men han svarade aldrig, och det slog mig plötsligt att bordet nu såg ännu lägre ut.

"Bains", ropade jag, "sluta tänka ett ögonblick." Och plötsligt förstod jag. "Vakna, karl! Vakna!" skrek jag.

Han hade somnat – det sista han borde ha gjort, för det gjorde faran dubbelt så stor. Inte undra på att jag hade fått så bra resultat! Den stackaren var helt utsliten efter sina sömnlösa nätter. Han varken rörde sig eller sade något när jag gick fram till honom.

"Vakna!" ropade jag igen och ruskade om hans axel.

Min röst ekade obehagligt i det stora tomma rummet, och Bains låg som död.

När jag ruskade honom igen märkte jag att jag verkade stå upp till knäna i den cirkelrunda skuggan. Den såg ut som öppningen till ett schakt. Mina ben, från knäna nedåt, var otydliga. Golvet under mina fötter kändes fast och hårt när jag stampade på det, men jag fick i alla fall en känsla av att det höll på att gå litet för långt, så jag tog ett par kliv bort till kontrollpanelen och slog på det "fullständiga försvaret".

När jag snabbt gick tillbaka till bordet fick jag en fruktansvärd kväljande chock. Bordet hade helt otvetydigt sjunkit. Bordsskivan var inom ett par fot över golvet, och benen såg så där förkortade ut som en pinne gör när man sticker ner den i vattnet. De såg otydliga och dunkla ut i den märkliga cirkeln av mörka skuggor som bar en så enastående likhet med den svarta öppningen till ett schakt. Det enda jag kunde se tydligt var bordsskivan där Bains låg orörlig, och alltihop höll på att sjunka ner i den svarta cirkeln medan jag stod där och såg på.

3.

Det fanns inte ett ögonblick att förlora, och snabbt som ögat tog jag Bains om halsen och kroppen och lyfte honom från bordet upp i famnen. Och när jag lyfte honom grymtade han som ett stort svin i örat på mig.

Ljudet sände en rysning av fruktansvärd rädsla genom mig. Det var precis som om jag höll en gris i famnen i stället för en människa. Jag tappade honom nästan. Så höll jag upp hans ansikte mot ljuset och tittade på honom. Hans ögon var halvöppna, och han såg på mig synbarligen som om han såg mig alldeles tydligt.

Sedan grymtade han igen. Jag kände hur det skalv i hans lilla kropp av ljudet.

Jag ropade på honom. "Bains", sade jag, "hör ni mig?"

Hans ögon stirrade fortfarande på mig, och då, medan vi såg på varandra, grymtade han som ett svin igen.

Jag släppte honom med en hand och slog honom över kinden, en svidande örfil.

"Vakna, Bains!" ropade jag. "Vakna!" Men jag kunde lika gärna ha slagit till ett lik. Han stirrade bara upp på mig. Och plötsligt böjde jag mig längre ner och såg honom djupare i ögonen. Jag har aldrig sett en så fixerad, intelligent, vansinnig skräck som jag såg där. Den slog ut all min tidigare avsmak. Förstår ni?

Jag kastade en snabb blick på bordet. Det stod där med sin normala höjd, ja, det var faktiskt normalt på alla sätt. Den underliga skuggan som på något sätt påmint mig om den svarta mynningen på ett schakt hade försvunnit. Jag kände lättnad, för det föreföll mig som om jag helt och hållit hade skingrat varje möjlighet till en partiell "fokus" med hjälp av det fullständiga "försvaret" som jag hade slagit på.

Jag lade Bains på golvet och reste mig upp för att se mig om och fundera på vad som var bäst att göra. Jag vågade inte gå utanför barriärerna förrän alla potentiella "farliga spänningar" i rummet hade lösts upp. Och det var inte välbetänkt, ens innanför det fullständiga "försvaret", att låta honom sova så som han gjorde nu, inte utan att man hade vidtagit vissa förberedelser först, vilket jag inte hade gjort.

Jag kan säga att jag var oerhört orolig. Jag tittade ner på Bains och fick plötsligt en ny chock, för den egendomliga cirkelrunda skuggan höll på att ta form runt honom igen där han låg på golvet. Händerna och ansiktet såg märkligt otydliga och förvrängda ut, som de kunde ha sett ut genom några tum lätt färgat vatten. Men hans ögon syntes av någon anledning tydligt. De stirrade upp på mig, stumma och fruktansvärda, genom den hemska tätnande skuggan.

Jag böjde mig ner och slet med ett enda hastigt lyft upp honom från golvet, och för tredje gången grymtade han som ett svin, där i famnen på mig. Det var så gudlöst.

Jag reste mig upp innanför barriären, med Bains i famnen, och såg mig om i rummet igen, och tittade sedan på golvet igen. Skuggan låg fortfarande tät runt fötterna på mig, och jag gick snabbt runt till andra sidan bordet. Jag sökte med blicken efter skuggan och såg att den hade försvunnit; sedan tittade jag ner på mina fötter igen och fick ännu en chock, för skuggan syntes svagt igen, runt omkring mig där jag stod.

Jag tog ett steg, och såg hur skuggan blev osynlig, och sedan började den ännu en gång växa runt fötterna på mig, som en långsamt framträdande fläck.

Jag tog ett steg till och lät blicken vandra runt rummet, medan jag övervägde att rusa mot dörren. Och i just det ögonblicket insåg jag att detta utan tvivel var omöjligt, för det fanns något obestämt i atmosfären i rummet – någonting som rörde på sig och långsamt kretsade runt barriären.

Jag kastade en blick ner på mina fötter, och såg att skuggan hade tätnat omkring dem. Jag tog ett steg åt höger, och medan den försvann spanade jag åter omkring mig i det stora rummet och av någon anledning verkade det oerhört stort och obekant. Jag undrar om ni egentligen kan förstå.

Medan jag tittade såg jag återigen det vaga någonting som svävade i luften i rummet. Jag iakttog det oavvänt i kanske en minut. På den tiden gick det två gånger runt hela barriären. Och plötsligt såg jag det mer tydligt. Det såg ut som en liten svart rökpuff.

Och då fick jag något annat att tänka på, för plötsligt blev jag medveten om en märkvärdig känsla av svindel, och i samma ögonblick även en känsla av att sjunka – jag höll på att fysiskt sjunka neråt. Jag blev bokstavligt talat illamående när jag tittade ner, för i det ögonblicket såg jag att jag hade rört mig neråt, nästan upp till låren, i vad som såg ut att faktiskt vara den skugglika, men alldeles omisskännliga, öppningen av ett schakt. Förstår ni? Jag höll på att sjunka ner i det, med Bains i famnen.

En känsla av kokande vrede kom över mig, och jag svängde min högra stövel i en våldsam spark. Jag sparkade inte på något gripbart, för foten gick rakt genom sidan på den skugglika företeelsen och träffade bordet med ett brak. Jag hade trängt igenom någonting som fick det att pirra och krypa i skinnet på mig – ett osynligt, obestämt någonting som liknade en elektrisk spänning. Jag kände att om det hade varit starkare, hade jag kanske inte kunnat tränga rakt igenom som jag gjorde. Jag undrar om ni förstår vad jag menar?

Jag snurrade runt, men den hemska företeelsen var borta. Men medan jag stod där vid bordet började en cirkelrund skugga att ta grånande form kring fötterna på mig.

Jag gick runt till andra sidan bordet och lutade mig mot det för ett ögonblick, för jag darrade från topp till tå av en utomordentlig skräck, som på något sätt skilde sig från all annan skräck jag någonsin upplevt. Det var nästan som om jag i det ögonblicket hade varit nära något som ingen människa, för sin själs skull, har någon rätt att vara nära. Och plötsligt undrade jag om jag inte hade känt bara en flyktig antydan av den skräck som den stele Bains just då uthärdade medan jag höll honom i famnen.

Utanför barriären fanns det nu flera stycken av de egendomliga små molnen. Vart och ett såg ut precis som en liten puff av svart rök. De tilltog medan jag iakttog dem, vilket jag gjorde i flera minuter, men hela tiden medan jag såg på rörde jag mig från en del av "försvaret" till nästa, för att hindra skuggan från att ta form runt mina fötter igen.

Snart märkte jag att mitt ständiga byte av position övergått till en långsam enformig vandring runt, runt inuti "försvaret", och hela tiden var jag tvungen att bära på stackars Bains onaturligt stela kropp.

Det började tära på mig, för även om han var liten så gjorde hans stelhet honom förskräckligt besvärlig och tröttsam att hålla, som ni förstår. Ändå såg jag ingen annan råd, för jag hade slutat ruska om honom eller försöka väcka honom, av den enkla anledningen att han mentalt sett var lika klarvaken som jag, fast fysiskt orörlig, genom en av de andliga uppdelningar som han hade försökt förklara för mig.

Tidigare hade jag ju stängt av de röda, orange, gula och gröna kretsarna, och hade på det fulla försvaret från den blå änden av spektrat. Jag visste att en av de repellerande vibrationerna från var och en av de tre färgerna blått, indigo och violett pulserade beskyddande ut i rymden; ändå visade de sig otillräckliga, och jag var tvungen att antingen vidta desperata åtgärder för att stimulera Bains till en ännu större viljeansträngning än jag bedömde att han nu gjorde, eller också ta risken att experimentera med nya kombinationer av de defensiva färgerna.

Ni förstår, som läget var i det ögonblicket så ökade faran hela tiden, för det stod klart på hur luften i rummet såg ut utanför barriären att det höll på att bildas en del oerhört farliga spänningar. Samtidigt ökade faran även innanför – skuggans ihärdiga återkomst visade att "försvaret" var otillräckligt.

Kort sagt var jag rädd att Bains i sitt märkliga tillstånd, bokstavligt talat var en "portal" in i "försvaret", och om jag inte kunde väcka honom eller hitta de rätta sätten att kombinera kretsarna som var nödvändiga för att skapa starkare repellerande vibrationer mot denna speciella fara, hade vi en del riktigt otäcka möjligheter framför oss. Jag kände att jag hade varit otroligt obetänksam som inte hade förutsett möjligheten att Bains kunde somna under den hypnotiska effekten av att medvetet imitera ett tillstånd av sömn.

Om jag inte kunde öka barriärernas repulsionskraft eller väcka honom var det mycket sannolikt att jag skulle tvingas välja mellan att rusa mot dörren – vilket atmosfärens tillstånd utanför barriären visade var praktiskt taget omöjligt – eller kasta ut honom utanför barriären, vilket förstås var lika omöjligt.

Hela tiden hade jag gått runt, runt innanför barriären, när jag plötsligt såg en ny utveckling av faran som hotade oss. Precis mitt i "försvaret" hade skuggan bildat en intensivt svart cirkel, ungefär en fot bred.

Denna ökade i storlek medan jag såg på den. Det var fruktansvärt att se den växa. Den kröp utåt i en allt vidare krets tills den var en hel meter tvärs över.

Snabbt lade jag ner Bains på golvet. Ett kraftfullt försök att ta sig in i "försvaret" var tydligen på väg att göras av någon yttre kraft, och det var upp till mig att göra en sista ansträngning för att hjälpa Bains att "vakna". Jag tog fram min lansett och drog upp vänstra rockärmen på honom.

Vad jag tänkte göra var fruktansvärt riskfyllt, det visste jag, för det råder inga tvivel om att blod på något märkvärdigt sätt har en attraherande effekt.

Sigsand nämner det i synnerhet i ett stycke som lyder ungefär så här: "I blodet finns Rösten som kallar genom universums hela vidd. Odjuren i Djupet höra, och det de höra, åtrå de. Likaledes har det makten att återkalla själen som i dårskap vandrar på godtyckliga vägar från kroppen, i vilken den har sin naturliga boning. Men ve den som spiller bladet i dödens timme, ty där finnes i sanning Odjur som skola höra Blodet Ropa."

Den risken var jag tvungen att ta. Jag visste att blodet skulle ropa till de yttre krafterna, men lika säkert visste jag att det skulle ropa till den del av Bains "innersta väsen" som var på drift från honom, där nere i djupen.

Innan jag stack honom kastade jag en blick på skuggan. Den hade brett ut sig tills den närmaste kanten var inte mer än två fot från Bains högra axel, och kanten smög sig allt närmare, likt den svartnande kanten på ett brinnande papper, medan jag tittade på. Det hela såg mindre skuggaktigt, mindre spöklikt ut än det gjort någonsin tidigare. Och det såg helt enkelt och bokstavligt talat ut som öppningen till ett schakt.

"Hör nu, Bains", sade jag, "ta er samman, karl. Vakna!" Och samtidigt som jag talade till honom gjorde jag kvickt men ytligt bruk av min lansett.

Jag såg hur den lilla röda pricken av blod vällde upp och sedan sipprade ner runt handleden på honom och föll till golvet inuti "försvaret". Och i samma ögonblick som den full inträffade det som jag hade fruktat. Det hördes ett ljud som av en dov åskknall i rummet, och egendomliga ljusblixtar som såg dödligt farliga ut krusade fram här och där över golvet utanför barriären.

En gång till ropade jag på honom och försökte tala bestämt och stadigt medan jag såg hur den hemska skugglika cirkeln hade spridit sig över varenda tum av golvytan inuti "försvaret", vilket fick det att se ut som om både Bains och jag svävade över ett obeskrivligt svart tomrum – det svarta tomrummet som stirrade upp mot mig ur det skugglika schaktets svalg. Och likväl kunde jag hela tiden känna hur fast golvet var under mina knän där jag låg på knä bredvid Bains och höll honom i handleden.

"Bains!" ropade jag en gång till och försökte låta bli att skrika vanvettigt åt honom. "Bains, vakna! Vakna, karl! Vakna!"

Men han rörde sig aldrig, bara stirrade upp på mig med ögon fyllda av tyst fasa vilka verkade betrakta mig från någon förfärlig evighet.

4.

Vid det här laget hade skuggan svartnat överallt omkring oss, och jag kände hur jag greps av den egendomligt förfärliga svindeln igen. Jag kom snabbt på fötter, lyfte upp Bains och klev över den första av de skyddande kretsarna – den violetta – och ställde mig mellan den och den indigofärgade kretsen, medan jag höll Bains så tätt intill mig som möjligt för att hindra varje del av hans hjälplösa kropp från att sticka ut utanför den indigofärgade och den blå kretsen.

Från den svarta skugglika öppningen som nu fyllde hela ytan innanför "försvaret" hördes ett svagt ljud – inte nära, utan det verkade som om det nådde mig ur okända avgrunder. Mycket, mycket svagt och vilset lät det, men jag kände otvetydigt igen det som det oändligt avlägsna sorlet av oräkneliga svin.

Och i samma ögonblick, som för att besvara ljudet, grymtade Bains som en gris i famnen på mig.

Där stod jag mellan kretsarnas vakuumrör och blickade, alldeles yr, ner i den svarta skugglika schaktöppningen, som tycktes stupa brant ner i helvetet under min vänstra armbåge.

Saker och ting hade gått så totalt bortom allt jag tänkt mig, och det hade på något sätt hänt så gradvis och ändå så plötsligt, att jag faktiskt inte var riktigt på toppen av min vanliga förmåga. Jag kände mig mentalt förlamad, och kunde inte tänka på någonting utom att dörren och den naturliga yttervärlden fanns mindre än tjugo fot bort, och här stod jag ansikte mot ansikte med någon ofattbar fara och utan en aning om vad jag skulle göra för att undvika den.

Ni grabbar kommer att förstå detta bättre när jag säger att det blåaktiga skenet från de tre kretsarna visade mig att det nu fanns hundratals och åter hundratals av de där små rökliknande svarta molnpuffarna som cirklade runt, runt utanför barriären i en oändlig procession utan variation.

Och hela tiden höll jag Bains stela kropp i famnen och försökte låta bli att ge vika för den avsky som drabbade mig varje gång han grymtade. Var tjugonde eller trettionde sekund grymtade han, liksom som svar på ljuden som var nästan för svaga för min normala hörsel. Jag kan säga er att det var som att hålla någonting värre än ett lik i famnen, att stå där och balansera mellan fysisk död på ena sidan och själslig förintelse på andra.

Plötsligt, ur djupet som låg så nära att min armbåge och axel hängde ut över

164

det, hördes det åter ett svagt, otroligt svagt sorl av svin, så oerhört långt borta att ljudet var lika avlägset som ett vilsekommet eko.

Bains besvarade det med ett grisliknande kvidande som fick varje fiber i min kropp att protestera av ren mänsklig avsky, och jag kallsvettades från topp till tå. Medan jag tog mig samman försökte jag spana ner i öppningen av den stora skuggan då en dov åskknall för andra gången ljöd i rummet, och det tycktes som om varenda led i min kropp ryckte till och sved.

När jag vände mig om för att titta ner i schaktet hade jag råkat låta Bains ena häl sticka ut litet utanför den blå kretsen för ett ögonblick, och en bråkdel av "spänningen" utanför barriären hade uppenbarligen laddats ur genom Bains och mig. Hade jag stått precis inuti "försvaret" i stället för att vara "isolerad" från det av den violetta kretsen, kunde läget utan tvivel ha varit mycket mer allvarligt. Som det var hade jag, själsligen, den förfärliga *besudlade* känslan som den sunda människan alltid erfar när hon kommer i för nära kontakt med vissa Yttre vidunder. Kommer ni ihåg hur jag fick exakt samma känsla när Handen kom för nära mig i fallet med "Portalen", grabbar?

De fysiska effekterna var tillräckligt intressanta för att nämnas, för Bains vänstra stövel hade rivits upp, och byxbenet var förkolnat upp till knät, medan det fanns ett stort antal blåaktiga märken i form av oregelbundna spiraler överallt runt benet.

Jag stod där och höll Bains, darrande från topp till tå. Jag hade ont i huvudet och kände mig egendomligt domnad i varenda led, men mina fysiska kval var ingenting jämfört med min mentala plåga. Jag kände att det var ute med oss! Jag hade inget utrymme att vända mig om eller röra mig på, för ytan mellan den violetta kretsen som var den innersta och den blå kretsen som var den yttersta av dem som var i bruk var trettioen tum, inklusive en tum för den indigofärgade kretsen. Så ni förstår att jag tvingades stå där som en bildstod och varje ögonblick frukta för att få en stöt till, och var helt oförmögen att komma på vad jag skulle ta mig till.

Jag vågar påstå att fem minuter gick på det här viset. Bains hade inte grymtat en enda gång sedan "spänningen" träffade honom, och för detta var jag enbart tacksam, fast jag måste erkänna att jag för ett ögonblick i början var rädd för att han var död.

Inga fler ljud hade trängt upp ur den svarta öppningen till vänster om mig, och jag lugnade ner mig tillräckligt igen för att börja se mig om och tänka litet grann. Jag lutade mig igen så att jag kunde titta rakt ner i det skugglika schaktet. Kanten på den cirkelrunda öppningen var nu skarpt avgränsad och såg egendomligt fast ut, som om den vore formad av något ämne påminnande om svart glas.

Nedanför kanten kunde jag följa denna skenbara fasthet en avsevärd sträcka, fast på ett otydligt sätt. I mitten av detta märkvärdiga fenomen rådde ett enkelt och renodlat mörker – ett totalt, sammetslent mörker som verkade suga ner själva ljuset i rummet i sig. Jag såg ingenting annat, och om det kom upp någonting annat ur det än en fullständig tystnad, så var det den stämning av skrämmande suggestion som påverkade mig mer och mer för varje minut som gick.

Jag vände mig långsamt och försiktigt om, för att inte riskera att vare sig Bains eller jag själv blottade någon kroppsdel utanför den blå kretsen. Då såg jag att saker och ting utanför den blå kretsen hade utvecklats avsevärt, för de egendomliga, svarta puffarna av rökliknande moln hade ökat enormt mycket och smält samman till en stor, dyster, cirkelrund mur av tofsprydd molndimma, som ständigt snurrade runt, runt, runt och dolde resten av rummet helt och hållet för mig.

Kanske en minut förflöt medan jag betraktade detta, och sedan, förstår ni, skakades rummet till en aning. Detta skakande varade i tre eller fyra sekunder och gick sedan över, men det kom tillbaka efter ungefär en halv minut, och upprepades då och då. Det var något underligt oscillerande över skakandet som plötsligt fick mig att tänka på fallet med spökerierna på fartyget *Jarvee*. Minns ni det?

Där kom skakandet en gång till, och en krusning av dödligt ljus tycktes spela runt utsidan av barriären, och sedan fylldes rummet plötsligt av ett sällsamt rytande – en djurisk, väldig, tjutande, grymtande storm av svinläten.

De dog bort i total tystnad, och den stele Bains grymtade två gånger i min famn, som till svar. Sedan kom stormen av svinläten tillbaka och växte till ett jättelikt tumult av oskäligt ljud som dånade genom rummet, pipande, kvidande, grymtande och tjutande. Och just som det sjönk tillbaka i jämn takt, kom där en enda kolossal grymtning från strupen hos någon förskräcklig monstrositet, och i ett slag kom den skrällande kören av otaliga miljoner svin dånande och rasande genom rummet igen.

Det fanns mer i detta ljud än bara kaos – det fanns en oerhörd, djävulsk rytm i det. Plötsligt svepte det ner igen i ett myllrande svinaktigt viskande och låga grymtningar från obegripliga miljoner, och med ett mullrande öronbedövande vrål kom sedan den ensamma, väldiga grymtningen. Och svinrytandet av de miljontals kräken for åter genom rummet som om grymtningen lyft upp det, och var sjunde sekund – det visste jag mycket väl utan att behöva titta på klockan på min handled – kom den stora grymtningens ensamma taktslag ur det ofattbara vidundrets strupe – och i min famn grymtade Bains, människan, i takt med svinmelodin – ett stelt grymtande odjur där i mina armar.

En sak skall ni veta, jag darrade och svettades från topp till tå. Jag tror att jag bad en bön, men om jag gjorde det så vet jag inte vad det var jag bad. Jag har aldrig tidigare känt eller utstått just det jag kände när jag stod där i det trettioen tum breda utrymmet, med den grymtande varelsen i famnen och helvetesmelodin pulserande upp ur de stora Djupen, och till höger om mig "spänningar" som skulle ha förvandlat mig till en hög brinnande köttslamsor om jag hade hoppat ut över barriärerna.

Och då, med samma effekt som en oväntad åskknall, upphörde den väldiga ljudstormen, och rummet var fyllt av tystnad och en ofattbar fasa.

Denna tystnad höll i sig. jag vill berätta något som kanske låter litet fånigt, men tystnaden verkade *sippra* runt rummet. jag vet inte varför jag kände så, men mina ord återger exakt vad jag tyckte mig känna, där jag stod och höll Bains lågmält grymtande kropp.

Den cirkelrunda, dystra väggen av täta svarta moln omgav barriären lika fullständigt som förut, och rörde sig runt, runt, runt med en långsam, "evig" rörelse. Och bakom den svarta väggen av kretsande moln *sipprade* en total tystnad runt rummet, utom synhåll för mig. Förstår ni över huvud taget? ...

Det föreföll mig väldigt tydligt indikera det tillstånd av nästan sinnessjuk spänning jag uthärdade, mentalt och själsligt... Hur min hjärna envisades med att tystnaden sipprade runt rummet är av enormt intresse för mig, för jag var antingen i ett tillstånd som närmade sig en vansinnesfas, eller också var jag i själslig samklang med någon abnorm nivå av medvetande och känslighet vid vilken tystnaden hade upphört att vara en abstrakt egenskap och blivit ett definitivt, konkret element för mig, ungefär som den osynliga fukten i atmosfären blir ett synligt och konkret element när den fälls ut som vatten (för att använda en enfaldigt primitiv liknelse). Jag undrar om denna tanke fungerar lika bra för er som den fungerar för mig?

Och då, förstår ni, blev jag långsamt medveten om någon ytterligare fasa som väntade. Denna förnimmelse eller vetskap eller vad man nu skall kalla det var så stark att jag fick en plötsligt känsla av att jag höll på att kvävas... Jag kände att jag inte stod ut med mer, och om någonting ytterligare hände borde jag bara ta fram min revolver och skjuta Bains i huvudet, och sedan mig själv, och därmed göra slut på hela eländet.

Denna känsla gick emellertid snart över, och jag kände mig starkare och mer redo att ta itu med saken igen. Dessutom hade jag den första iden, fast den fortfarande var vag, om hur jag skulle göra allt litet säkrare för oss, men jag var alltför omtöcknad för att se hur jag skulle kunna hjälpa mig själv på ett effektivt sätt.

Och då smög sig ett lågt, fjärran gnällande upp i rummet, och jag visste att faran var på väg. Jag lutade mig långsamt åt vänster medan jag noggrant såg till att Bains fötter inte stack ut utanför den blå kretsen, och tittade ner i mörkret i schaktet som stupade brant ner i Det okända under min vänstra armbåge.

Gnällandet dog bort, men långt nere i mörkret fanns det någonting – bara en avlägsen självlysande prick. Jag stod i bister tystnad i kanske tio långa minuter och tittade ner på tinget. Det ökade i storlek hela tiden, och hade nu blivit mycket tydligare; ändå försvann det nästan i det fjärran, oerhörda Djupet.

Då smög sig det låga gnällande ljudet upp till mig igen när jag stod där och tittade, och Bains, som hade legat stel som en pinne i famnen på mig hela tiden, besvarade det med ett långt djuriskt gnällande, som av någon anledning var avskyvärt på ett nytt sätt.

En mycket egendomlig sak hände just då, för överallt runt kanten av avgrunden, som var så märkligt lik svart glas, framträdde ett plötsligt, självlysande skimmer. Det kom och gick på ett konstigt sätt, och pyrde underligt runt, runt kanten i motsatt riktning mot rotationen av den svarta, tofsprydda molnväggen på utsidan av barriären.

Detta märkliga skimmer försvann till slut, och från det oerhörda Djupet blev jag plötsligt medveten om en förfärlig känsla eller "atmosfär" av monstrositet som höll på att stiga upp ur avgrunden. Om jag sade att det hade kommit en plötslig *pust* av den så skulle det beskriva mycket väl hur det egentligen var, men det andliga illamående av oro som den fick mig att uppleva kan jag helt enkelt inte förklara för er. Det var någonting som tlck mig att känna som om jag skulle bli besudlad in i mitt innersta väsen om jag inte slog undan det med min vilja.

Jag lutade mig tvärt bort från schaktet i riktning mot den yttre av de lysande kretsarna. Jag tänkte se till att inte någon del av min kropp hängde ut över schaktet så länge den motbjudande kraften pulserade upp ur de okända djupen.

Och det var så, stelt bortvänd från mitten av "försvaret", som jag strax såg något nytt, för det fanns någonting – många ting, började jag tro – på andra sidan den dystra väggen som rörde sig evinnerligt runt utsidan av barriären.

Det första jag märkte var en underlig rubbning i den ständigt kretsande molnväggen. Denna rubbning var inom arton tum från golvet och rakt framför mig. Något besynnerligt och "pölliknande" höll på att bildas i den dimmiga väggen, som om någonting manipulerade den. Ytan för denna märkliga lilla rubbning kunde inte ha varit mer än en fot tvärs över, och den stannade inte mitt emot mig utan fördes runt av väggens kretsande.

När den passerade mig igen märkte jag att den buktade litet inåt mot mig, och när den åter rörde sig bort från mig såg jag en annan liknande rubbning, och sedan en tredje och en fjärde, alla i olika delar av den långsamt virvlande svarta väggen, och allihop var inte mer än ungefär arton tum från golvet.

När den första var mitt emot mig igen, såg jag att den lilla utbuktningen hade vuxit till en mycket tydlig utväxt i riktning mot mig.

Överallt runt den roterande muren hade dessa besynnerliga svullnader trätt fram. De fortsatte sträcka sig inåt och förlängas, och hela tiden höll de sig i ständig rörelse.

Plötsligt brast eller öppnades en av dem i toppen, och för ett ögonblick stack spetsen av ett blekt men omisskännligt *tryne* ut där. Det försvann omedelbart, men jag hade sett det tydligt, och inom en minut såg jag hur ett till plötsligt tittade fram genom väggen, till höger om mig, och drog sig tillbaka lika kvickt. Jag kunde inte titta på foten av den underliga, svarta, rörliga cirkeln runt barriären utan att se ett svinliknande tryne kika fram för ett ögonblick här eller där.

Jag glodde på dessa fenomen i ett mycket egendomligt sinnestillstånd. En sådan oerhörd tyngd av abnormitet låg framför och bakom och överallt omkring mig, att det i viss mån skapade ett slags motgift mot rädsla inom mig. Förstår ni? Det frambringade i mig en tillfällig avtrubbning i vilken saker och ting och fasan hos dem blev mindre verkliga. Jag tittade stint på dem, som ett barn tittar ut från ett snälltåg på ett snabbt förbipasserande nattlandskap, som här och där lyses upp av smältugnarna hos okända industrier. Jag vill att ni skall *försöka* förstå.

I min famn låg Bains tyst och stel, och det värkte i armarna och ryggen på mig tills jag var en enda molande värk i hela kroppen, men jag var bara delvis medveten om detta när jag för ett ögonblick vaknade från själsligt till fysiskt medvetande, för att flytta honom till en annan ställning som för tillfället var mindre outhärdlig för mina trötta armar och rygg.

Där var plötsligt någonting nytt: en låg men kolossal, ensam grymtning mullrade kraftfull och rå in i rummet. Den fick Bains orörliga kropp att darra mot mig, och han grymtade tre gånger till svar, med samma röst som en ung gris.

Högt upp i barriärens rörliga vägg såg jag hur något fluffade till de svarta tofsprydda molnen, och klöven och benet på en gris stacks ut, så långt som upp till leden, och fäktade runt ett ögonblick. Detta var ungefär åtta eller nio fot över golvet. Medan den gradvis försvann hörde jag från andra sidan molnslöjan ett lågt grymtande som plötsligt övergick i en kakofoni av vildsinta ljud, grymtningar, kvidanden och svintjut; alla sammansmälta till ett ljud som var det oskäliga djurets innersta melodi – ett grymtande, kvidande, tjutande vrål som vrål för vrål, tjut för tjut och kvidande för kvidande steg till ett fasornas crescendo

– djuriska utgjutelser, begär, aptiter och gärningar ur någon grotta i helvetet... Det är ingen idé, jag kan inte förklara det för er. Min retoriska oförmåga hindrar mig från att finna ord som kan berätta vad den grymtande, tjutande, vrålande melodin ingav mig. Det monstruösa och motbjudande den ägde hade någonting i sig som låg så oförklarligt *under* själens horisonter, att tanken på vanlig enkel dödsfruktan, med alla dess vidhängande kval och fasor och sorger, föreföll fridfull och oändligt helig i jämförelse med skräcken för de okända beståndsdelarna i den förfärliga vrålande melodin. Och ljudet var hos mig *inuti* rummet – *precis där i rummet hos mig*. Ändå verkade jag inte förnimma några avgränsande väggar, utan ekande rymder i gigantiska korridorer. Så egendomligt! Jag tänkte på just dessa båda ord – gigantiska korridorer.

Medan svinmelodins mullrande kaos pulserade på alla håll, kom en ensam grymtning dånande, den ensamma återkommande grymtningen från SVINVARELSEN; för jag visste nu att jag i själva verket och utan tvivel hörde vidundrets – SVINVARELSENS – taktslag.

I Sigsand beskrivs varelsen någonting i den här stilen: "Svinvarelsen som Den allsmäktige ensam har makt över. Om i sömnen eller i farans stund I höra Svinvarelsens röst, hören upp med edra intrång. Ty Svinvarelsen är en av de yttre Monstruösa, och ingen människa skall komma honom nära, och ej heller skola I fortsätta att göra intrång när I höra hans röst: ty när det tidigare livet bebodde världen hade Svinvarelsen makt, och skall så åter få när slutet kommer. Och emedan Svinvarelsen en gång hade makt på jorden, äger han glupskt begär att få komma åter. Och förfärlig skall den skada bliva som åsamkas själen om I fortsätta att göra intrång, och låta besten komma nära. Och jag säger eder alla: Om I hava ådragit eder denna väldiga fara, minnes korset, ty för detta tecken hyser Svinvarelsen skräck."

Det står mycket mer, men jag minns inte alltihop och detta var ungefär det viktigaste.

Där stod jag och höll Bains som hela tiden tjöt fram den förfärliga grymtningen med rösten hos ett svin. Det är ett under att jag inte blev galen. Det var, tror jag, avtrubbningen som orsakades av pressen, som hjälpte mig genom varje ögonblick.

En minut senare, eller kanske fem minuter, fick jag plötsligt en ny förnimmelse, som ett varnande snitt genom mina domnade känslor. Jag vred på huvudet, men det fanns inget bakom mig, och när jag böjde mig åt vänster tycktes jag titta ned i det svarta djupet som stupade brant ner under min vänstra armbåge. I det ögonblicket upphörde det brölande svinvrålet och det verkade som om jag i mil efter mil av svart eter blickade ner på något som fanns där – ett svävande blekt ansikte långt nere i fjärran – ett väldigt svinansikte.

Och medan jag tittade såg jag hur det blev större. Ett till synes orörligt, blekt svinansikte som steg uppåt ur djupet. Och plötsligt förstod jag att det faktiskt var Svinvarelsen jag såg.

5.

I kanske en hel minut blickade jag ner genom mörkret på varelsen som simmade som något slags fjärran likvit planet i det kolossala tomrummet. Och sedan vaknade jag helt enkelt med ett ryck, som man säger, till mina sinnens fulla bruk. Det var nämligen bara så att ett visst övermått av själspress hade lett till den stumma och bedövande, användbara avtrubbningen, varför detta plötsliga, överväldigande och överlägset fasansfulla faktum i sin tur frambringade en reaktion till handling i min orörlighet. Jag gick på ett ögonblick från håglöshet till våldsam effektivitet.

Jag visste att jag genom någon olyckshändelse hade trängt bortom alla tidigare "gränser", och att jag stod där ingen mänsklig själ har någon rätt att vara, och att jag inom några få ynkliga minuter av den jordiska tiden kunde vara död.

Huruvida Bains hade gått över "återkallandets gräns" eller inte, kunde jag inte säga. Jag lade ner honom på sidan försiktigt men snabbt, mellan de inre kretsarna – det vill säga, den violetta kretsen och den indigofärgade kretsen – där han låg och grymtade långsamt. Med en känsla av att det förfärliga ögonblicket hade kommit tog jag fram min revolver. Det verkade bäst att försäkra sig om vår hädanfärd innan varelsen i djupet kom närmare; för när Bains i sitt nuvarande tillstånd väl kommit inom räckhåll för odjurets "induktiva krafter", skulle han upphöra att vara människa. Precis som med Aster som stannade utanför pentaklerna i fallet med Den svarta slöjan, skulle vad som bara kan beskrivas som en patologisk, andlig förändring äga rum – bokstavligt talat själslig förintelse.

Och då var det något som tycktes säga åt mig att inte skjuta. Jag avsåg att döda Bains i det ögonblicket, och det låter kanske litet vidskepligt, men det som hejdade mig var ett tydligt budskap utifrån.

Ni kan förstå att det sände en väldig ilning av hopp genom mig, för jag visste att krafterna som styr rotationen hos den yttre kretsen höll på att ingripa. Men det faktum att ett ingripande pågick bevisade för mig på nytt vilken kolossal andlig fara vi hade hamnat i, för den outgrundliga Beskyddande kraften ingriper bara mellan människans *själ* och Vidundren utifrån.

171

I samma ögonblick som jag mottog detta budskap reste jag mig blixtsnabbt upp och vände mig mot schaktet, samtidigt som jag tog ett steg över den violetta kretsen rakt in i mörkrets käft. Jag var tvungen att ta den risken för att kunna komma åt kontrollpanelen som låg på glashyllan under bordet i mitten. Jag kunde inte bli av med skräcken vid tanken på att jag skulle kunna falla ner genom det ohyggliga beckmörkret. Golvet kändes nog så fast under mig, men det verkade som om jag gick på ingenting över ett svart tomrum liknande en upp- och nervänd stjärnlös natt, medan den annalkande Svinvarelsens ansikte höjde sig upp långt under mina fötter – ett tyst, otroligt väsen från avgrunden – ett blekt, svävande svinansikte, inramat av kolossalt beckmörker.

Två snabba, nervösa kliv förde mig till bordet som stod där i mitten till synes utan att dess glasben vilade på någonting alls. Jag slet fram kontrollpanelen och drog ut ebonitplattan som strömbrytaren för den blå kretsen satt på. Batteriet som försörjde denna krets stod längst till höger av de sju i raden, och varje batteri var märkt med bokstaven för sin krets, så att jag i en nödsituation kunde välja vilket batteri som helst på ett ögonblick.

När jag ryckte upp B-strömbrytaren fick jag en rätt så obehaglig varning för de okända faror som hotade mig på den korta tvåstegsvandringen, för den förfärliga känslan av svindel återkom plötsligt, och för ett fruktansvärt ögonblick såg jag allt genom något suddigt medium som om jag försökte titta genom vatten.

Mellan mina fötter såg jag långt under mig Svinvarelsen, vilken på något egendomligt sätt såg annorlunda ut, tydligare och mycket närmare, och kolossalt stor. Jag kände att den hade kommit närmare mig på bara ett ögonblick. Och plötsligt fick jag intrycket att jag kroppsligen höll på att sjunka neråt.

Jag hade en känsla av att en oerhörd kraft användes för att skjuta mig över kanten på schaktet, men med vartenda uns av viljestyrka jag hade i mig kastade jag mig in i det rökiga dunklet som dolde allting och nådde den violetta kretsen där Bains låg framför mig.

Här satte jag mig ner på huk, och med båda armarna utsträckta framför mig stack jag in pekfingernaglarna under den blå kretsens ebonitsockel, vilken jag lyfte mycket försiktigt så att jag, när sockeln var tillräckligt långt från golvet, kunde sticka in fingertopparna under den. Jag var noga med att inte sträcka mig längre inunder än den inre kanten av det skimrande röret som vilade på det två tum breda underlaget av ebonit.

Mycket långsamt reste jag mig upp och lyfte samtidigt sidan på den blå kretsen. Mina fötter var mellan den indigofärgade och den violetta kretsen, och den blå kretsen var det enda som stod mellan mig och en plötslig död, för om den hade spruckit på grund av den ovanliga påfrestningen jag utsatte den för genom att lyfta den så där, visste jag att jag med all sannolikhet skulle kila vidare ganska omgående.

Så ni kan föreställa hur jag kände mig, grabbar. Jag var medveten om ett obehagligt svagt pirrande som var starkast i fingertopparna och handlederna, och den blå kretsen tycktes vibrera sällsamt som om ytterst små partiklar av någonting stötte emot den i oräkneliga miljoner. Längs med de lysande glasrören, över en sträcka på ett par fot på var sida om mina händer, sjöd och virvlade ett underligt dis av pyttesmå gnistor i form av en märkvärdig gloria.

Medan jag tog ett steg framåt över den indigofärgade kretsen förde jag den blå kretsen utåt mot den långsamt roterande väggen av svarta moln, vilket fick en krusning av pyttesmå bleka blixtar att ringla in över kretsen. Dessa blixtar löpte längs vakuumröret tills de kom till det ställe där den blå kretsen korsade den indigofärgade, och där hoppade de iväg ut i luften med skarpa smällar.

Medan jag gick framåt långsamt och försiktigt med den blå kretsen hände något alldeles enastående, för den roterande molnväggen gav vika inför den som en stor buktande skugga, och tycktes tunnas ut framför den. Jag sänkte min kant av kretsen mot golvet och tog ett steg över Bains och rakt ut i schaktets mynning, medan jag lyfte andra sidan av kretsen över bordet. Den knakade när jag lyfte den som om den var på väg att gå itu, men till sist gick den över ordentligt.

När jag åter tittade ner i djupet av skuggan såg jag under mig hur Svinvarelsens förfärliga bleka huvud svävade i en cirkel av nattmörker. Det slog mig att det skimrade mycket svagt om det – bara en otydlig fluorescens. Och alldeles nära – jämförelsevis. Ingen kunde ha bedömt avstånd i detta svarta tomrum.

Jag lyfte upp kanten på den blå kretsen igen som jag hade gjort tidigare, och bar den ännu längre ut tills den gick till hälften fri för den indigofärgade kretsen. Sedan lyfte jag upp Bains och bar honom till den del av golvet som skyddades av den del av den blå kretsen som låg utanför "försvaret". Sedan lyfte jag kretsen och började röra den framåt så snabbt jag vågade, och ryste varje gång fogarna gnisslade medan hela stommen knakade av påfrestningen jag utsatte den för. Och hela tiden gav den roterande väggen av tofsprydda moln vika inför den blå kretsens kant och buktade bort från den på ett otroligt sätt som om den blåstes bort av en ljudlös vind.

Av och till hade små ljusblixtar börjat hoppa in över den blå kretsen, och jag började undra om den skulle kunna hålla "spänningen" ute tills jag hade släpat ut den ur försvaret.

När den väl låg fri hoppades jag att den abnorma belastningen skulle upphöra omkring oss, och koncentrera sig mest runt "försvaret" igen, och den negativa "spänningens" attraktion.

Just då hörde jag en skarp knäpp bakom mig, och den blå kretsen skakade till något, då den nu hade gått över den violetta och den indigofärgade kretsen helt och hållet och lagt sig direkt på golvet. I samma ögonblick hördes ett lågt mullrande ljud som av åska, och ett besynnerligt rytande. Den svarta kretsande muren hade skingrats omkring oss och rummet syntes tydligt ännu en gång, ändå fanns det inget att se utom ett egendomligt blåaktigt ljusskimmer som då och då krusade fram över golvet.

När jag vände mig om för att titta på "försvaret" märkte jag att det var omgivet av den kretsande svarta molnväggen och att det såg märkligt främmande ut från utsidan. Det liknade en svagt vajande, tjock tratt av virvlande svart dimma som sträckte sig från golv till tak, och genom den såg jag hur den indigofärgade och den violetta kretsen lyste, ibland svagt och ibland tydligt. Och då, medan jag såg på, tycktes hela rummet fyllas av en ohygglig närvaro som vilade på mig med en tyngd av fasa som var själva essensen av andlig livsfara.

Då jag föll på knä där i den blå kretsen bredvid Bains, med omtöcknad och tillfälligt förlamad initiativförmåga, var jag inte i stånd att tänka ut någon ytterligare flyktplan, och jag verkade faktiskt inte bry mig alls för ögonblicket. Jag kände att jag redan hade kommit undan omedelbar förintelse och jag var uppskruvad till en fantastisk nivå av likgiltighet inför eventuella mindre fasor.

Bains hade under hela tiden legat stilla på sidan. Jag rullade över honom på rygg och granskade ingående hans ögon, medan jag på grund av hans tillstånd var noga med att inte blicka *in* i dem, för om han hade passerat "återkallandets gräns" var han farlig. Jag menar, om den "irrande" delen av hans innersta väsen hade blivit assimilerad av Svinvarelsen, då skulle Bains vara andligt tillgänglig och kunde redan då vara endast den yttre skepnaden av mannen ifråga, uppfylld av strålningen från Svinvarelsens monstruösa jag, och därför förmögen till vad jag i brist på en mer exakt beskrivning skulle kunna kalla en mentalt *smittsam* kraft. En sådan kraft är lättare överförbar genom ögonen än på något annat sätt, och i stånd att åstadkomma ett psykiskt utbrott av ytterst farligt slag.

Jag fann emellertid att båda Bains ögon uttryckte en märkvärdig oroad, inspärrad känsla; inte ögongloberna, alltså, utan en reflektion sänd från det "mentala ögat" till det fysiska ögat, som gav det fysiska ögat ett uttryck av begrundan i stället för av seende. jag undrar om ni förstår vad jag menar? Överallt i rummet bröt plötsligt ljudet av de där klövarna fram igen, vilket fick hela stället att eka med ett ljud som av tusen svin som plötsligt går från fullständig orörlighet till en

vansinnig anstormning. Hela tumultet av djuriska ljud tycktes häva sig i en enda
våg mot den egendomligt svajande och kretsande tratten av svarta moln som
sträckte sig från golv till tak runt den violetta och den indigofärgade kretsen.

När ljuden upphörde såg jag att någonting var på väg upp genom "försva-
rets" centrum. Det höjde sig i en långsam ihållande rörelse. Jag såg det blekt
och väldigt genom den svajande, virvlande molntratten – ett ofantligt blekt
tryne som höjde sig ur den ofattbara avgrunden... Det steg högre likt en enorm
blek kulle. Genom en förtunning av molnridån såg jag ett litet öga... Jag kom-
mer aldrig att kunna se ögat på en gris igen utan att känna något av det jag kän-
de då. Ett grisöga med ett slags helvetessken av vidrig insikt lysande längst inne.

6.

Och då greps jag plötsligt av en fasansfull skräck, för nu såg jag början till slutet
som jag hade fruktat hela tiden – jag såg genom det långsamma virvlandet av
molnridåerna hur den violetta kretsen hade börjat lämna golvet. Den höll på
att – lyftas upp av det väldiga trynets allt större omfång.

När jag ansträngde ögonen för att se genom den svajande molntratten såg jag
att den violetta kretsen hade smält och nu rann över de bleka sidorna av trynet
i strömmar av violett eld. Och medan den smälte ägde en förändring rum i at-
mosfären i rummet. Den svarta tratten lyste matt dunkelröd, och ett dystert rött
skimmer fyllde rummet.

Förändringen var en sådan man kan uppleva om man tittar genom en skyd-
dande glasskiva på ett ljussken och glaset plötsligt tas bort. Men där var ytterli-
gare en förändring som jag förnam direkt genom mina känslor. Det var som om
den fruktansvärda närvaron i rummet hade kommit närmare min egen själ. Jag
undrar om ni över huvud taget kan förstå vad jag menar. Innan hade den tyngt
mig ungefär som ett dödsfall en mycket dyster och mulen dag lägger sordin på
ens humör. Men nu var där en vildsint hotfull fara, och den faktiska känslan av
ett vidrigt väsen *tätt intill mig*. Det var fruktansvärt, helt enkelt fruktansvärt.

Och då rörde Bains på sig. För första gången sedan han somnade gick stel-
heten ur honom, och medan han plötsligt rullade över på mage fumlade han
sig upp på händer och fötter på ett egendomligt djuriskt sätt. Sedan rusade han
tvärs över den blå kretsen mot varelsen inuti "försvaret".

Med ett skrik hoppade jag fram för att dra undan honom, men det var inte
min röst som hejdade honom. Det var den blå kretsen. Den fick honom att vika
undan som om någon osynlig hand hade ryckt honom baklänges. Han slängde

175

huvudet bakåt som en gris, skriade med rösten hos ett svin, och började springa runt insidan av den blå kretsen. Runt, runt sprang han, och två gånger försökte han rusa tvärs över den till fasan i den svajande molntratten. Varje gång kastades han tillbaka, och varje gång skriade han som ett stort svin, och ljuden ekade runt om i rummet på ett fasansfullt sätt som om de kom någonstans långt bortifrån.

Vid det här laget var jag ganska säker på att Bains verkligen hade gått över "återkallandets gräns", och den vetskapen fyllde mig med en ny och mer hopplös skräck och ömkan, och en mer ohygglig fruktan för mig själv. Jag visste att om det var så, då var det inte Bains jag hade med mig i kretsen utan ett monster, och jag visste att om jag skulle ha en sista chans att sätta mig i säkerhet måste jag ta ut honom utanför kretsen.

Han hade slutat med sitt outtröttliga springande runt, runt, och låg nu ner på sidan medan han grymtade ihållande och lågmält på ett sorgligt sätt. När de långsamt virvlande molnen tunnades ut litet såg jag åter det bleka ansiktet med viss tydlighet. Det var fortfarande på väg uppåt, men långsamt, mycket långsamt, och återigen växte ett hopp inom mig om att det kunde hejdas av "försvaret". Jag såg alldeles tydligt att ohyggligheten såg på Bains, och i det ögonblicket räddade jag liv och själ på mig själv genom att titta ner. Där, i närheten av mig på golvet, var varelsen som såg ut som Bains, med händerna utsträckta för att gripa mig om vristerna. En sekund till, så skulle jag ha blivit fälld och fallit *utåt*. Förstår ni vad det skulle ha inneburit?

Det var inte läge att tveka. Jag bara hoppade och landade med knäna ovanpå Bains. Han låg ganska stilla efter ett kort handgemäng, men jag tog av mig hängslena och bakband honom. Och jag ryste bara jag rörde vid honom, som om jag rörde vid någonting monstruöst.

När jag var klar märkte jag att det rödaktiga skimret i rummet hade djupnat tämligen avsevärt, och det var mörkare i hela rummet. Förstörandet av den violetta kretsen hade reducerat belysningen märkbart, men mörkret som jag talar om var något utöver detta. Det var som om någonting nu hade kommit in i atmosfären i rummet – ett slags dunkel – och trots skenet från den blå kretsen och den indigofärgade kretsen inuti molntratten fanns det nu mer rött ljus än någonting annat.

Mitt emot mig tycktes det väldiga, molnhöljda odjuret i den indigofärgade kretsen vara orörligt. Jag såg hela tiden vagt dess konturer, och bara när molntratten tunnades ut kunde jag se det tydligt – en enorm, trynförsedd upphöjning, svagt självlysande med vitt ljus, med den ena jättelika sidan vänd mot mig, och nära foten av sluttningen en minimal springa ur vilken ett vitaktigt öga lyste.

Genom det tunna dystra röda diset såg jag snart något som släckte hoppet inom mig och ingav mig en fruktansvärd förtvivlan, för den indigofärgade kretsen, den sista barriären i försvaret, höll sakta på att lyftas upp i luften – Svinvarelsen hade börjat stiga ännu högre. Jag kunde se hur dess förfärliga tryne höjde sig upp ur molnet. Långsamt, mycket långsamt, steg trynet, och den indigofärgade kretsen följde med det upp.

I den döda stillheten i rummet fick jag en märklig känsla av att hela evigheten var spänd och ytterligt stilla som om vissa krafter var medvetna om denna fasa jag hade fört in i världen... Och sedan fick jag en förnimmelse av någonting som nalkades... någonting långt, långt bortifrån. Det var som om någon dold okänd del av min hjärna visste det. förstår ni? Någonstans i rymdens höjder fanns det ett ljus som nalkades. Jag tycktes *höra* hur det var på väg. Jag kunde nätt och jämnt se Bains kropp på golvet, hopkrupen och formlös och orörlig. Innanför den svajande molnslöjan syntes odjuret som en väldig, blek, svagt självlysande upphöjning med ett jättelikt tryne – ett vidunder i form av en djävulsk hög, blek och dödsbringande mitt i det röda som svävade i rummets atmosfär.

Någonting sade mig att det höll på att göra en sista kraftansträngning mot hjälpen som var på väg. Jag såg att den indigofärgade kretsen nu var några tum från golvet, och varje ögonblick väntade jag mig att få se den förvandlas till strömmar av indigofärgad eld nerför trynets bleka sidor. Jag såg hur kretsen började röra sig uppåt med märkbar fart. Odjuret var på väg att triumfera.

Ute i någon region av rymden hördes ett lågt kontinuerligt dån. Fenomenet i de stora höjderna närmade sig snabbt, men det kunde aldrig hinna i tid. Dånet växte från ett lågt, avlägset mummel till ett djupt ihållande muller... Det blev högre och högre, och medan det tilltog såg jag att den indigofärgade kretsen, som nu lyste genom det röda dunklet i rummet, var en hel fot över golvet. Jag tyckte att jag såg ett svagt flimmer av indigofärgat ljus... Den sista kretsen i barriären började smälta.

I samma ögonblick växte mullret av den flygande företeelsen, som min hjärna hörde så tydligt, till ett dundrande, världsomskakande vrål, vilket fick rummet att gunga och vibrera av överväldigande oljud. En sällsam blixt av blå eld slet för ett ögonblick upp molntratten från topp till fot, och jag såg en hastig skymt av Svinvarelsens bleka vidunderlighet, naken och färglös och förfärlig.

Sedan gick trattens sidor ihop igen och dolde varelsen för mig, samtidigt som tratten snabbt förvandlades till en kupol av tyst blått ljus – Guds egen färg! Med ens var det som om molnet hade försvunnit, och från golv till tak framträdde denna kupol av blått ljus omcirklad av tre ringar av grönt ljus på lika långt avstånd från varandra, i ohyggligt majestät likt ett levande änglaväsen. Där var inget ljud och inga rörelser, inte ens ett flackande, och inte heller kunde jag se något i ljuset, för det var som att blicka upp i himlens kyliga blå valv när man tittade in i det. Men jag var förvissad om att en av de outgrundliga krafter som styr den yttre kretsens rotation hade kommit till vår hjälp, för kupolen av blått ljus, omcirklad av tre gröna band av tyst eld, var det yttre eller synliga tecknet på en enorm kraft, otvivelaktigt av defensiv karaktär.

I tio minuter av total tystnad stod jag där i den blå kretsen och iakttog fenomenet. Minut efter minut såg jag hur det tjocka motbjudande röda diset drevs ut ur rummet samtidigt som stället ljusnade riktigt märkbart. Och allt eftersom det ljusnade började Bains kropp detalj för detalj förändras från att vara en formlös skugga tills jag kunde se hängslena med vilka jag hade bundit ihop hans handleder.

Och när jag såg på honom rörde hans kropp litet på sig, och med svag men fullständigt frisk röst sade han:

"Jag har drömt det igen! Gode Gud! Jag har drömt det igen!"

7.

Jag föll snabbt på knä vid hans sida, lossade hängslena från hans handleder och hjälpte honom vända på sig och sätta sig upp. Han tog mig litet vanvettigt i armen med båda händerna.

"Jag somnade i alla fall", sade han. "Och jag har varit där nere igen. Gode Gud! Den tog mig nästan. Jag var nere på det där ohyggliga stället och den verkade vara alldeles runt ett stort hörn, och jag blev hindrad från att komma tillbaka. Jag tycktes kämpa i evigheters evighet. Jag kände att jag höll på att bli galen. Galen! Jag har nästan varit nere i ett helvete. Jag kunde höra hur ni ropade ner till mig från ett ohyggligt långt avstånd. Jag kunde höra hur er röst ekade längs gula korridorer. De *var* gula. Det vet jag att de var. Och jag försökte komma och jag kunde inte."

"Såg ni mig?" frågade jag honom när han tystnade och flämtade.

"Nej", svarade han och lutade huvudet mot min axel. "Jag säger ju att den nästan tog mig den här gången. Jag kommer aldrig att våga sova igen så länge jag lever. Varför väckte ni mig inte?"

"Det gjorde jag", sade jag till honom. "Jag höll er i min famn större delen av tiden. Ni tittade hela tiden upp i mina ögon som om ni visste att jag var där."

"Jag vet", sade han. "Jag minns nu, men ni verkade vara högst upp i något

178

otäckt hål, flera mil från mig, och de där fasorna grymtade och kved och tjöt
och försökte f'anga mig och behålla mig där nere. Men jag såg ingenting – bara
de gula väggarna i de där gångarna. Och hela tiden fanns det någonting alldeles
runt hörnet."

"I alla fall är ni i säkerhet nu", sade jag. "Och jag garanterar att ni kommer
att gå säker i framtiden."

Det hade blivit mörkt i rummet bortsett från ljuset från den blå kretsen. Ku-
polen hade försvunnit, den virvlande svarta molntratten var borta, Svinvarelsen
var borta, och ljuset hade dött i den indigofärgade kretsen. Och atmosfären
i rummet var trygg och normal igen vilket jag bevisade genom att vrida på
strömbrytaren, som var i närheten av mig, för att minska på den blå kretsens
defensiva kraft och möjliggöra för mig att "känna" spänningen utanför. Sedan
vände jag mig mot Bains.

"Kom nu", sade jag. "Vi går och tar en bit mat, och vilar litet."

Men Bains sov redan som ett trött barn, med handen som kudde under huvu-
det. "Stackars lille sate!" sade jag medan jag lyfte upp honom. "Stackars lille sate!"

Jag gick bort till huvudkontrollpanelen och slog av strömmen för att släcka
ut den skyddande "V"-pulsen ur dörren och de fyra väggarna; sedan bar jag ut
Bains till verklighetens ljuva sunda normaltillstånd. Det kändes underbart att
komma ut ur den där skräckkammaren, och det kändes ännu mer underbart att
få se min sovrumsdörr på andra sidan, öppen på vid gavel, och sängen som såg
så mjuk och vit ut som vanligt – så vardaglig och mänsklig. Förstår ni, grabbar?

Jag bar in Bains i rummet och lade honom på sotfan, och det var då jag insåg
vad jag hade stått inför, för när jag skulle ta mig ett glas tappade jag flaskan och
var tvungen att hämta en ny.

Efter att jag hade ratt Bains att dricka ett glas lade jag honom på sängen.

"Så där", sade jag, "titta mig stint i ögonen. Hör ni mig? Ni kommer att
somna tryggt och gott, och om någonting besvärar er, lyd mig och *vakna*. Sov
nu – sov – sov!"

Jag drog handen neråt över hans ögon ett halvdussin gånger, och han stupade
som ett barn. Jag visste att om faran kom igen skulle han lyda min vilja och vak-
na. Jag har för avsikt att bota honom, dels genom hypnotisk suggestion, dels ge-
nom en särskild elektrisk behandling som jag skall be doktor Witton ge honom.

Den natten sov jag på soffan, och när jag gick för att titta till Bains på morgo-
nen fann jag att han fortfarande sov, så jag lämnade honom där och gick in i expe-
rimentrummet för att undersöka resultaten. Jag fann dem mycket överraskande.

Inuti rummet kändes det konstigt, som ni kan föreställa er. Det var märkvärdigt att stå där i det underliga blåaktiga ljuset från de "behandlade" fönstren och se den blå kretsen ligga där jag hade lämnat den, fortfarande lysande; och längre bort "försvaret", krets inuti krets, samtliga släckta; och i mitten stod bordet med glasbenen där det några timmar tidigare hade dolts inuti Svinvarelsens fruktansvärda vidunderlighet. Alltihop föreföll faktiskt som en galen och fruktansvärd dröm när jag stod där och tittade. Jag har utfört en del egendomliga experiment där inne tidigare, som ni vet, men jag har aldrig varit närmare en katastrof.

Jag lämnade dörren öppen för att inte känna mig instängd, och sedan gick jag bort till "försvaret". Jag var våldsamt nyfiken på att se vad som hade hänt rent fysiskt under påverkan från en sådan kraft som Svinvarelsen. Jag hittade omisskännliga tecken som bevisade att händelsen verkligen hade varit en saaitisk manifestation, för det var ingen mental eller fysisk illusion att den violetta kretsen hade smält. Det fanns ingenting kvar av den utom en ring av pölar av smält glas. Guttaperkasockeln hade bränt ihop helt och hållet, men golvet och allting var oskatt. Ni förstår, saaitii-formema kan ofta angripa och förstöra, eller till och med utnyttja, själva det defensiva materialet som används mot dem.

När jag klev över den yttre kretsen och tittade närmare på den indigofärgade kretsen såg jag att den var helt genomsmält på flera ställen. Några ögonblick till, så skulle Svinvarelsen ha varit fri att expandera som en osynlig dimma av fasa och förintelse i världens atmosfär. Och då, just i det ögonblicket, hade frälsningen kommit. Jag undrar om ni kan sätta er in i mina känslor när jag stod där och betraktade den förstörda barriären. –

Carnacki började knacka ur sin pipa vilket alltid är ett tecken på att hans berättelse är över och att han är redo att besvara alla frågor vi kan tänkas vilja ställa.

Taylor var först. – Varför använde du inte den elektriska pentakeln förutom dina nya spektrumkretsar? frågade han.

– Därför att pentakeln bara är "defensiv", svarade Carnacki, och jag ville ha kapaciteten att skapa en "fokus" under den tidiga delen av experimentet, och sedan ändra färgkombinationen i det kritiska ögonblicket för att få ett "försvar" mot resultaten av "fokus". Ni vet vad jag menar.

Ni förstår, fortsatte han när han såg att vi inte hade begripit, det kan inte finnas någon "fokus" inuti en pentakel. Den är endast "defensiv" till sin natur. Även om jag hade slagit av strömmen till den elektriska pentakeln hade jag fortfarande varit tvungen att räkna med den egendomliga och otvivelaktigt "defensiva" kraft som dess form tycks utöva, och detta skulle ha räckt för att göra fokus "suddig".

I det nya forskningsarbete jag håller på med måste jag använda en "fokus" och således är pentakeln förbjuden. Men jag är inte säker på att den spelar någon roll. Jag är övertygad om att mitt nya "spektrumförsvar" kommer att visa sig absolut ogenomträngligt när jag har lärt mig använda det, men det kommer att ta tid. Det här senaste fallet har lärt mig något nytt. jag hade aldrig tänkt på att kombinera grönt med blått, men de tre gröna banden på blå botten på kupolen har ratt mig att tänka. Om jag bara kunde de rätta kombinationerna! Det är kombinationerna jag måste ta reda på. Ni förstår vikten av dessa kombinationer bättre när jag påminner er om att grönt för sig själv, på ett mycket begränsat sätt, är mer dödligt än rött – och rött är den farligaste färgen av alla.

– Berätta, Carnacki, vad är Svinvarelsen för något? sade jag. Kan du det? Jag menar, vad är det för slags odjur? Såg du den *verkligen*, eller var allthop något slags fasansfull, farlig dröm? Hur vet du att det var ett av monstren utifrån? Och vad är skillnaden mellan den sortens fara och den sortens väsen som du såg i fallet med Monstrets portal? Och vad...?

– Sakta i backarna! skrattade Carnacki. En i taget! Jag ska besvara alla dina frågor, men jag tror inte jag skall ta dem riktigt i din ordning. Till exempel, vad gäller att verkligen se Svinvarelsen, så kan jag säga att man generellt sett inte ser saker som är "spöklika" till sin natur med ögonen. Dem ser man med det mentala ögat som har denna övernaturliga egenskap – vilken inte alltid är utvecklad till ett användbart tillstånd – utöver sin "normala" uppgift att avslöja för hjärnan vad våra fysiska ögon uppfattar.

Ni förstår att när vi ser "spöklika" ting är det ofta det "mentala" ögat som utför uppgiften att avslöja för hjärnan vad det fysiska ögat ser samtidigt som det visar vad det själv ser. När de båda synsinnena blandar sina funktioner på ett sådant sätt rar vi intrycket att vi faktiskt ser hela den "anblick" som visas upp för vår hjärna genom våra fysiska ögon.

På så sätt far vi ett intryck av att se både de materiella och de immateriella delarna av en "abnorm" scen med våra fysiska ögon. Ty varje detalj som mottas och visas upp för hjärnan av mekanismer som är avsedda för det syftet ger intryck av lika stort verklighetsvärde – det vill säga, det ser lika materiellt ut. förstår ni?

Vi nickade instämmande, och Carnacki fortsatte:

– Om någonting på samma sätt skulle hota vår psykiska kropp skulle vi generellt sett få intrycket att det var vår fysiska kropp som hade blivit hotad, för våra psykiska förnimmelser och intryck skulle läggas ovanpå våra fysiska, på samma sätt som vår psykiska och vår fysiska syn läggs ovanpå varandra.

Våra förnimmelser skulle smälta samman på ett sådant sätt att det skulle bli omöjligt att skilja mellan det vi känner fysiskt och det vi känner psykiskt. För att förklara bättre vad jag menar: En människa kan i en "spöklik" upplevelse tycka att hon faller *i verkligheten*. Det vill säga, att hon faller i fysiskt avseende, men hela tiden är det hennes mentala väsen eller varelse – kalla det vad ni vill – som faller. Men det som visas upp för hennes hjärna är helt enkelt känslan av att falla. Förstår ni?

Samtidigt måste ni komma ihåg att faran inte är mindre på grund av att det är hennes psykiska kropp som faller. jag syftar på känslan jag fick av att falla under den tidrymd då jag gick tvärs över öppningen till schaktet. Min fysiska kropp kunde med lätthet gå över den och känna hur golvet låg fast under mig, men min psykiska kropp riskerade verkligen att falla. Man kan faktiskt säga att jag bokstavligt talat *bar* min psykiska kropp över, att jag höll den inom mig genom min livsenergis dragningskraft. Ni förstår, för min psykiska kropp var schaktet lika verkligt och lika påtagligt som ett kolschakt skulle ha varit för min fysiska kropp. Det var bara dragningskraften hos min livsenergi som hindrade min psykiska kropp från att falla ut ur mig, ungefär som ett lod, ner genom de eviga djupen i riktning mot odjurets jättelika dragningskraft.

Som ni minns var Svinvarelsens dragningskraft för stor för min livsenergi att stå emot, och psykiskt sett började jag falla. Genast registrerade min hjärna en förnimmelse som var identisk med den som skulle ha registrerats om min fysiska kropp hade fallit. Det var en vansinnig risk jag tog, men som ni vet var jag tvungen att ta den för att komma åt strömbrytaren och batteriet. När jag fick den fysiska känslan av att falla och tycktes se de svarta disiga sidorna i schaktet överallt omkring mig, så var det mitt mentala öga som i hjärnan registrerade vad det såg. Min psykiska kropp hade i själva verket börjat falla och var faktiskt under kanten på schaktet men fortfarande i kontakt med mig. Med andra ord var mina fysisk-magnetiska och mina psykiska "glorior" fortfarande förenade. Min fysiska kropp stod fortfarande stadigt på golvet i rummet, men om jag inte varje gång med ansträngning eller vilja tvingat min fysiska kropp att gå över till andra sidan, skulle min psykiska kropp ha fallit helt ur "kontakt" med mig och försvunnit ner likt en spöklik meteorit, underkastad Svinvarelsens dragningskraft.

Den egendomliga känslan jag fick av att pressa mig genom ett hindrande medium var inte alls någon fysisk känsla, som vi uppfattar det ordet, utan snarare den psykiska känslan av att tvinga mitt väsen att åter korsa det "gap" som redan hade uppstått mellan min fallande psykiska kropp, som nu var under schaktets rand, och min fysiska kropp som stod på golvet i rummet. Och det "gapet" var fyllt av en kraft som strävade efter att hindra min kropp och själ från att återförenas. Det var en fruktansvärd upplevelse. Minns ni hur jag fortfarande kunde se med min hjärna genom ögonen hos min psykiska kropp, trots att den redan hade fallit ur mig en bit? Det är en märkvärdig sak att komma ihåg.

Men om vi nu skall fortsätta, så är alla "spöklika" fenomen ytterst diffusa i sitt normaltillstånd. De blir aktivt fysiskt farliga i samtliga fall där de är koncentrerade. Den bästa jämförelsen jag på rak arm kan komma på är elektriciteten som alla känner till – en kraft som vi förresten har alldeles för lätt att föreställa oss att vi förstår eftersom vi har namngivit och tämjt den, som man brukar säga. Men vi förstår den inte alls! Den är fortfarande ett totalt, grundläggande mysterium. Nå, när elektriciteten är diffunderad är den ett "föreställt och ogripbart någonting", men när den är koncentrerad innebär den en ögonblicklig död. Hänger ni med så långt?

Ta till exempel den förklaringen som en mycket, mycket grov bild av vad Svinvarelsen är för något. Svinvarelsen är ett av dessa miljontals kilometer långa moln av "formlöshet" som finns i Yttre kretsen. Det är på grund av detta som jag kallar dessa moln av energi för Odjuren utifrån.

Exakt vad de är för något är en enorm fråga att svara på. Ibland undrar jag om Dodgson där inser precis hur omöjligt det är att besvara en del av hans frågor. Och Carnacki skrattade.

– Men för att göra ett försök i alla fall. Det finns runt den här planeten, och förmodligen runt andra också så klart, kretsar av vad jag kallar "emanationer". Detta är en ytterst lätt gas, eller skall jag kanske säga eter? Stackars eter, den har utnyttjats ordentligt i sin dag!

Gå för ett ögonblick tillbaka till er skoltid, och kom ihåg att jorden en gång i tiden bara var ett klot av extremt heta gaser. Dessa gaser kondenserades i form av råämnen och annan "fast" materia, men det finns vissa som ännu inte har övergått till fast form – luft, till exempel. Nå, vi har ett jordklot av fast materia som vi kan stampa på så mycket vi vill, och runt det klotet finns det ett hölje av gaser vars beståndsdelar i stora drag behövs för allt liv, som vi uppfattar livet – det vill säga, luft.

Men detta är inte den enda kretsen av luft som svävar omkring oss. Det finns, som jag har tvingats komma fram till, större och mer förtunnade "gasbälten" som zon på zon ligger högt upp omkring oss. Dessa utgör vad jag har benämnt som de inre kretsarna. De omges i sin tur av en krets eller ett bälte av vad jag i brist på bättre ord kallar "emanationer".

Denna krets som jag kallar Den yttre kretsen kan inte ligga mer än hundrasextio tusen kilometer från jorden, och den har en tjocklek som jag förmodar är vad som helst mellan åtta och sexton miljoner kilometer. Jag tror, utan att kunna bevisa det, att den inte roterar åt samma håll som jorden utan åt motsatt håll, och en trolig orsak till detta kan man nog hitta om man studerar teorin som en viss elektrisk maskin är konstruerad efter.

Jag har anledning att tro att rotationen av Den yttre kretsen då och då störs av orsaker som är helt okända för mig, men som jag antar är grundade i fysikaliska fenomen. Den yttre kretsen är den psykiska kretsen, men den är också fysisk. För att förklara vad jag menar måste jag återigen använda elektriciteten som exempel, och säga att precis som elektriciteten avslöjade sig för oss som något helt skilt från vår tidigare uppfattning om materien, så skiljer sig Den psykiska eller yttre kretsen från alla våra nuvarande uppfattningar om materien. Ändå är den icke desto mindre fysisk till sitt ursprung, och på samma sätt som elektriciteten är fysisk, så är Den yttre eller psykiska kretsen fysisk i sina beståndsdelar. Bildligt talat är den fysiskt sett för Den inre kretsen vad Den inre kretsen är för de övre luftlagren, och vad luften – som vi känner denna förtroliga gas – är för vattnet och vattnet är för den fasta världen. Förstår ni hur jag tänker?

Vi nickade allihop, och Carnacki fortsatte.

– Jaha, då skall jag tillämpa allt detta på det jag har i åtanke. Jag menar att dessa miljontals kilometer långa moln av monstrositet som svävar i Den psykiska eller yttre kretsen alstras av grundämnena i den kretsen. Det är oerhörda psykiska krafter, som skapats ur dess grundämnen precis som en bläckfisk eller haj skapas ur havet, eller en tiger eller någon annan fysisk kraft skapas ur grundämnena i sin omgivning av jord och luft.

För att gå ännu längre, så består en fysisk människa helt och hållet av beståndsdelar från jord och luft, i vilka jag inkluderar solljus och vatten och "kryddor"! Med andra ord kunde hon inte FINNAS TILL utan jord eller luft! Eller för att uttrycka det på ett annat sätt, jord och luft alstrar inuti sig råmaterialen till kropp och hjärna, och därför, förmodligen, även intelligensens maskineri.

Tillämpa nu detta resonemang på Den psykiska eller yttre kretsen som, trots att den är så förtunnad att jag grovt kan räkna med att den närmar sig vår uppfattning om etern, ändå innehåller alla de grundämnen som krävs för att skapa vissa faser av kraft och intelligens. Men dessa grundämnen har en form som påminner om materia lika litet som doftemanationerna påminner om doften i sig. På samma sätt finns det ingen likhet mellan Den yttre kretsens kapacitet för att skapa kraft och intelligens, och jordens och luftens kapacitet för att skapa kraft och intelligens, precis som resultaten av Den yttre kretsens beståndsdelar inte liknar resultaten av jord och luft. Jag undrar om ni förstår min förklaring.

Och således förefaller det mig som om vi skisserat föreställningen om en jättelik psykisk värld, alstrad av den fysiska, och belägen långt utanför denna värld och helt och hållet omslutande den, med undantag för de portaler som jag hoppas kunna berätta om någon annan kväll. Denna enorma psykiska värld i Den yttre kretsen "alstrar" – om jag kan använda den termen – sina egna psykiska krafter och intelligenser, monstruösa och andra, precis som den här världen skapar sina egna fysiska krafter och intelligenser – varelser, djur, insekter och liknande, monstruösa och andra.

Odjuren från Den yttre kretsen hyser illvilja mot allt det vi anser mest åtråvärt, på samma sätt som en haj eller tiger på ett fysiskt sätt kan anses hysa illvilja mot allt det vi anser åtråvärt. De är rovdjur – precis som all positiv kraft är rovdjurslik. De har begär rörande oss som är otroligt mycket mer förfärliga för våra hjärnor när vi förstår dem, än vad ett intelligent får skulle anse om våra begär rörande dess eget kadaver. De plundrar och förstör för att tillfredsställa lidelser och hunger precis som andra existensformer plundrar och förstör för att tillfredsställa sina lidelser och sin hunger. Och dessa odjur lustar oftast, men inte alltid, efter människans psykiska väsen.

Men det är allt jag kan berätta för er i kväll. Någon kväll vill jag berätta om det oerhörda mysteriet med de psykiska portalerna. Till dess – har jag gjort saker och ting litet klarare för dig, Dodgson?

– Ja och nej, svarade jag. Du har varit en riktig hedersknyffel som försökte, men det finns fortfarande ungefär tio tusen saker till som jag vill veta.

Carnacki reste sig. – Ut med er! sade han vänskapligt med sin välkända fras. Ut med er! Jag vill sova.

Och efter att ha skakat hand med honom släntrade vi ut på den tysta Embankment.

The Hog (postumt publ. 1947)
Övers. Martin Andersson

Henry S. Whitehead

Läpparna

Slavskeppet Saul Taverner med Luke Martin som kapten, kom från Cartagena och ankrade upp i hamnen vid S:t Thomas, huvudstad och det största samhället i danska Västindien. En liten bark från Martinique, som låg förtöjd på hennes läsida, skickade en fullt bemannad slup mot land för att be hamnkaptenen om tillstånd att få byta ankarplats. Luke Martins landstigningsbåt var bara några få längder efter fransmannens. Martin ropade åt styrmannen som förde i land fransmannen: – Säg åt Lollik att jag byter plats med er, och välkomna! Vad fraktar ni – konjak?

Barkens styrman, en fransk mulatt från någon ö, nickade över axeln och skrev ned beställningen i en anteckningsbok av läder utan att minska på farten. Det var ingen glad upplevelse att ligga i en halvt instängd hamn alldeles i lä om ett slavskepp och brådskan märktes trots den försonande konjaksbeställningen. – Utmärkt, kapten, sa styrmannen tystlåtet.

Martin lade till samtidigt som martiniquen rundade hörnet till vänster och försvann utom synhåll i riktning mot hamnkaptenens plats. Martin blängde efter honom och muttrade för sig själv.

– Viktigpetter! Snackar engelska – öarnas språk, tänker på franska, du och din skitviktighet! Och din farfar kom ut med slavskepp vare sig du vill eller inte! Du och din skitviktighet!

Efter att ha nått hörnet hade styrmannen vänt. Martin kastade för en sekund en blick efter honom, vände därefter åt höger och ökade farten en aning. Hans affärer på landbacken förde honom till fortet. Han hade för avsikt att landsätta sin last eller en del av den samma kväll. Kolonin hade brist på fältarbetare. Med hjälp av trupper från Martinique och Frankrike samt en sådan med spanjorer från den närmaste grannen, Puerto Rico, hade kolonin just slagit ned ett blodigt uppror på sidoön S:t Jan. Många av slavarna hade dödats under den gemensamma, beväpnade vedergällningsaktionen året 1833.

Luke Martin fick sitt tillstånd att landsätta lasten, varför han utan svårighet och i sin egenskap av tyrannisk jänkare inte lät gräset gro under sina fötter. Vid fyra glas under kvällsvakten körde han iväg hantlangarna och Saul Taverners däck översvämmades av fjättrade svarta för renspolningsceremonien. Hopgyttrade och blinkande mot julikvällens bländande sol under den 18:e parallellen nordlig bredd, stod den mörkhyade människomassan intvålad med nävar av avfall från såpspannen, skrubbades med kortskaftade borstar och sköljdes av med andra ämbar. Båtlaster med negrer omringade skeppet för att se renspolningen och hölls på avstånd av en svärande tredje styrman som avdelats för ändamålet.

Vid sju glas var renspolningen klar och före solnedgången hade en rad prämar – var och en bevakad av ett par danska gendarmer med musköter och påsatta bajonetter – radats upp utmed sidan för att föra iland de hundrasjutton svarta. De flesta av dem skulle sändas iväg för att komplettera arbetarna på S:t Jans plantager på andra sidan ön S:t Tomas.

Landsättningsproceduren började efter mörkrets inbrott i ljuset av lanternor. Stor omsorg iakttogs av alla inblandade så att ingen kom undan genom att hoppa överbord. En kontrollräknare från land prickade av de svarta allt eftersom de gick över skeppssidan till pråmarna; och dessa som nu började fyllas, roddes till flottbryggan av andra slavar, som böjde sig i sex svepande rörelser i de med platta bogar försedda plankbåtarna.

Bland de hopträngda svarta kropparna i den allra sista omgången stod en kvinna, mycket högväxt och tunn med ett nyfött, kolsvart barn vid sitt bröst. Kvinnan stod en aning vid sidan om de andra, längre bort från den låga relingen på Saul Taverners främre däck. Hon nynnade för sitt lilla barn. Bakom henne närmade sig Luke Martin. Han var otålig över lossandet och slog mot hennes tunna vrister med sin piska av noshörningsläder. Kvinnan rörde inte en min. Istället vred hon på huvudet och mumlade några få stavelser med låg röst på eboedialekten. Martin föste in henne i mängden av svarta, förbannade vitt och brett samtidigt som han för andra gången slog mot de spinkiga smalbenen. Kvinnan vände sig om mycket lugnt och stilla när han gick förbi bakom henne, lät huvudet mjukt falla mot Martins axel och viskade i hans öra. Rörelsen var så utsökt som om den hycklade en smekning, men Martins förbannelse dog i strupen på honom.

Han galltjöt av smärta när kvinnan lyfte på huvudet och piskan han hållit föll skramlande på däckets brädfodring, när han sökte sig till axeln med handen. Kvinnan som erfaret höll sitt barn, hade rört sig in mot de hoptryckta svarta. Ett dussintal av dem ställde sig emellan henne och Martin, som hoppade på en fot och svor i en jämn ström av ondskefulla och vidriga skymford. Fortfarande under smädelser begav han sig sedan hastigt i väg till sin hytt efter något antiseptiskt. Varje tanke på hämnd slukades av hans vidskepliga fruktan för vad som kunde hända om han inte genast skötte om sitt hemska sår alldeles under vänstra örat, där den svarta kvinnan låtit sina kraftiga vitskinande tänder sjunka in i den stora nackmuskel mellan axeln och käken.

När han dök upp tio minuter senare, var såret genomdränkt med kaliumpermanganat och klumpigt täckt med ett rent tygstycke. Då befann sig den sista pråmen tack vare rörelseenergin halvvägs i land och regeringstjänstemannen från fortet stod och väntade på honom tillsammans med ett par gendarmer som bevakade en väska med mynt. Han ledsagade regeringstjänstemannen under däck, där de med gendarmerna vid hyttdörren uppskattade och adderade och räknade upp pengar den kommande timmen med en flaska felfri rom och ett par glas mellan sig.

Vid två glas utnyttjade Saul Taverner kvällens passadvind under månens sken och lämnade hamninloppet för att hålla undan upp till Norfolk, Virginia, varifrån hon utan last skulle fortsätta uppför kusten till sin hemmahamn i Boston, Massachusetts.

Det hade hunnit bli midnatt innan kapten Martin, efter att med omsorg om sitt skepp tagit sig ut ur S:t Thomas trygga och säkra hamn, kröp till kojs i höjd med Culebras fyrtorn bortom hamnkvarteren. Såret på hans axel värkte molande varför han skickade efter sin förste styrman, Matthew Pound, för att få det urtvättat med mera kaliumpermanganat och ändamålsenligt ombundet. Såret fanns på ett så bakvänt ställe – förbannad vare den svarta slynan! – att han inte kunde sköta om det själv.

Pound bleknade och mumlade lågmält vid den fula anblicken av såret när Martin plågad tagit av sig skjortan och försiktigt tagit bort tygbiten som han på känn täckt det med, ett tygstycke som nu var styvt och hopklumpat av det grymma sårets blod som torkat på dess insida.

Då Martin ogillade uttrycket i sin styrmans anlete liksom dess blekhet efter anblicken av såret i halsen, avstod han från hjälp och lade själv om det.

Första natten sov han inte mycket, men det berodde på att han grubblade över sitt köpslående med de där underbemannade danskarna. De hade för ont om pengar för att kunna köpa det svarta kött som skulle svettas på rörsockerfälten där borta på S:t Jans bergssluttningar. Han kunde enkelt ha gjort sig av med hela lasten, men det var olyckligtvis inte att tänka på. Efter den långsamma och heta resan över Karibiska sjön från Cartagena hade han knappt tillräckligt med last kvar för att uppfylla förpliktelsen att leverera ett visst antal individer i Norfolk. Men han skulle med glädje ha gjort sig av med allesammans – han svor högt! – och sätta kurs raka spåret till Boston. Dagen efter sin hemkomst skulle han gifta sig. Han var ivrig att komma hem och redan nu förde Saul Taverner så mycket segel hon kunde hålla sig upprätt med. Hon krängde under den orubbliga passadvinden på denna latitud. Såret värkte och pinade icke förty och han fann det därför nära nog omöjligt att sätta sig i en jämförelsevis bekväm ställning. Han kastade sig av och an och uttalade förbannelser långt in i den heta natten. Framemot morgonen föll han i ryckig sömn.

Hela sidan på nacken och axeln var en enda stor, brännande värk när han vaknade och försiktigt hävde sig upp med båda händerna. Han kunde varken böja på huvudet eller till en början ens vrida det från ena sidan till den andra. Att klä sig var en mycket smärtsam procedur, men han lyckades. Han ville se hur bettet såg ut, men då han aldrig rakade sig till sjöss fanns det ingen spegel i hytten. Han baddade det såriga området med lagerbärssprit, som smärtade avskyvärt. Det fick honom att åter utstöta förbannelser. Slutligen påklädd tog han sig upp på däck förbi stewarden som dukade till frukost i salongen. Han tyckte att stewarden tittade nyfiket på honom, men var inte säker. Inte att undra på. Han hade gått i sidled likt en krabba på grund av smärtan i halsen. Han gav order om flera segel, läsegel, och när de var satta och hemskotade, återvände han till hytten för att äta frukost.

Trots farkostens mer än tillfredsställande fart och det långa slag mot Boston och Lydia Farnham som fartyget gjort, befann han sig på eftermiddagen vid ett så djävulskt humör, att alla ombord höll sig så långt borta som möjligt ifrån honom. Han tog inga nattpass. De fick delas upp mellan de tre styrmännen. Och efter sin ensamma kvällsvard, späckad med ett stort antal förbannelser riktad mot en mer än vanligt klumpig steward, återvände han till sin privata hytt, tog av sig skjortan och undertröjan och smorde grundligt in hela det värkande området med kokosfett. Smärtan löpte nu ner genom hans vänstra arm mot armbågen och trängde in i hela ryggmärgen, när halsmusklerna bultade och brann alldeles ohyggligt.

Baddningen gav honom ett visst mått av lättnad. Han erinrade sig att kvinnan hade mumlat någonting. Det var inte eboe, den *lingua franca*-jargong som tjänade som hjälpmedel för de få yttranden som var nödvändiga mellan slavhandlarna och deras mänskliga boskap. Det var någon sällsam stamdialekt. Han hade inte förstått eller förnummit de få stavelsernas betydelse, ehuru det fanns ett frö av dödsbringande innebörd i dem. Fast deras mening förblev okänd för honom mindes han svagt stavelsernas rytm. Svärande, fylld av värk, hämmad, törnade han in och den här gången föll han nästan genast i sömn.

Och i denna sömn upprepades dessa stavelser för honom i vänstra örat. Utan uppehåll, om och om igen; och i sömnen visste han deras innebörd och när han vaknade vid fyra glas efter midnatt med en vajande stråle månsken som strömmade in genom hyttventilen, hade kudden blivit klibbigt blöt av kallsvetten som fuktade hans ögonhålor och genomdränkte hans tilltrasslade skägg.

Brinnande från huvud till fot steg han upp och tände ett ljus i sin nakterhuslykta och förbannade återigen sig själv som varit dum nog att inte skaffa sig en spegel under dagen. Unge Summer, tredje styrmannen, rakade sig, en och annan av besättningsmännen likaså. Det fanns speglar ombord. Han måste skaffa sig en på morgonen. Vad var det kvinnan hade sagt – de där stavelserna? Han rös. Han kunde inte minnas. Varför skulle han minnas? Rappakalja – niggersnack! Det var ingenting. Bara en handling av en djurisk svarting. Det var alla likadana. Han skulle ha skalat skinnet av den levande slinkan. Bita honom helt fräckt! Nå, även om det smärtade skulle det läka innan han kom till Boston och Lydia. Mödosamt, för han var mycket stel och öm utmed hela vänstra sidan, gick han tillbaka i sängen sedan han blåst ut nakterhusljuset. Ljusveken! Den stank. Han skulle ha blött tummen och pekfingret och nypt bort lågan. Den rök fortfarande.

Så kom stavelserna igen, i en ändlös ström – om och om igen. Och nu, då han sov och på något sätt visste att han sov och inte kunde ta med sig innebörden till nästa ögonblick av vakenhet, visste han vad de betydde. Sovande – indränkt i svett – kastade han sig från den ena sidan till den andra i sin koj. Kallsvetten rann i oljiga strömmar ner i hans tjocka skägg.

Han vaknade i det tidiga morgonljuset i ett tillstånd av skräckslagen insikt. Det verkade som om han inte kunde stiga upp. Värken löpte nu genom hela kroppen. Det kändes som om den piskats renflådd. En av konjaksflaskorna från den martiniqueska barken, som öppnats kvällen före avfärden från S:t Thomas, stod inom räckhåll. Han fick tag i den, drog upp korken med tänderna, höll flaskan i sin högra hand och tog en lång, flämtande klunk av den oblandade spriten. Han kunde känna den rakt igenom kroppen likt en eld av flytande guld. Ah! Det var bättre. Han lyfte flaskan igen, placerade den halvtom där den stått. Han försökte med stor möda rulla ut ur kojen, misslyckades, sjönk tillbaka så gott som hjälplös med huvudet surrande och sjungande som en kupa arga bin.

Han låg där, halvt bedövad nu; oklara och gräsliga saker molde i hans skalle, hans sinne, hans kropp, saker som jäste, sjöd inuti honom som om någonting hade trängt in och växte i brännpunkten för hans smärta, där den bultade i hans starka halsmuskler på vänstra sidan.

En timme senare, efter ett upprepat antal obesvarade knackningar på lyxhyttens dörr, fann en skygg steward honom. Stewarden hade till sist vågat glänta på dörren för att få en tittspringa. Sedan stängde han den mjukt bakom sig och skyndade iväg vit i ansiktet för att hitta Pound, förste styrmannen.

Efter att ha konsulterat med and-restyrmannen Summer, följde Pound stewarden till hyttdörren och öppnade kaptenens hytt. Trots att han var en riktig kaxe, tvekade han. Ingen ombord på Saul Taverner närmade sig kapten Luke Martin med en känsla av lugn eller något som liknade självsäkerhet. Pound upprepade stewardens sätt att öppna dörren, kikade in och gick sedan in i hytten och stängde dörren efter sig.

Martin låg på sin högra sida med sängkläderna nerdragna nästan till midjan. Han sov i undertröjan och vänstra sidan av hans hals var mest framträdande. Med kritvitt ansikte betraktade Pound länge såret. Hans händer och läppar darrade. Serlan gick han tyst ut, stängde dörren efter sig en andra gång och gick tankfullt upp på däcket igen. Han letade upp unge Summer och de båda samtalade i flera minuter. Sedan gick Summer ner till sin hytt och när han kom tillbaka upp på däck, såg han sig förstulet omkring. Då han märkte att kusten var klar, drog han fram ur sin bomullsjacka något som var dubbelt så stort som hans hand. Han såg sig återigen omkring för att försäkra sig om att inte vara iakttagen, varpå han kastade föremålet överbord. Det blänkte till i den klara morgonsolen där det singlade runt i luften innan vattnet tog emot det för alltid. Det var hans lilla rakspegel.

Vid fyra glas på förmiddagen, gick Pound återigen ner till kaptenens hytt. Denna gång besvarade Martins röst – en svag röst – hans diskreta knackning och på dess inbjudan steg han in i rummet. Martin låg nu på rygg med vänstra sidan vänd från dörren.

– Hur mår ni, sir? frågade Pound.

– Bättre, mumlade Martin. Detta förbannade elände! Han pekade ut vänstersidan av sin hals med högra tummen. Jag fick en del sömn i morse. Vaknade nyss upp, alldeles nu. Det är bättre – det värsta är över, tror jag.

En paus uppstod mellan de båda männen. Det var som om inget mer fanns att tillägga. Slutligen, efter ett antal krampryckningar och nervositet, omtalade Pound flera detaljer om fartyget, vilket alltid var det säkraste sättet att tilldra sig Martins intresse. Martin svarade och Pound gav sig av.

Martin hade talat sanning när han påstod att han var bättre. Han hade vaknat med en känsla av att det värsta var över. Såret värkte fortfarande förfärligt, men obehaget var påtagligt mindre. Han steg upp, ganska så trögt, tog långsamt på sig sina däckskläder och beordrade kaffe genom hyttdörren.

Ändå var hans ansikte förvridet och härjat när han tio minuter senare kom upp på däcket, och blicken i hans ögon gjorde männen tysta. Han såg yrkesmässigt över skeppet, det var den regelmässiga sex glasinspektionen på morgonen, men hans tankar var på annat håll och hans vanliga intensiva intresse i allt som hade med fartyget att göra var idag endast rutinmässigt. Ty nu, sedan den grymma smärtan undertryckts och föreföll växa mindre och däcksinspektionen rensade hans sinne och kropp från dess gift, upprepades nästan ständigt stavelserna som den svarta kvinnan mumlat i hans vänstra öra när hon för ett ögonblick lagt huvudet mot hans skuldra. Ja, dessa stavelser som nog inte uttalats på eboedialekt, fortsatte att upprepas för honom. Det var som om de ständigt repeterades i hans fysiska öra snarare än rent mentalt. Vaga stavelser hamrade in sig själva djupare och djupare i hans medvetande, där ett ord framträdde bland de andra: "l'kundu."

– Hör saker! muttrade han för sig själv en halvtimme före middagstid, när han återvände ner till sin hytt vid slutet av den rutinmässiga morgoninspektionen. Han återvände inte upp på däcket igen för att göra middagsobservationerna. Han förblev sittande mycket lugnt i sin hytt och lyssnade till det som viskades om och om igen i hans vänstra öra, örat ovanför såret i halsmuskeln.

Det var högst ovanligt att denne fullblodsöversittare till kapten var tyst, vilket hyttstewarden noterade. Förklaringen undandrog sig emellertid helt stewardens bedömning. Denne trodde att såret haft en förödande inverkan på kaptenens nerver, och så långt var hans intuition korrekt. Men därutöver räckte inte stewardens primitiva psykologi långt. Han skulle ha ställt sig skeptisk, road, föraktfull, om något antytt för honom den verkliga anledningen till denna ovanliga tystnad och stillhet vad hans överordnade beträffade. Kapten Luke Martin var för första gången i sin besinningslösa och stridslystna karriär rädd.

Han åt lite till middag och återvände omedelbart efteråt till sin hytt. Han kom emellertid ut igen nästan omgående och klättrade upp för hyttlejdaren till akterdäcket. Saul Taverner som seglade för fulla segel, ilade fram med en fart om goda tolv knop. Likt en sund sjöman blickade Martin mot himlen när han kom upp på däck, men hans upptagna blick sjönk och det föreföll unge Summer, som gjorde honnör för honom, som om blicken var inåtvänd. Martin tilltalade honom.

– Jag vill låna din spegel, sa han med lugn röst.

Unge Summer ryckte till och kände blodet lämna ansiktet. Det var detta som Pound varnat honom för och anledningen till att han kastat sin spegel överbord.

– Ledsen, sir. Jag har den inte med mig på den här resan, sir. Jag hade den tills vi angjorde S:t Thomas. Men nu är den borta. Jag kunde inte raka mig i morse, sir. Den unge styrmannen gjorde en förklarande gest genom att gnida en solbränd hand över den dagsgamla skäggväxten i sitt veka men inte fula ansikte.

Han förväntade sig ett tjurlikt vrål av irritation från kaptenen. I stället nickade Martin frånvarande och gick framåt. Summer betraktade honom med intresse tills han nådde skeppsluckan ned till besättningens kvarter under däcket i fören. Sedan:

– Självklart! Han kan skaffa en från Dave Sloan! Och unge Summer sprang för att hitta Pound och tala om för honom att kaptenen troligen skulle få tag i en spegel vilken minut som helst. Han var mycket nyfiken på varför den äldre styrmannen ställt den ovanliga frågan om hans egen spegel. Han hade lytt men ville veta varför, för detta var sannerligen något mycket sällsamt. Pound hade bara sagt honom att kaptenen inte fick se det där såret i nacken, som satt så pass högt upp att denne inte kunde se det utan en spegel.

– Vad ser det ut som, mr Pound, vågade han sig på att fråga.

– Det är vad man skulle kunna säga liksom likblått, svarade Pound långsamt. Det är så att säga purpurfärgat. Ser ut som – niggerläppar!

Inne i sin hytt började Martin, sedan han stängt hyttdörren, att ta av sig skjortan. Han hade kommit halvvägs när han kallades upp på däck. Han skyndade sig nästan skamset att ordna till skjortan, som om han överraskats mitt i en skamlig handling och klättrade uppför lejdaren. Pound drog in honom i ett tjugo minuter långt samtal om skeppsgöromål. Han redovisade sina beslut med samma halvhjärtade röst som var ny för alla omkring honom, och återvände sedan ned.

Den spegelskärva som han lånat av Sloan i skansen var försvunnen från kommoden. Plågad letade han igenom kabinen, men den fanns inte där. Vanligtvis skulle en sådan händelse ha framkallat en storm av vilda svordomar. Nu satte han sig nästan hjälplöst ned och stirrade omkring sig i hytten med ögon som inte såg. Men inte med öron som inte hörde! Rösten talade engelska nu, inte längre långa pladdrande stavelser grupperade kring ett tydligt ord, "l'kundu". Rösten i hans vänstra öra var auktoritär, stram, upprepande. "Över bord!" upprepade den om och om igen. "Över bord!" Han satt där en lång stund. Sedan, kanske en timme senare, när ingen var närvarande och kunde se honom, var hans ansikte till sist plågat, härjat och grått i det kraftigt markerade kvällsljuset i den vitmålade hytten. Han reste sig långsamt, och med närapå förstulna rörelser började han att kränga av sig skjortan.

Han fick av den, lade den på kojen, drog av sig undertröjan han bar därunder och sökte långsamt, liksom på försök med högra handen efter såret i nacken. När handen närmade sig, kände han sig kall och svag. Till sist vidrörde hans grävande fingrar sårets inflammerade och ömma område, kände dess kant, fann själva såret.

Det var Pound som upptäckte honom två timmar senare, hopkrupen i en hög på det begränsade golvutrymmet i hytten, naken till midjan, medvetslös. Det var Pound, hårde gamle Pound, som mödosamt stöttade kaptenens stora omfång upp i stolen – ty han var en kraftigt byggd man, sex fot hög – satte på honom undertröjan och drog sedan den undanslängda skjortan över huvudet på honom och hällde konjak mellan de blåaktiga läpparna. Styrmannens hårdhänta rehabiliteringsarbete tog en halvtimme med konjak och armgnidning och smällar på de slappa, stora handlederna, innan kapten Luke Martins ögonlock fladdrade till och den store mannen gradvis kom till medvetande.

Men Pound fann de enstaviga svaren på sina fåtaliga, korta frågor kryptiska, malplacerade. Det var som om Martin besvarade någon annan, någon annans röst.

– Jag ska, sa han trött om och om igen. Ja, jag ska!

Det var då när han i stort bryderi betraktade honom från huvudet till fötterna, som styrmannen såg de blödande fingrarna på högra handen och lyfte upp den stora, tunga näven, som nu låg slapp på armstödet i hyttstolen.

De tre mellersta fingrarna hade blött en del. Blodet på dem var nu torrt och klumpat. Pound lyfte upp handen, undersökte den i ljuset från den sjunkande aftonsolen, såg att dessa fingrar blivit grymt avklippta eller – som det tycktes – avsågade. Det var som om sågtänder hade malt och slitit i dem och smulat sönder dem tvärsöver deras ben. Det var ett ohyggligt sår.

Darrande i hela kroppen fumlade Pound med medicinväskan, blandade en skål med kaliumpermanganatlösning, blötte och band om den motståndslösa handen. Han talade flera gånger till Martin, men Martins blick letade sig långt i fjärran. Hans öron var döva för styrmannens ord. Då och då nickade han medgörligt på huvudet och innan gamle Pound lämnade honom, satt han återigen där ihopsjunken och muttrade: – Ja, ja! – Jag ska, jag ska!

Pound besökte honom igen strax före fyra glas i den tidiga kvällningen, då det var dags för middag. Han satt fortfarande stirrande, på något sätt ihopsjunken, apatisk.

– Middag, kapten? frågade Pound trevande. Martin lyfte inte på ögonen. Hans läppar rörde sig emellertid och Pound böjde sig för att uppfatta vad de sade.

– Ja, ja, ja, sa Martin. Jag ska, jag ska – ja, jag ska!

– Den står i salongen, sir, försökte Pound men fick inget svar, och han slank ut och stängde dörren bakom sig.

– Kaptenen är sjuk, Maguire, sa Pound till den lille stewarden. Du kan lika så gott duka av bordet och allt det där och gå till fören så snart som du är klar.

– Aye, aye, sir, svarade den undrande stewarden och fortsatte att duka av salongsbordet i enlighet med sina order. Pound iakttog honom när han utförde dessa skyldigheter och följde honom ut på däck, för att se att han gick till fören som han beordrats. Sedan återvände han försiktigt.

Han stannade utanför kaptenens hytt och lyssnade. Någon talade där inne, någon annan än kaptenen – en tjock röst likt negrernas, men mycket svagt. Tjock, guttural men ljus. En röst som en ung pojkes eller – en kvinnas. Häpen lyssnade Pound. Han höll nu sitt öra alldeles mot dörren. Han kunde inte uppfatta genom den där tjocka dörren vad som sades, men det var något i form av upprepningar; ömsom kaptenens röst och ömsom den ljusa, gutturala rösten, tydligtvis ett samtal likt frågor och svar, frågor och svar. Det fanns ingen pojke ombord. Det fanns ett dussintal kvinnor, svarta kvinnor, men de var alla under skeppsluckan i det stinkande lastrummet. Inne hos kaptenen vid hans sida kunde det inte finnas någon kvinna. Ingen kvinna, ingen alls, kunde ha kommit in. Hytten beboddes bara av kaptenen, som Pound lämnat blott femton minuter tidigare. Han hade inte lämnat den stängda dörren ur sikte under den tiden. Ändå – han lyssnade ännu mer uppmärksamt. Hans sinne var nu helt uppslukat av den sällsamma gåtan.

Han uppfattade rytmen i Martins ord nu; samma rytm – det kände han instinktivt – som i den brutna meningen Martin hade upprepat i sitt halvdåsiga tillstånd medan han fick de där avklippta fingrarna ombundna! Han rös. Saul Taverner var ett helvetesskepp. Ingen visste det bättre än han, som kraftigt bidragit till hennes ohyggliga rykte genom sina många resor ombord, men – detta! Det förde tankarna till själva helvetet!

– Ja, ja – jag ska, jag ska, jag ska – – – Så löd själva schwungen, kadenstonen i det Martin uttalade med mer eller mindre regelbundna intervaller där inne. Sedan den gutturala, ljusa rösten – båda kom de omväxlande och utan pauser, den ena efter den andra i detta besynnerliga samtal.

Tvärt upphörde samtalet. Det var som om en ljudtät dörr hade stängts om det. Pound rätade upp sig, väntade en minut och knackade sedan på dörren.

Dörren slogs oförmedlat upp från insidan och kapten Luke Martin kom ut med glasartade ögon, men utan att se. Pound steg åt sidan. Kaptenen stannade upp mitt i steget, såg sig omkring. Hans ögon hade fortfarande det där "oseende" uttrycket. Sedan gick han rakt emot kajuttrappen. Det verkade som om han tänkte gå upp på däcket. Kläderna hängde på honom nu, skjortan satt snett och byxorna var skrynkliga och smutsiga, sedan han legat på golvet och suttit hopkrupen i den lilla stolen där Pound placerat honom.

Pound följde honom upp på däck.

Väl på däck gick han raka vägen till babords reling och stod och tittade, fortfarande liksom "oseende" ut över de svallande vågorna. Det var mörkt nu. Det subtropiska dunklet hade just fallit. Skeppet flöt tyst fram bortsett från bruset då hennes vassa stäv skar genom vågsvallet mitt i Nordatlanten på sin 12-knopsfärd mot Virginia.

Plötsligt rusade Pound fram och högg tag i Martin. Kaptenen hade börjat klättra över relingen – självmord, det var vad det var, och sedan – dessa röster!

Försöket att omintetgöra vad som tycktes vara hans avsikt väckte till sist Martin. Bakom sig hade han ett liv som medelålders befälhavare, ett liv där han i allt följt sin egen vilja. Han var inte van att bli hindrad. Varje motstånd ombord på hans eget fartyg dog alltid bort, försvann dödfött, inför hans tjurlika bölanden och stridslystna knytnävar.

Han grep i sin tur tag i sin styrman och en lång, desperat och dessutom tyst strid inleddes där på däcket, endast belyst av ljuset från kaptenens hytt nedanför, ljuset från den stora kompasshuslampans valolja och ljuset genom skylighterna ovanför, där de satts upp för att skänka dagsljus på däck.

Under denna tysta, dödliga kamp, försökte Pound dra kaptenen bort från relingens närhet. Kaptenen slog omkring sig med våldsamma slag. Mannen blev snabbt rufsig i håret. Martin hade ingen rock och en stor flik av hans vita skjorta kom i vägen för Pounds klamrande grepp, som blottade Martins hals och vänstra axel.

Pound släppte taget, krympte ihop och vacklade bort medan han dolde sin ögon, för att de inte skulle sprängas ur sina socklar av den fasansfulla syn han skådat.

Ty där skjortan slitits bort och blottlagt ena sidan av Martins hals fanns ett par mörklila, perfekt formade tjocka läppar; och medan han glodde förfärad och skräckslagen öppnade sig munnen på vid gavel och blottade stora, skimrande afrikanska tänder; och innan han hunnit begrava ansiktet i sina händer stack en lång, skär tunga fram mellan dem och slickade sig om läpparna.

Och när gamle Pound, skakad in i benmärgen, kall av skräck inför detta förfärliga järtecken stod där på däcket, som värmts upp av passadvindens pulserande andedräkt – när han återvunnit fattningen tillräckligt för att återigen vända blicken mot den plats där befälhavaren på Saul Taverner brottats med honom mot relingen, så var platsen tom och inget spår efter Luke Martin så mycket som krusade den självlysande ytan på Saul Taverners skummande kölvatten.

The Lips (1929)
Övers. Bertil Falk

H.P. Lovecraft

Den förfärlige gamle mannen

Det var Angelo Riccis och Joe Czaneks och Manuel Silvas plan att avlägga visit hos Den förfärlige gamle mannen. Denne gamle man bor alldeles ensam i ett synnerligen uråldrigt hus på Water Street nära havet, och sägs vara både ytterst rik och ytterst skröplig, vilket utgör ett tillstånd som är mycket tilltalande för folk i samma bransch som herrar Ricci, Czanek och Silva, ty dessa var inget mindre hedervärt än rånare.

Invånarna i Kingsport säger och tror många saker om Den förfärlige gamle mannen, vilket vanligtvis skyddar honom från att bli uppmärksammad av herrar som mr Ricci och hans kumpaner, ehuru det är ett nästan säkert faktum att han gömmer en förmögenhet av obestämd omfattning någonstans i sin unkna och ärevördiga boning. Han är, sanningen att säga, en mycket egendomlig person, som tros ha varit klipperskeppskapten på ostindietraden i sin ungdom; så gammal att ingen minns när han var ung, och så ordkarg att ta vet hans riktiga namn. Bland de knotiga träden på framsidan av hans åldriga och vanskötta bostad underhåller han en besynnerlig samling stora stenar, så märkligt uppställda och målade att de påminner om avgudabilder i något foga känt österländskt tempel. Denna samling skrämmer bort de flesta av småpojkarna som tycker om att reta Den förfärlige gamle mannen för hans långa vita hår och skägg, eller krossa de små fönsterrutorna i hans boning med lömska projektiler; men de äldre och mer nyfikna människorna som ibland smyger fram till huset för att kika in genom de dammiga glasrutorna blir skrämda av andra saker. Dessa personer säger att det på ett bord i ett tomt rum på bottenvåningen står en mängd säregna flaskor, och i var och en av dessa hänger ett litet blystycke i ett snöre, som en pendel. Och de säger att Den förfärlige gamle mannen talar till dessa flaskor, och kallar dem vid sådana namn som Jack, Scar-Face, Long Tom, Spanish Joe och styrman Ellis, och att den lilla blypendeln inuti åstadkommer vissa bestämda vibrationer närhelst han talar till en flaska. De som iakttagit den långe, magre, Förfärlige gamle mannen under dessa säregna samtal, iakttar honom inte i lönndom igen. Men Angelo Ricci och Joe Czanek och Manuel Silva var inte av Kingsports blod; deras främmande härstamning var av den nya och

blandade sort som rotat sig utanför New Englands trollkrets av liv och traditioner, och de såg i Den förfärlige gamle mannen blott en stapplande, nästan hjälplös gubbe, som inte kunde gå utan sin knotiga käpp och vars magra, svaga händer darrade ömkligt. De tyckte faktiskt på sitt sätt riktigt synd om den ensamme, misshaglige gamle gubben, som alla undvek och som alla hundar skällde så besynnerligt åt. Men affärer är affärer, och för en rånare som går in för sitt yrke med själ och hjärta, utgör en mycket gammal och mycket skröplig man som inte har något konto på banken, och som betalar för det lilla han behöver i byns handelsbod med spanskt guld och silver präglat för två sekel sedan, både en lockelse och en utmaning.

Herrar Ricci, Czanek och Silva valde natten till den 11 april för sin visit. Mr Ricci och mr Silva skulle fråga ut den stackars gamle herrn, medan mr Czanek väntade på dem och deras förmodade metallbörda i en täckt bil på Ship Street, vid porten i den höga bakre muren runt deras värds tomt. En önskan att undvika onödiga förklaringar i händelse av oväntad polisinblandning, föranledde dessa planer på en stilla och obemärkt avfärd.

Som man uppgjort i förväg delade man på sig i syfte att förhindra eventuella ondsinta misstankar efteråt.

Herrar Ricci och Silva möttes på Water Street vid den gamle mannens framdörr, och ehuru de inte tyckte om hur månen upplyste de målade stenarna genom knoppande grenar på knotiga träd, så hade de viktigare saker att tänka på än ren grundlös vidskepelse. De befarade att de kunde bli otrevligt att göra Den förfärlige gamle mannen talför angående sitt gömda guld och silver, ty åldriga sjökaptener är påfallande envisa och motsträviga. Men han var ändå mycket gammal och mycket skröplig, och besökarna var två. Herrar Ricci och Silva hade erfarenhet i konsten att göra ovilliga personer pratsamma, och en svag och ovanligt vördnadsvärd mans skrik kan lätt dämpas. Sålunda gick de fram till det enda upplysta fönstret och hörde hur Den förfärlige gamle mannen talade barnsligt med sina flaskor med pendlar i. Sedan tog de på sig maskerna och knackade artigt på den väderbitna ekdörren.

Väntan tycktes mycket lång för mr Czanek, där han satt och skruvade sig rastlöst i den täckta bilen intill Den förfärlige gamle mannens bakdörr på Ship Street. Han var mer ömsint än vad som är vanligt för hans sort, och han tyckte inte om de ohyggliga skrik han hade hört i det urgamla huset, strax efter det klockslag som hade bestämts för dådet. Hade han inte sagt åt sina kumpaner att ta det så varligt som möjligt med den ömklige gamle sjökaptenen? Mycket nervöst iakttog han den smala ekporten i den höga och murgrönetäckta stenmuren. Han tittade ofta på klockan och undrade över dröjsmålet. Hade den gamle dött innan han hunnit avslöja var skatten låg gömd, och hade det blivit nödvändigt med en grundlig genomsökning? Mr Czanek ogillade att vänta så länge och på ett sådant ställe i mörkret. Sedan uppfattade han mjuka steg eller ett mjukt knackande på gången innanför porten, hörde ett försiktigt fumlande med den rostiga dörrklinkan, och såg hur den smala, tunga dörren svängde inåt. Och i det bleka skenet från en ensam dunkel gatlykta kisade han för att se vad hans kumpaner hade med sig ut ur det dystra huset som tornade upp sig så tätt bakom. Men när han tittade såg han inte vad han hade väntat sig, ty hans kumpaner var inte där över huvud taget, utan bara Den förfärlige gamle mannen, som tyst stödde sig på sin käpp och log ett ohyggligt leende. Mr Czanek hade aldrig tidigare lagt märke till färgen på gubbens ögon; nu såg han att de var gula.

Småsaker skapar avsevärd uppståndelse i småstäder, vilket är anledningen till varför folket i Kingsport hela den våren och sommaren talade om tre oidentifierbara kroppar som tidvattnet spolat upp, fruktansvärt sönderskurna som av en mängd svärdshugg, och fruktansvärt tilltygade som stampade under en mängd grymma stövelklackar. Och en del talade till och med om saker så obetydliga som en övergiven bil man hittat på Ship Street, eller vissa synnerligen omänskliga skrik – förmodligen från ett kringstrykande djur eller någon flyttfågel som hade hörts i natten av vakna medborgare. Men detta tomma byskvaller intresserade inte alls Den förfärlige gamle mannen. Han var till naturen tillbakadragen, och när man är gammal och skröplig är ens tillbakadragenhet dubbelt så stark. Dessutom måste en urgammal sjökapten i sin glömda ungdoms fjärran dagar, ha bevittnat tjogtals med saker som varit betydligt mer spännande.

The Terrible Old Man (1920)
Övers. Martin Andersson

Robert Burns (tolkad av Annika Johansson)

Balladen om John Maltekorn

<table>
<tr><td>

Tre konungar kom österut
  Från maktens höga torn
De svor vid allt vad heligt var:
  "Nu dör John Maltekorn"

De plöjde honom djupt i jord
  La' kokor ovanpå
Och svor vid allt vad heligt var:
  "Nu är han död ändå"

Men muntra Vårens vindar kom
  Med regn så rikt och ljumt
John Maltekorn stod upp igen
  Så alla glodde stumt

Då eldig Sommarsol sken hett
  Han växte stark och båld
Runt huvudet stod styva spjut
  Till skydd mot farligt våld

I nyktra Höstens milda ljus
  Såg han dock glåmig ut
Och nacken kröktes, tecken på
  Att orken snart tog slut

Allt sjukligare blev hans färg
  Av ålder blev han svag
Och fienden såg nu sin chans
  Att slå ett dödligt slag

De grep ett vapen, långt och skarpt,
  Högg till med vredgad hast
Lik fången uppå straffkärran
  Blev han en skrindas last

</td><td>

There was three kings into the east,
  Three kings both great and high,
And they hae sworn a solemn oath
  John Barleycorn should die.

They took a plough and plough'd him down,
  Put clods upon his head,
And they hae sworn a solemn oath
  John Barleycorn was dead.

But the cheerful Spring came kindly on,
  And show'rs began to fall;
John Barleycorn got up again,
  And sore surpris'd them all.

The sultry suns of Summer came,
  And he grew thick and strong,
His head weel arm'd wi' pointed spears,
  That no one should him wrong.

The sober Autumn enter'd mild,
  When he grew wan and pale;
His bending joints and drooping head
  Show'd he began to fail.

His coulour sicken'd more and more,
  He faded into age;
And then his enemies began
  To show their deadly rage.

They've taen a weapon, long and sharp,
  And cut him by the knee;
Then ty'd him fast upon a cart,
  Like a rogue for forgerie.

</td></tr>
</table>

De la' honom på rygg och lät
   Träpåkar slå och klå
De lät' en härjas av stormvind
   Och vände'n då och då

En gruvlig håla fylldes helt
   Med vatten mörkt och kallt
Och däri dränktes Maltekorn
   Tills vattnet täckte allt

De välte ut' en på ett golv
   Och då de häpet fann
Att livet ännu inte flytt
   De slunga'n av och an

Med brännhet låga svedde de
   All märgen ur hans ben
Men grymmast var en mjölnare
   Som malde'n mellan sten

Till slut tog de hans hjärteblod
   Och drack i stora mått
Och se: ju djupare de drack
   Dess mer de mådde gott

Ty Maltekorn en hjälte var
   All strävan hans var god
Och den som dricker av hans blod
   Den vinner stegrat mod

Det blodet gör att sorger glöms
   Och fröjd i hjärtat slår
Det väcker sång i änkans bröst
   Och torkar hennes tår

Vi skålar för John Maltekorn
   Envar med glas i hand
Och må hans stolta arv förbli
   Vår lycka i Skottland!

They laid him down upon his back,
   And cudgell'd him full sore;
They hung him up before the storm,
   And turn'd him o'er and o'er.

They filled up a darksome pit
   With water to the brim,
They heaved in John Barleycorn,
   There let him sink or swim.

They laid him out upon the floor,
   To work him farther woe,
And still, as signs of life appear'd,
   They toss'd him to and fro.

They wasted, o'er a scorching flame,
   The marrow of his bones;
But a Miller us'd him worst of all,
   For he crush'd him between two stones.

And they hae taen his very heart's blood,
   And drank it round and round;
And still the more and more they drank,
   Their joy did more abound.

John Barleycorn was a hero bold,
   Of noble enterprise,
For if you do but taste his blood,
   'Twill make your courage rise.

'Twill make a man forget his woe;
   'Twill heighten all his joy:
'Twill make the widow's heart to sing,
   Tho' the tear were in her eye.

Then let us toast John Barleycorn,
   Each man a glass in hand;
And may his great posterity
   Ne'er fail in old Scotland!

There Was Three Kings Into the East (1782)

Om författarna

Bierce, Ambrose (1842-1914?) hade smeknamnet "bittre Bierce" på grund av sitt bittra och misantropiska lynne, som t.ex. manifesterades i den satiriska uppslagsboken *The Devil's Dictionary* (serialiserad i dagstidningar sedan 1860-talet, fullständig bokutgåva 1911). Legendarisk journalist och en av USA:s klassiska novellister, där nästan samtliga av hans berättelser kan räknas som skräck/fantasy/science fiction, ofta med satirisk udd och originella experiment med berättarformen. Han försvann spårlöst i Mexiko under en reportageresa för att skildra inbördeskriget.

Burns, Robert (1759-96) dog som synes mycket ung, men hann göra tillräckligt starka avtryck i den litterära myllan för att allt sedan dess räknas som Skottlands nationalpoet. *Balladen om John Maltekorn* är Burns version av en klassisk folksång och dryckesvisa med anor från åtminstone 1500-talet och sannolikt längre tillbaka än så. John Maltekorn och hans våldsamma öde är förstås en allegori över hur den skotska nationaldrycken whisky bereds och bryggs. Burns version anses vara gåtfull genom att anspela på tre kungar som utan angivet motiv försöker tortera John Maltekorn till döds. Men det är knappast en särskilt långsökt tolkning att Burns hade "Wars of the Three Kingdoms" och dess efterspel i tankarna. Karl I (som var kung x 3 i de sinsemellan självständiga rikena England, Skottland och Irland) lyckades upphäva Skottlands självständighet efter strider 1644-45, då hans trupper liksom i dikten spred sig över riket österifrån, men bekämpades strax därpå; vid följande strider upphävdes självständigheten ånyo 1650 – och sedan i det politiska efterspelet återigen mot slutet av seklet, vid vilket det förblivit till idag. John Maltekorn blir i sammanhanget till en symbol för den skotska folksjälen, som inte låter sig förtryckas särskilt enkelt.

Hodgson, William Hope (1877-1918) var en engelsk sjöman som lärde sig att avsky livet till sjöss, sadlade om till författare och öppnade samt förestod School of Physical Culture i Blackburn – han var en pionjär inom bodybuilding. Hans kombination av gotisk skräck och science fiction var banbrytande och pekar rakt

fram mot H.P. Lovecraft, som mycket riktigt beundrade hans författarskap. Den
"kosmiska skräck" som utmärker Lovecrafts författarskap fanns redan i överdåd
i romaner av Hodgson såsom *The House on the Borderland* (1908; på sv. *Huset vid
avgrunden*, 1990) och *The Night Land* (1912; dess förkortade version *The Dream
of X* finns på svenska i *Första stora monsterboken*, 1991). Någon stor författare i
konventionell litterär mening var han knappast, men hans fantasirikedom, vi-
sualiseringsförmåga och medryckande sätt att skildra scener ger honom än idag
ständigt nya och trogna läsare. Med serien av Carnacki-noveller skapade han
en klassisk ockult deckare. *Det visslande rummet* och *Svinvarelsen* är uppenbart
skrivna med mer än en glimt i ögonen, och Carnackis tekniska makapärer och
(pseudo)vetenskapliga teorier – egentligen grundade på Madame Blavatskys
teosofi – föregriper filmen *Ghostbusters* (1984) med 70 år. Förutom en novell av
honom i *Berättelser i svart* (2003), har Aleph Bokförlag publicerat en novellsam-
ling av Hodgson, *Rösten i mörkret* (2003).

Kipling, Rudyard (1865-1936) var en av Storbritanniens främsta författare
och poeter, som tilldelades Nobelpriset i litteratur 1907. När han lät utge *The
Jungle Book* 1894-95 (på sv. *Djungelboken*, 2016) blev den snabbt en barnboks-
klassiker. Han verkade i alla upptänkliga genrer, inklusive den unga science
fiction-litteraturen, men var speciellt flitig med skräck- och spökhistorier. *The
Mark of the Beast* (1890) är en sällsynt gruvlig historia och förmodligen den av
hans skräcknoveller som oftast har antologiserats. *De små* är en mer stillsam
och bitterljuvt suggestiv spökhistoria, som Kipling skrev strax efter att han och
hustrun förlorat ett barn.

Lovecraft, Howard Phillips (1890-1936) behöver knappast någon presenta-
tion numera; den förläste Providence-sonen som skapade de litterära myterna
om Cthulhu, Nyarlatothep, Azathoth & co, vilka alla beskrivs i den vansinnes-
bringande boken *Necronomicon*, har näst efter Edgar Allan Poe blivit den mest
klassiska bland klassiska skräckförfattare. Mindre känt är att han var god vän med
den legendariske utbrytarkungen och magikern Harry Houdini (1874-1926).
Som en PR-gimmick publicerades *Under pyramiderna* under Houdinis namn i
tidskriften *Weird Tales*, men den var helt och hållet skriven av Lovecraft. Aleph
Bokförlag publicerade 2004 hans roman *Sökandet efter det drömda Kadath*.

MacDonald, George (1824-1905) var en skotsk präst, och anses allmänt vara
den huvudsaklige grundaren av fantasygenren med romaner som *Phantastes*

(1858), *At the Back of the North Wind* (1871) och *Lilith* (1895). Hans främsta inspirationskällor var tysk romantik i allmänhet och E.T.A Hoffmanns fantastiska berättelser samt Friedrich de la Motte Fouqués *Undine* (1811) i synnerhet. Hans stil i den övernaturliga kärleksberättelsen *Kvinnan i spegeln* kan synas mer gammaldags än hos de andra författarna i denna antologi, men hans friska och ohämmade fantasi fortsätter att fascinera nya generationer av läsare.

Machen, Arthur (1863-1947) växte upp i Wales och blev en betydande röst i den engelska dekadenta rörelsen sedan hans övernaturliga romaner *The Great God Pan* och *The Inmost Light* publicerades 1894, med illustrationer av Aubrey Beardsley. Machen var en mästerlig stilist som förblivit en klassiker bland kritiker och finsmakare också utanför skräckgenren, främst på grund av den delvis självbiografiska och mycket drömska romanen *The Hill of Dreams* (1907; på sv. *Drömmarnas berg*, 2008). Machen utvecklade en egen originell mytologi kring folktrons "småfolk", som visar sig vara naiva förvanskningar av en mycket skrämmande och farlig verklighet. *Den flammande pyramiden* är ett gott exempel på denna mytologi. Det dröjde ända till början av 2000-talet innan han introducerades i Sverige med noveller i Alephs antologier *Det vita folket* (2002; utökad och bearbetad som *Främmande folk och förtrollade skogar*, 2013) och *Syner i natten del 1* (2003), samt en temaavdelning i förlagets tidskrift *Minotauren* nr 13 (2002). Utgivningen har följts upp med bokutgåvor av Alastor Press och Hastur Förlag.

Meyrink, Gustav (1868-1932) var Kafka innan Franz Kafka själv; det var Meyrink som förvandlade Wien till en mytologisk region fylld av svårgripbara, dunkla mysterier, om vilken han berättade bisarra, mörka historier som läsaren bäst kan förstå genom känsla och intuition snarare än med logik och förstånd. Ty vad handlar egentligen novellen *Dr Cinderellas slingerväxter* om (i Aleph Bokförlags antologi *Berättelser i svart*, 2003) eller den klassiska romanen *Golem* (1914, på sv. *Golem*, 2009)? Den som väl börjar läsa dem förstår snart att det inte spelar någon roll, och att dunkelheten tvärtom är till stämningens och fantasteriets fördel. Tyvärr var Meyrink alltför mycket en skräckförfattare och därtill en ockult mystiker, för att senare tiders litteraturvetare riktigt har kunnat mäkta med att erkänna hans betydelse och inflytande. Att Kafka själv uttryckte förakt för Meyrinks författarskap kan mycket väl ha berott på revirhävdande och rivalitet. *Vaxkabinettet* är en betydligt mindre gåtfull historia från Meyrinks penna, men för den skull inte mindre bisarr.

Stenbock, Stanislaus Eric (1860-1895) skrev en hel del intressanta skräck- och övernaturliga noveller, ofta skissartade men alltid inlevelsefullt och originellt skrivna. *Den andra sidan* är en unik och tidig variation på varulvstemat; i *The True Story of a Vampire* (1894) berättade han en smått humoristisk vampyrhistoria tre år innan *Dracula* publicerades. Eric Stenbock var greve av Bogesund, nuvarande Ulricehamn, men tycks inte ha haft särdeles starka band till Sverige. Hans familj och släkt var estlands-svensk med ett förmöget gods utanför Tallinn. Eric var dock huvudsakligen bosatt i England och tillhörde den dekadenta rörelsen, där han blev legendarisk genom sina överdådiga fester (då det hände att mat och dryck serverades i likkistor) och sitt tragiska slut. Han var psykiskt instabil, beroende av opium och alkohol och söp i praktiken ihjäl sig – han dog bara 35 år gammal av inälvsskador under upprepade deliriumanfall. Aleph Bokförlag har tidigare publicerat hans bitterljuva fantasynovell *Albatrossens ägg* i antologin *Främmande folk och förtrollade skogar* (2013).

White, Edward Lucas (1866-1934) var en amerikansk författare och poet. Inspirationen till sina klassiska skräcknoveller, där *Lukundoo* är den oftast antologiserade, fick han enligt egen uppgift från sina mardrömmar, och det torde märkas tydligt mot slutet på novellen i denna bok – det är en sällsynt otäck historia. När den publicerades på svenska i antologin *Kalla kårar* (1944) uttryckte redaktören Olle Strandberg allvarliga betänkligheter om det lämpliga i att publicera den – och mycket riktigt utelämnade han den i nästa upplaga 1956.

Whitehead, Henry S (S:t Clair) (1882-1932) var en beläst amerikansk atlet och pastor som började publicera skräck- och fantastiska noveller på 1920-talet, främst i *Weird Tales*. Whitehead var nära vän med H.P. Lovecraft, som beundrade hans författarskap och även bodde hos honom några veckor under en rundresa med buss i staterna. Whitehead höll Edward Lucas White som en skräcklitterär förebild, vilket mycket väl kan förklara vissa likheter mellan *Läpparna* och Whites novell *Lukundoo* i denna antologi.

TIMAIOS PRESS

... utger tankeväckande och märkliga böcker för dig som är intresserad av kuriosa, spekulationer, idé- och vetenskapshistoria. Förlaget publicerar fakta och skönlitteratur för såväl fackmannen som den intresserade lekmannen. Utgivningen är på svenska och engelska.

www.timaiospress.com

Böcker av och om:
Epikuros — Lucretius — Atomism — Francis Bacon — H.P. Lovecraft — Camille Flammarion — Diogenes Laërtius — Emanuel Swedenborg — Erasmus Darwin — E.T.A. Hoffmann — Platon — Andrew Crosse — Och annat.